Babara Wolke

Sinnlicher Wolkenflug

Herstellung und Verlag:
BoD - Books on Demand, Norderstedt
ISBN 978-3-7431-8810-5

Babara Wolke

Sinnlicher Wolkenflug

Inhalt

Kapitel 1

Mein geliebter Wald

Träumen und masturbieren

Eine Erfahrung am See

Freuden mit Malex und Palex

Ich will ihn haben

Heißer Traum mit Alex

Rita und ihr Mann

Im Pornokino

Das zweite Treffen

Rita

Kapitel 2

Die hohe Kunst des Fliegens

Alex kommt zu mir

Am Holzstapel

Meine erlebten heißen Träume

Ich verwöhne Alex

Eine süße Sauerei

Chillen am See

Süße, sündige Stunden

Geile Spiele mit Alex

Alex mit voller Wucht

Kapitel 3

Im Tanzlokal

Im Rausche der Geilheit

Verruchtes Luder

Alex und der Ober

Im Pornokino

Ein Vierer

Elvira lädt zur Sauna

Karins geile Spiele

Im Swingerclub

Gang Bang

Babara Wolke gehört zur Generation 55plus. Sie wuchs in einem kleinen Dorf auf und besuchte dort die Schule. Nach ihrer Lehre als Konditorin heiratete sie mit 18 Jahren. Sie hat zwei Kinder geboren und sich vielseitig durch das Leben geschlagen. Nach 16 Jahren Ehe, welche unglücklich und von Gewaltexzessen begleitet war, verließ sie ihren Mann. Sie nahm sich ihre Kinder und wohnte kurzfristig in einem Frauenhaus. Sie machte sich in der Gastronomie selbstständig, um alles daran zu setzten, ihren Kindern ein sorgenfreies Leben bieten zu können.

Mit ihrem neuen Lebensgefährten verbrachte sie 23 Jahre. Aber wieder einmal wurde ihr Traum von einem schönen Leben zunichte gemacht. Sie überstand extreme Exzesse, ausgelöst durch Alkohol und Gewalt. Mühsam schlug sie sich in einem Kiosk durch ihr Leben. Als ihr Lebensgefährte obendrein auch noch fremdging, trennte sie sich von ihm.

Mühsam gelang es ihr, ihrem Leben einen neuen Sinn zu geben. Frustriert und ernüchtert suchte sie neue Beschäftigung. Sie traf im Internet auf Alex und es begann eine intensive, virtuelle Verbindung. Alex führte sie langsam und vorsichtig an die Erotik heran, wobei aber Babara die Dinge vehement voran trieb. Sie erinnerte sich wieder an Bedürfnisse, die sie immer im Kopf hatte, aber nie ausleben konnte. Alex ermutigte sie, die Bedenken beiseite zu schieben, wie Menschen in jungen Jahren es zu tun pflegen und den Dingen offen zu begegnen.

Zunächst erkundete sich Baba selber. Einmal erwacht, will sie mehr und findet dabei in Alex immer einen bereiten Gesprächspartner. So erlebte sie ihren ersten Orgasmus nach der Trennung. Schnell stellte sie fest, dass das alles mit dem Sex aus ihrer Jugendzeit nichts mehr zu tun hatte. Sie gefiel sich in dieser Rolle und genoss sich und andere. Als Alex sie dann besuchte und beide sich real kennenlernten, erlebten sie einen Rausch an erotischen Gefühlen und lebten ihn intensiv und tabulos aus. Sie probierten sich aus, wobei sie beide für viele Liebesspiele offen waren. Beide lehnten dabei aber Unterwürfigkeit ab.

Bald waren sich beide alleine nicht mehr genug und sie erlebten den Sex in den unterschiedlichsten Zusammensetzungen. Baba erkannte, dass sie sich darstellen musste und bekam dadurch Zustimmung von Menschen und diese zum Sex anregte. Die Erlebnisse steigerten sich bis zu völlig erschöpfenden Sexspielen. In dieser Phase erinnerte sich Babara daran, dass sie immer schon mal Sexgeschichten aufschreiben wollte. Alex unterstützte sie und war ihr weiterhin ein beratender Partner. So ist dieses Buch entstanden, das in weiten Teilen auch autobiografische Züge enthält. Die Sprache ist sehr deutlich, sehr erotisch und anregend. Es macht an, ist aber nie abstoßend. Da bleibt nichts trocken. Die Personen sind von gegenseitigem Respekt geprägt und haben nur das Ziel, sich auszuleben und sich selber zu finden. Sie wollen nicht nur tabulos miteinander umgehen, sondern sich dabei auch zur

Schau stellen, um sich dabei noch intensiver zu erregen. Anal vaginal und oral wird probiert und studiert. Phasenweise regiert die pure Geilheit.

Lieber Alex,

danke für deine liebevolle Unterstützung bei der Erstellung dieses Buches. Ohne dich hätte ich das nicht geschafft. Aber dein Zuspruch, deine Ratschläge und deine Mitarbeit haben mich immer wieder motiviert, weiter zu machen und die Arbeit zum Abschluss zu bringen. Dafür bin ich dir sehr dankbar. Schließlich habe ich mir damit einen Lebenstraum erfüllen können.

Deine Babara

Kapitel 1

(Die ersten Flugversuche)

Mein geliebter Wald

Träumen und masturbieren

Eine Erfahrung am See

Freuden mit Malex und Palex

Ich will ihn haben

Heißer Traum mit Alex

Rita und ihr Mann

Im Pornokino

Das zweite Treffen

Rita

Mein geliebter Wald

Eine Woche sammelte ich jetzt schon in meinem geliebten Wald, Tag für Tag, Material für meine Kränze und Gestecke. Das Geschäft mit dem Verkauf klappte bestens. Manchmal dachte ich, ich komme gar nicht so schnell nach, wie bestellt wurde. Es machte mir ja einen riesen Spaß, kreativ zu gestalten und zu formen. Mein Kopf wurde dadurch frei. Gedanken ordneten sich und meine innere Ruhe ließ mich in schöpferischem Ehrgeiz zielstrebig arbeiten.

Warum hatte ich mich bisher niemals gegen die Gewalt zur Wehr gesetzt. Es gab nichts Prickelndes in meinem Leben, auch kein Sex. Die 12 Stunden Arbeit täglich im Kiosk und kaum Freizeit. Immer gehorchen und machen, was der Herr meinte. Nicht wirklich die Liebe spüren. Ab jetzt beschloss ich mein Leben zu leben. Als er dann mit der Polin anfing, war das so erniedrigend. Aber ich habe es geschafft. Den Entschluss mich zu trennen, habe ich nie bereut. Heute habe ich meine eigene kleine Wohnung und mit der Zeit gewinne ich Abstand.

Dieses Umherstreifen im Wald und die Muße dabei taten so unendlich gut. Meine Gedanken beschäftigten sich mit allem was so anstand. Dieser Alex zum Beispiel machte mir seit einigen Wochen Komplimente im Internet. Ach was, er hatte mir klar gemacht, dass ich in meiner Situation die Sexualität verdrängt hatte. Dabei ist er schon sehr deutlich. Zu tief sind die Wunden der jüngsten Vergangenheit. Und wenn ich so überdenke, was ich ihm geschrieben hatte, dann war das schon eine ausgiebige Fickerei, die da virtuell zwischen ihm und mir ablief.

Ich wunderte mich darüber, dass ich es auf Anhieb mit ihm konnte. Infolgedessen schaukelten sich dadurch meine Gefühle regelrecht auf. Aber wenn ich dann über mich, meine Probleme oder über meine jüngste Vergangenheit schrieb, war er der beste Freund und tröstete mich. Wohlgemerkt, nicht ohne anschließend mir virtuell gleich wieder das Höschen auszuziehen. Und er hatte es geschafft. Er hatte mir diese Gedanken eingepflanzt, die mich jetzt nicht mehr los ließen.

Als ich im Unterholz weiter nach geeigneten Mooskissen stöberte, hörte ich Geräusche und versuchte, diese einzuordnen. Ich blieb in der Hocke. Dann wusste ich es. Es ist wohl jedem Menschen gegeben, diese Geräusche sofort zu erkennen. Aber wo kamen sie her? Ganz in der Nähe fickte offensichtlich ein Pärchen. Vorsichtig drehte ich mich und versuchte durch die Büsche etwas zu erkennen.

Da standen sie, ein junges Paar. Sie hatte sich nach vorne über gebeugt und hielt sich an einem Baum fest. Er stieß von hinten in sie rein. Bei jedem Stoß schrie sie ein wenig und er stöhnte dazu. Die Beiden waren allerliebst anzuschauen. Hübsche junge Leute. Das Höschen und die Leggins hatte sie mehr oder weniger auf den Schuhen, wie auch er seine Hose unten hatte.

Beide genossen ihr Spiel. Ich war fasziniert. Der Anblick fesselte mich und ich konnte gar nicht wegschauen. Zuschauen? Ich wusste gar nicht, ob ich mit meinen 55 plus jemals zugeschaut hatte? Und dann spürte ich mich selber, wie ich feucht wurde.

Lust kam auf, aber ich hatte keinen Mut, mich bemerkbar zu machen. Hätte ich aufstehen sollen, mich zeigen, es mir dabei selber machen, um sie anzufeuern? Die Gedanken rasten. Aber ich drehte mich um, um die Beiden nicht zu stören. Dann hörte ich ihr Hallo. Sie hatte mich gesehen. Ich schaute zurück. Jetzt im Stehen sah ich es noch viel besser. Sie lachten mich an und winkten sogar. Wir konnten nicht warten, war zu hören. Hätte ich nicht jetzt auf sie zugehen können? Nein, ich winkte nur zurück und ging.

Als ich auf einem festen Forstweg war, war ich nicht mehr zu halten. Meine Gedanken gingen völlig durch. Zuschauen? Zuschauen lassen und Lust empfinden? Und ich empfand Lust. Jetzt war sie spürbar. Ich dachte an Alex. Er hatte ja geschrieben, ich solle mich ablenken und in den Wald gehen oder mich ins Kaffee setzen und mir die Menschen anschauen und mir vorstellen, mit ihnen Sex zu haben. Der Rest, geil zu werden oder abgeneigt zu sein, der kommt von alleine. Nur wenn der Kopf eine Aufgabe hat und nicht ständig in der Vergangenheit kramt, funktioniert das.

Ich war jetzt im Wald. Als ich am Holzstapel vorbei kam, wusste ich, was er meinte. Ich konnte nicht anders. Schnell hockte ich mich hin und pinkelte mitten auf den Weg. In diesem Moment gäbe ich was dafür, wenn mich das junge Paar hätte sehen können. Meine Lust steigerte sich bei diesem Gedanken. Und beim Pinkeln merkte ich erst, wie recht er hatte. Ich bekam nicht nur Lust, ich wurde richtig geil.

Hinter dem Holzstapel zog ich mein Höschen aus und hatte freien Zugang zur unteren Region. Meine Finger waren überall. Langsam, bedächtig ohne Hast, schaukelte ich mich auf. Das Gefühl der Wärme, des Kribbelns, wurde langsam stärker. Einige Male brach ich ab, als ich zu sehr an die Kannte zum Orgasmus kam. Nein, langsam! Ich wollte es auskosten. Mir war klar, wenn jetzt jemand vorbei gekommen wäre, hätte ich nicht abgebrochen und ihn zuschauen lassen. Wenn jemand gesagt hätte, er wolle mich jetzt auf der Stelle ficken und es mir schön machen, hätte ich wohl auch „Ja" gesagt. Aber mein Wunschtraum, dass das junge Pärchen oder ein Anderer mich sah, ging nicht in Erfüllung.

Als ich nach Hause ging, waren süße Gedanke quasi auf meinen Lippen. Was mir am Holzstapel geschah, diese Erinnerung, konnte mir keiner mehr nehmen. Es war die Erinnerung an den Orgasmus, der so ein Lächeln um die Mundwinkel in mein Gesicht zauberte. Ich spürte, mit mir passiert etwas und ich beschloss, mich nicht mehr über meine Veränderungen zu wundern.

Zu Hause angekommen, schaute ich sofort nach, ob Alex geschrieben hatte. Dar war leider nicht der Fall. Dann machte ich mich an die Arbeit, meine Kränze zu binden. Aber in meinem Kopf ging es weiter. Ja, ich sah die Arbeit, vergaß aber das Binden und dachte immer darüber nach, was ich erlebt hatte. Ich nahm es als das normalste der Welt an und empfand keine Hemmungen mehr. Aber das Bild des fickenden Pärchen hielt mich in seinem Bann. Liebe dich selbst, dann klappt das auch mit anderen, war so ein Satz von Alex. Diese Gedanken ließen mich nun nicht mehr los. Ich wusste, dass ich auf dem richtigen Weg war, das zu tun, was das Leben so lebenswert macht.

Das wollte ich immer. Aber was macht das Leben denn lebenswert? Ich überlegte, wie es wohl wäre, wenn ich jetzt so einen heißen Schwanz in mir fühlen würde. Der Gedanke daran ließ mich wohlig erschauern. Ich ging ins Bad, um zu duschen. Als ich an mir hinunter schaute, störten mich meine Schamhaare. Ich wollte sie schon längst mal abrasiert haben. Also beschloss ich, meine Pussy rigoros blitzeblank und kahl zu rasieren.

Ich rasierte mich also, wie ich es vor langer Zeit schon mal getan hatte. Ich schäumte mich ein und das Duschwasser lief langsam an meinen Körper herunter. „Nur keine Hemmungen", dachte ich, „es ist keiner da, der mir das verbieten könnte." Also fuhr ich mit der Hand über meinen glatten Schamhügel und streichelte meine aufgerichtete Knospe. Mir stockte der Atem, ich fühlte, wie sich meine Muskeln und Nerven verkrampften, als träfe mich ein heißer Wasserstrahl. Ich verharrte regungslos. Alle meine Gefühle und Gedanken in mir erstarrten. Etwa so, als würde ein Film gerade stehen bleiben. Ich empfand keine Angst mehr, noch war ich verwundert. Genau so weit hatte mich das Gefühl, ertappt zu werden, gebracht. Ich war immer unfähig, dieses eigene Verhalten zu deuten.Jetzt wartete ich gespannt darauf, was das Leben mir fortan noch bieten könnte. Die Erinnerungen an meine leidvolle Vergangenheit wurden nun von einer wundervollen Traumwelt ersetzt.

Meine Finger glitten über meine Klitoris. Ich fickte mich selbst mit zwei Fingern und spürte dieses gewaltige Zucken, wie sich alles zusammenzog. Da war er nun, der zweite Orgasmus und er war schön. Was so ein Waldspaziergang alles für Wunder bewirken konnte. Von da an verkaufte ich keine Kränze und Gestecke mehr. Ich ging gern und immer wieder in diesen Wald, um Beeren und Sträucher zu sammeln, aber nicht mehr für Gestecke.

Träumen und masturbieren

Aber auch die schnelle Nummer ging mir durch den Kopf. Ich konnte einfach nicht abschalten. So manches Mal, als ich nach Hause kam, legte ich mich auf den Rücken. Lange dauerte es dann nicht, bis mich die Lust überkam. Die Hosen waren immer schnell runter geschoben. Dann drehte ich mich immer ein wenig zur Seite. Zwei Finger der linken Hand landeten zielsicher im Po, zwei Finger der rechten Hand in meiner Grotte. So hatte ich noch drei Finger der rechten Hand frei, um meine Klitoris zu stimulieren. Es zuckte immer gewaltig und ich stöhnte dabei vor mich hin. Alles zog sich so schön zusammen und wurde eng. Dann kommt immer diese Nässe und dieser unbeschreiblich schöne Orgasmus, der lange anhielt. Danach küsste ich immer mein rotes Herzkissen und schlief tief und fest ein. Ich war dann immer mit Alex zusammen.

Dieses schöne Gefühl ließ mich vieles meistern. Es war wie Kopfkino, Blitzeis und Saunatemperaturen. Ich stellte mir vor, wie ich Alex mit großen leidenschaftlichen Augen anschaue und ihm sage, dass meine Muschi für ihn da ist, dass es kein Tabu zwischen uns gibt. Ich lasse mich fallen und bin so froh darüber, wenn ich ihn in mir fühle. Das ist dann fast real.

Wenn ich dann meine Brüste streichel, bis die Nippel hart werden und gleichzeitig diese Gefühlsströme in mir mich so schön feucht machen, dann spüre ich das Leben und das Gefühl der Geborgenheit. Dieses Gefühl will ich dann auch Alex schenken. Wenn ich dann alleine tanze und er in Gedanken bei mir ist, dann fühle ich Fröhlichkeit, Sinnlichkeit und bin glücklich. Das erreicht man nur, wenn man sich fallen lässt, ins Bodenlose fallen lässt.

Dann kommen die Gedanken von ganz alleine. Ich streichel seinen Schwanz. Das Blut schießt hinein, er beginnt zu atmen. Ich fühle sein Bändchen, ich ertaste es und spüre wie sein Schwanz wächst und zunimmt. Die Länge seines Glücksstabs liebe ich ganz besonders. Jedenfalls die Länge, von der ich träumte. Meine Finger gleiten weiter zu seinen Hoden.

Immer wenn ich in meinem Liebesspiel an seine Hoden denke, durchströmen mich diese heißen Gefühle. Aber dann kann ich mich auch zurückhalten und spüre diese tiefe Entspannung, diese Glückseligkeit. Es ist jedes Mal spannend und wieder neu, dieses zu erleben. Die Erregung steigt. Dann rast der Puls. Beide müssen wir tief atmen. Besonders dann, wenn ich seine Hoden intensiver streichle und er dann seinen Schließmuskel anspannt, wenn meine Finger die Rosette berühren.

Aber dann, wenn mein Daumen und meine Finger einen Ring bilden, mit dem ich seinen Schwanz umfasse, um dann langsam auf und ab zu fahren, dann wird mein Atem schneller, meine Aufregung steigt und ich werde geil. Dann kann ich seinen Höhepunkt kaum abwarten. Dann will ich meine volle saftige Muschi hergeben, will ihn mit meinem Saft beglücken.

Dann kommt in schnellen Zügen diese Erlösung. Dann rast mein Puls und ich reibe meine Muschi in Gedanken an ihn und verwöhne mich, fühle mich mit ihm.

Mein Becken zuckt dabei, unser gemeinsames Stöhnen geht so in Glück und Zufriedenheit über. Nach diesem Zucken löst sich meine Hand und ich fühle unsere Herzen, spüre die Verbundenheit und muss tief durchatmen. Richtig entkräftet, in mir selber versunken kuschel ich mich in die beliebte Löffelchenstellung. Entspannt schlafe ich ein. Ich weiß es, das nächste Mal ficke ich wieder lange mit ihm.

Wenn ich mal nicht schlafen kann, stehe ich ganz leise auf, löffel einen Granatapfel mit vielen Fruchtkörnern aus. Schon wieder genieße ich, diesmal die leckeren Vitamine. Aber dann komme ich ganz schnell zurück, schmiege mich fest an ihn. Dabei bin ich glücklich, ihn zu spüren, seine Hand zu spüren, die ich mir dann in Gedanken auf meiner Brust zurecht rücke.

Eine Erfahrung am See

Bei diesen heißen Temperaturen heute, war meine kleine Tasche schnell gepackt. Aber erst musste ich mein Vötzchen von dem kleinen Flaum befreien. Ich wählte ein Trägerkleidchen ohne BH und trug kein Höschen. Ich wollte es luftig, frei, glücklich und trotzend. Meine Lippen umspielte ein zufriedenes Lächeln.

Mein Ziel war der See, der Sandstrand. Ich wollte doch nicht bei Temperaturen über 30 Grad hier zu Hause bleiben. Ich wollte alle Facetten des Lebens wahrnehmen und dabei die Natur genießen. Sicher, meine Träume haben kein Verfallsdatum, aber ich wollte einfach mitten drin sein.

Es ist ein angenehmes Gefühl, so leicht bekleidet zu gehen, diesen Wind streichelnd zu spüren, wie er mein Kleid bewegte und meine Muschi die Freiheit spüren ließ. Es begegneten mir viele freundlich lächelnde Gesichter. Ich lächelte zurück, wissend meine glückliche Ausstrahlung weitergeben zu können.

Viele Menschen sind verbohrt und vergessen ganz einfach die Besonderheiten zu sehen, sei es ein lächelndes Gesicht, eine schöne Blume, einen Baum, der sich im Winde wiegt und sich ebenfalls seiner Freiheit freut. Was doch diese kleine Freude für Dinge zaubert, ein Schmunzeln, ein lautes Lachen, wie das der Kinder. Ja das ist dieses herzhafte Lachen ohne Hemmungen.

Ich suchte mir eine schöne Ecke am Sandstrand, stellte meine Kühltasche ab und breitete mein Badehandtuch aus. Dann genoss ich erst mal den Ausblick auf das Wasser mit den vielen Booten. Da die Sonne brannte, hatte ich nur eines im Kopf: mich ausziehen und eincremen. Ich zog mir mein Kleid aus und cremte mich vom Kopf bis Fuß ein, nicht ohne meine Intimzonen zu vergessen. Ich machte es besonders ausgiebig, um diesen Reiz der Erotik lange zu spüren. Es war einfach geil.

Als ich meinen knappen Bikini aus meiner Tasche holte und ihn anzog, zupfte ich hier und da. Das Oberteil konnte auch weg bleiben. Warum eigentlich nicht? Meine Brüste waren ja eh schön braun, die Knospen standen hervor, als ob sie drauf warteten, dass jemand einen Sender einstellt. Es musste mich jemand beobachtet haben. Ich war nicht lang allein. Egal wo ich bin oder mich hinlege, zog ich Menschen an. Erst etwas distanziert, aber dann lächelte er mich an und fing an, sich auszuziehen, cremte sich seinerseits ein und legte sich schön entspannt auf sein Tuch.

Mir aber wurde es zu warm. Ich brauchte erst mal eine Abkühlung. Ich stand also auf, nahm meine Sonnenbrille ab und ging „oben ohne" ins Wasser, aber immer wieder prüfend, was er wohl so macht. Hurra! Ja, er folgte mir ins Wasser. Ja, wenn er wirklich zu mir kommt, dann nehme ich ihn mir. Es gehören doch immer zwei dazu. Meine Prinzipien hatte ich im Kopf. Er kam zu mir. Wir lachten, redeten und hatten Spaß und unterhielten uns ganz locker. Er fragte mich wegen meiner braunen Haut, ob ich schon im Urlaub war. Er war so Mitte 50, schätzte ich ihn ein, war lustig und sah gut aus. Sein Elan erinnerte mich ein wenig an meinen Freund Norbert aus Hamburg, der war jetzt 58 Jahre alt.

Dann gingen wir aus dem Wasser und legten uns auf unsere Handtücher. Im Halbschatten trocknete ich schnell. Es wurde wieder warm und ich war schläfrig. Aus den Augenwinkeln konnte ich ihn sehen. Das Licht tauchte ihn in Weiß. Er zupfte an seiner Hose. Ja, er schob die Innenhose beiseite und ich sah seine Eier und seinen Schwanz. Er glitt mit einem Finger den Schwanz rauf und runter.

Ich konnte nicht wegschauen und eine Hand krallte sich in meine Brust. Ich wusste, es überkommt mich. Ich wehrte mich nicht dagegen. Die andere Hand glitt in mein Höschen und ich seufzte, als ich spürte, wie nass ich war. Nein, das geht so nicht. Man kann mich ja sehen. Also drehte ich mich auf den Bauch, aber die Hand schön unter mir. So hatte ich meine Perle voll im Griff und bearbeitete sie heftig. Dann suchten ihn meine Augen. Das Licht blendete und ich fand ihn nicht. Er war aufgestanden und stand jetzt zwischen den Büschen, so halb verdeckt von einem Baum. Die Hose hatte er unter seinen Sack geschoben. Seinen Schwanz hatte er jetzt in der Hand und wichste ihn. Als sich unsere Blicke trafen, nickte er nur und seine Augen hatten etwas Aufmunterndes.

Sofort krallten sich meine Finger in meine Votze, meine Beine spreizten sich und ich drang tiefer ein. Meine Augen konnten sich von ihm nicht losreißen. Ich sah diese typischen Männerbewegungen, wenn sie die Vorhaut über die Eichel zogen und wieder zurückstreiften. Jetzt wurde er schneller und plötzlich flog sein Samen klatschend auf die Büsche, sein Gesicht verzog sich und er sah wohl die Sterne tanzen.

Plötzlich kam diese Wärme, die mich durchströmte, der Paukenschlag, das Zucken, das Zusammenziehen und es folgte dieses unsagbare Fallen in das Bodenlose. Es dauerte eine Weile, bis ich zu mir kam und ich wusste, wo ich war. Meine Hand war nass und mein kleines Bikini-Höschen zeigte diesen verräterischen Strich meiner gelebten Geilheit. Ich schaute in seine Richtung, sah ihn aber nicht mehr.

Also stand ich auf und lief instinktiv in die Richtung, wo er zuletzt stand. Ich streifte an den Büschen vorbei, bis ich ihn wieder sah. Als er bemerkte, dass ich ihm folgte, ging er tiefer in den Wald. Da suchte ich ihn vergebens. Hatte ich ihn verloren? Ich drehte mich, ging weiter, ging links und rechts. Er musste doch irgendwo sein!

Dabei war ich fast nackt. Ich hatte keinen BH an. Das Spiel, ihn zu suchen und zu beobachten reizte mich. Dementsprechend standen meine Nippel und im Bikinihöschen vergrößerte sich der verräterische Streifen. Zudem spürte ich das Verlangen, zu pinkeln. Ich schaute nach allen Seiten, aber ich sah ihn nicht. Also hockte ich mich hin und pinkelte. Als ich versonnen auf den Strahl schaute, der meinen Körper verließ, hörte ich ein Knacken.

Da stand er nun, am Baum gelehnt. Schaute mir zu, lachte und hatte seine Latte in der Hand. Wie hat er sich aufgegeilt? Ist er schon auf dem Wege zum Orgasmus? Habe ich ihn mit meiner Verfolgung heiß gemacht? Oder war es das Pinkeln? Jedenfalls sah ich einen respektablen Penis auf dessen Eichel sich die Vorhaut hin und her schob. Mir schwanden wieder die Sinne und diesmal sah ich die Sterne.

Ich konnte mein Höschen kaum noch hochziehen, ging zwanghaft auf ihn zu. Alex kam mir in den Sinn: „Leg' immer eine Hand unter den Sack. Gehe ruhig bis zum Damm und wenn er es zulässt, dann bis zur Rosette." Ich machte es einfach. Ich legte die andere Hand um seinen Schaft und wichste ihn. Die Eichel glänzte schön. Sicher hatte er schon Tröpfchen verloren. Mein Mund nahm erst seine Eichel, dann den Schaft auf.

Es war unbeschreiblich, nach so langer Zeit wieder einen Schwanz zu blasen. Ich spürte sein Zucken, sein wildes Verlangen und das Stoßen in den Gaumen. Beglückt von seiner Geilheit, spürte ich meine Votze. Mein Gott, da muss es ja laufen wie wild, schoss es mir durch den Kopf. Ich verdrängte es aber. Meine Hand unter seinem Sack schob sich weiter, und richtig, er öffnete seine Beine automatisch und stand breitbeiniger, fast hockend da.

Jetzt hatte ich alle Bewegungsfreiheit und fühlte seine Rosette. Ich drückte darauf und spürte ein heftiges Zucken und gleichzeitig ein ungestümes Stoßen, fast bis in meinen Hals. Ich unterdrückte den Hustenreiz und ließ ihn einfach ficken. Ich steigerte seine Geilheit dadurch, dass ich seinen After drückte. Er fing an, heftiger zu stoßen. Ich dachte noch, jetzt musst du einen Finger in seinen Po stecken, als ich sein warmes Sperma spürte und dann schmeckte. Er entlud sich und ich hatte das Gefühl, überschwemmt zu werden.

Es waren Sekunden, oder Minuten? Ich wusste es nicht. Ich war perplex. Was war passiert? Ich blies einem wildfremden Mann den Schwanz und geilte mich auf. Das geht doch nicht. Halbnackt wie ich war, stürmte ich davon. Was hast du gemacht, schoss es mir durch den Kopf. Die Büsche schlugen links und rechts auf meine Haut und die empfindlichen Nippel. Ich fand den Weg zurück zu meinen Sachen.

Überhastet rollte ich die Decke mit allen Utensilien zusammen, stopfte alles in die Tasche, warf mein Kleidchen über und hetzte zum Auto. Dort angekommen, suchte ich nach dem Schlüssel, der ja irgendwo in der Tasche sein musste. Ich war völlig durch den Wind, fast hilflos. Es dauerte und dauerte, bis ich den Schlüssel fand. Als ich dann endlich hinter dem Steuer saß und losfuhr, wurde mir bewusst, dass ich mich glücklich fühlte und in mich hinein lächelte. Dann merkte ich, dass ich immer noch keinen BH anhatte. Also hielt ich noch mal an, kramte aus meiner Decke das Handtuch raus und wickelte es mir um. Dann fuhr ich davon, ohne mich umzudrehen.

Ruhiger wurde ich erst, als ich einige Ampeln hinter mir hatte und ich mir klar war, dass er mich nicht verfolgte. Immer noch verwirrt, spürte ich meine Nässe im Schritt. Meine Hand glitt ins Höschen. Ich war erschrocken. So hatte es sich schon seit Jahren nicht mehr angefühlt. Ich konnte nicht anders, ich musste meine Finger ablecken. Ein leichtes Lächeln umspielte meine Lippen. Ich dachte an Alex. Was würde er dazu sagen.

Als ich zu Hause ankam, stand mir mein Erlebnis noch in's Gesicht geschrieben. Ich musste ja erst mal sehen, wie ich unbeobachtet in meine Wohnung gelangen konnte. Das ging schief. Die Nachbarin sah mich und ich stammelte etwas von vergessenen trockenen Sachen. Nachdem ich an ihr vorbei war und in das Treppenhaus gelangte, drückte ich mir das Handtuch zwischen meine Beine, damit kein Tröpfchen fallen konnte. Glücklich gelangte ich so in meine Wohnung. Ich atmete durch und trank erst mal ein großes Glas Wasser. Dann flog das Bikinihöschen endlich in die Wäsche.

Jetzt stand ich nackt da und schaute an mir runter. Ich sah meine glatte Muschi, wie sie glänzte und aufgeblüht war. Meine Finger glitten darüber. Ich leckte sie ab und tauchte sie wieder tief ein. Mit der anderen Hand erreichte ich meinen Po und es war leicht, die Flüssigkeit über die Rosette zu verteilen. Ich drang in Po und Muschi ein. Ich fühlte mich geil, ging unter die Dusche und pinkelte. Der warme Strahl lief mir über die Hand.

Dann gab ich mich dem Rausch der Masturbation hin und genoss mich nun schon das zweite Mal.

Das Duschwasser lief wohl gefühlte Stunden, Ewigkeiten. Ich hatte es kühler eingestellt und langsam kam ich runter. Nachdem ich mich in ein Handtuch eingewickelt hatte, nahm ich noch kalten Tee mit und setzte mich auf den Balkon. Ich weiß nicht, wie lange ich mich entspannte. Es war ein schöner Abend, um auf dem Balkon zu sitzen. Ich war ruhig und entspannt. Die Musik vom Nachbarn hörte sich an, als ob tausend Grillen für mich zirpten. Es war ein schöner Tag am See! Für mich war es aber auch ein bedeutender Tag. Lange dachte ich darüber nach. Immer sah ich das lachende Gesicht von Alex! Ich ärgerte mich darüber. Ich wollte doch an den Tag denken, was war denn passiert, wie konnte ich denn das machen? Dann lachte er wieder.

Langsam beschlich mich ein anderes Gefühl. Alex lachte ja nicht. Er freute sich. Er freute sich, was mir passier ist, kam es mir in den Kopf. Er freute sich, weil ich meinen Emotionen freien Lauf lassen konnte. Er freute sich, weil ich das gemacht hatte, wonach mir war und nicht das, was man macht, was vernünftig ist. Dieses Schreiben mit Alex im Internet hat mich verändert. Es hat zurückgeholt, was mal da war.

Ich hatte es gemacht, hatte mich anders verhalten. Ich hatte einfach nicht auf Andere geachtet. Ich war mir näher, als die anderen mir waren. Ja mehr noch. Seit langem hatte ich mir endlich genommen, was ich haben wollte. Ich nahm mir, was ich bekommen konnte. Keiner hat mich zurechtgewiesen. Keiner hat mich bedrängt. Keiner hat mich kritisiert.

Ich spüre Alex, wie er lacht. Er hatte es mal so geschrieben: „Sei nicht überrascht, du wirst dich verändern. Als erotische Frau, die ihren Körper liebt, wirst du anders auf Menschen wirken, viel positiver, viel sympathischer. Du wirst selbstbewusst auf die Menschen zugehen und zu ihnen harmonischere Beziehungen aufbauen." Jetzt lacht er mich wieder an und freut sich. Dabei bin ich es wohl, der einen Schritt nach vorne gemacht hat. Jetzt hatte ich wohl dieses geheimnisvolle Lachen im Gesicht, von dem Alex sprach.

Eines Nachts im Bett konnte ich nicht einschlafen. Ich wälzte mich nur rum, stand auf und lief umher. Es wunderte mich, dass ich nicht schlafen konnte, obwohl ich mich doch genügend verausgabt hatte. Dann dachte ich an meinen Alex. Ich bekam Lust, mich anzufassen. Ich legte mich wieder ins Bett auf meinen Rücken, entspannte meine Beine und öffnete sie. Zuerst legte ich nur die linke Hand direkt auf meine Klitoris und spielte so rum. Sie wuchs heute deutlich um das Zweifache. Mit meinen Zeigefinger drückte ich darauf.

Dann kam die rechte Hand zum Einsatz. Ich drückte nun rechts daneben und nicht auf die Klitoris. Ich spürte diese dünne Haut darunter. Die Perle stand kerzengrade. Mit der Reibung der dünnen Haut stieg meine Atmung. Ich konnte nicht aufhören.

Zwangsweise musste ich schneller reiben und ließ mich in dieses Inferno treiben. Die Muskulatur meiner Scheide zog sich so zusammen, dass ich kaum noch fähig war, mit dem Mittelfinger und dem Ringfinger hinein zu kommen. Die Orgasmen, die mich überströmten, waren unermesslich geil. Es hörte nicht auf. In solchen Momenten hätte ich diese Gefühle Alex gerne spüren lassen wollen, um mit ihm verbunden sein zu können.

Alex hatte mich ja auch dazu angeregt, mir für diese Spiele mit mir selber, mehr Zeit zu nehmen. Wir tauften daher meinen großen Dildo einfach Malex. Das Wort kommt von Muschi-Alex. Wenn ich ihn benutze, war ich immer in Gedanken mit ihm verbunden. Gerne benutzte ich aber auch dazu den analen Dildo. Den nannten wir dann Popo-Alex oder eben Palex. Ich weiß ja, wenn Alex dabei gewesen wäre, hätte er mich vaginal und anal durchbohrt.

Ich nahm mir vor, unbedingt mal wieder beide gleichzeitig einzusetzen, um mich völlig verausgaben zu können. Ich liebe es, ermattet und glücklich einfach zu liegen und zu träumen Alex hätte mich gefickt. Darüber bin ich diesmal wohl eingeschlafen.

Freuden mit Malex und Palex

Ich konnte nicht einschlafen, spürte das Atmen von Alex. Ich lauschte. Es war wohl so ein Wachtraum. Meine Gedanken machten sich selbstständig.

Ich dachte an letzte Woche. Wie war das denn. Ich wollte es, ganz langsam. Keine schnelle Nummer. Nein, ich wollte mich erleben und das gelang mir. Nicht der Orgasmus zählt, sondern der Weg dahin, ist das Ziel. Ich war so schön entspannt, hatte geduscht und mich eingecremt. Immer wieder glitt meine Hand über meine samtweiche Haut und ich genoss es. Schnell gingen meine Gedanken weiter und meine Finger streichelten meine Muschi. Ich spürte diese intime Zweisamkeit nur zu gern. Dann spürte ich Alex so nah. Ganz relax verloren sich meine Augen in der Ferne. Meine Hände glitten sanft über meine Haut, ohne Ziel. Ich zog den Bademantel an. Meine Titten zeigten mir an, dass ich in Gedanken mit meinem süßen Alex verbunden war. Ach wäre er nur da. Immer hatte ich das Bild vor mir, bei ihm zu sein.

Im Kopf schaute ich, zusammen mit Alex, diese geilen, erotisch animierten Pornobilder an. Ich freute mich mit ihm. Ich stand hinter ihm, auch wenn er diesen Interessen nachging. Ich ließ ihn meine nackten Titten auf seinem Rücken spüren, berührte seinen heißen Dolch mit den Händen. Ich kniete vor ihm zwischen seinen gespreizten Beinen. Es ist so schön, süßer

Alex, dass es zwischen uns keine Tabus gibt. Das brachte mich dann zum Höhepunkt und ich wollte gierig das Sperma von Alex schlucken, nach allen Regeln der Kunst, die er mich gelehrt hatte. Es war das Schönste für mich, weil ich wusste, es wird nie aufhören. Es kribbelte überall an und in mir. Meine Lippen, ob nun die oben oder die unten, waren für Alex da. Aber auch für mich, weil ich es so wollte und ich es so erlebte und so liebte. Alex wird mich nie enttäuschen. Oh süßer Alex, es ist verdammt heiß mit dir.

In solchen Momenten verlor ich mich dann. Ja, dann wollte ich mich und Alex spüren! Dann ließ ich mir viel Zeit, den Vulkan zu entfesseln, um nicht frühzeitig verzehrend, mein Liebesspiel zu entfalten. Die Sehnsucht wurde übermächtig und ich ließ es einfach zu. Ich atmete regelmäßig. Tief in mich versunken, berührte ich mich an den Brustwarzen. Das ging sofort tiefer zwischen meine Beine, die sich automatisch weit öffneten. Meine Atmung wurde leidenschaftlicher. Ja, ich stöhnte dabei. Mein Kopf sagte mir, du willst nur fühlen, dich selber streicheln, in dich einkehren, in aller Ruhe und Gelassenheit. Du willst es dir geben und es von dir nehmen.

Alex, du warst mir sehr nah. Deshalb streichelte ich mich immer weiter, immer tiefer, den ganzen Damm hinunter bis zum Po und wieder rauf zur Klitoris. Dann steckte ich zwei Finger in meine Grotte und nahm es wahr - meine Kneiftechnik. Ich drückte die Finger mit der Scheidenmuskulatur, so wie Alex es mir geraten hat, sie einzusetzen. Meine Schamlippen fühlten sich prall an, waren feucht und voller Lust. Sie schwollen immer weiter an. Ich stand auf. In aller Ruhe fand ich meinen Malex, der sollte genügen. Den Palex habe ich nicht mehr gebraucht.

Es war so schön, Malex in der Hand zu haben und an meine saftigen Votze zu halten. Ganz langsam merkte ich, wie er zu wirken anfing. Ich hatte alle Zeit der Welt und die wollte ich nutzen, alles genießen, aber ganz langsam.

Ich fühlte es, ich war so eng. Dann konnte ich es nicht abwarten, Malex mal kurz reinzustecken. Oh Gott, Stück für Stück drang Malex millimeterweise ein. Ich spürte meine Sehnsucht. Aber ich wollte mir ja Zeit lassen, um in der Mitte meines Körpers den Speer von Alex zu fühlen. Dann wieder rausziehen und mich nur von außen wahrnehmen. Langsam ging es dann vor und zurück. Wenn ich das Becken nach hinten kippte, wurde es noch enger, noch schöner. Ich ließ los, wenn ich mein Becken kippte. Jetzt melkte ich Alex und erlebte dabei auch mich. Dieses Gefühl war so wunderbar. Dieses Gefühl anzuhalten, um in der Sehnsucht Alex in mir aufzunehmen, ihn in mir zu spüren, war einzigartig.

Dann wollte ich mehr. Ich neigte mich vor und nahm Malex zur Hand. Batterien waren gar nicht drin. Egal, es „funktionierte" ja auch ohne. Ich spürte dieses Eindringen, dieses Zucken, dieses Schließen. Alex war da. Mein Atem wurde zunehmend lauter. Ich war tief entspannt, in einem nicht aufhörenden

Wollen. Jetzt hämmerte ich immer weiter und der Popo wurde von mir mit einbezogen. Von meiner rechten Hand steckte ich zwei Finger in meinen Po. Es musste sein, ich brauchte es, ich wollte alles spüren, puh so war es schön.

Diese rhythmischen Bewegungen, vorne und hinten ausgefüllt zu sein, jedes Zucken, war so intensiv wahrzunehmen. Ich spürte, wie sich die Spannung aufstaute und ich dem Orgasmus entgegen segelte. So einen Orgasmus hatte ich lange nicht gehabt. Zu lange war ich mit dem Gedanken unterwegs, mich mal zu verausgaben. Dann kam es mir doch in den Sinn, meinen Palex aus dem Schrank zu holen. Schon lange war ich nicht mehr in die Schokoladenseite gegangen, fuhr es mir durch den Kopf.

Als ich Malex rauszog, war der Strom meines Saftes so intensiv, so voller Schleim, als wäre es sein Samen. Ich stand auf und ging zur Toilette. Als ich den Pipistrahl fühlte, warf ich den Kopf in den Nacken. Ich mochte dieses leichte Vibrieren. Jetzt wo ich ohnehin erregt war, noch mehr als üblich. Als ich mich mit Papier trocknete, blieben meine Finger auf der Klitoris. Mein Gott, ich brauchte es jetzt. Ich stürmte ins Schlafzimmer zum Schrank, holte hastig die Schachtel mit dem Palex, meinem Popodildo raus . Ich hatte es noch in Erinnerung. Dieser Palex hatte mich doch mal in den Rausch der multiplen Orgasmen versetzt. Mir lief ein Schauer über den Rücken, als ich jetzt daran dachte.

Ich stöhnte, als ich mich auf mein Bett legte. Die Beine waren sofort weit auf. Ich wollte es wissen. Nein, Gleitcreme brauchte ich nicht, ich war nass genug. Die Batterien waren noch tüchtig. Meine linke Hand ging zu meinen Schamlippen, um zu streicheln, zu fühlen und zu tasten. Meine Hand bewegte sich mit leichten Pumpbewegungen. Meine Schamlippen schwollen an und ich merkte diese Feuchtigkeit der Geilheit aufsteigen. Mein Atem wurde intensiver, mit leichtem Pusten. Dieses Berühren meiner Perle, die deutlich zu spüren war, mein Malex den ich mir tief in meine Grotte schob und fest einklemmte, das alles war wunderschön. Er entzündet gleich diesen schönen Rausch. Meine geilen Gefühle nahmen mich jetzt voll in Anspruch und duldeten keine anderen Gedanken mehr. Als ich mich zur Seite legte, war ich so geil auf Palex.

Meine linke Hand war frei und mit sanften Bewegungen spürte ich das Eindringen und das Vibrieren meines Palex. Ja, ich wollte es jetzt. Der Dildo machte seine Arbeit. Ich zögerte etwas, es schmerzte. Aber ich wollte es. Dann genoss ich das Gefühl, wie er meinen Po aufweitete. Ja, ich fickte mich mit Malex und Palex und ich redete mit Alex. Ich will es für mich und für Alex. Den Malex hielt ich schön fest in mir und spürte den Palex, wie er mich marterte. Meine Hand glitt über meine Brüste. Ich drückte gegen meinen harten Nippel bis an die Schmerzgrenze. Ich liebte es, die Kunstfertigkeit meiner Hände einzusetzen und meine Schamlippen heiß und geöffnet zu haben, um in diese vollkommene Begierde zu sinken. Ich korrigierte Malex in meiner Muschi. Ich liebte es, so lang wie möglich zu zögern und den Gipfel nicht zu überschreiten. Die Wellen des Fluges jagten meinen Herzschlag in die Höhe. Ich genoss dieses leichte Zucken in mir, wenn ich vorne und hinten ausgefüllt war. Dann überströmten mich Gefühle, diese multiplen Orgasmen. Die Sterne tanzten vor meinen Augen. Diese heißen Wellen, das wohlige Räkeln und diese unwillkürlichen Zuckungen sind ein himmlischer Genuss. Es war, als spürte ich den Liebessamen von Alex in mir zerlaufen. Ja, ich hatte mich lange nicht so gespürt. Es schien, als vermischte sich das Sperma von Alex mit meinem Schleim. Malex und Palex fingen an, richtig zu leben. Ich schaute beide lange an und fühle das Atmen seines Schwanzes in meinem Mund. Ich weiß noch, wie Malex und Palex mich am Morgen an dieses Erlebnis erinnerten, an diese herrlichen Gefühle. Ja, ich war Alex dankbar dafür. Ohne ihn hätte ich es nicht gekonnt.

Ich will ihn haben

Es war Sommer. Es war ein ganz normaler Samstag. Ich holte mir Brötchen. Nach dem Frühstück fuhr ich in die Stadt. Die Straßencafés waren voll. Es war ein schöner Morgen. Ich kaufte ein und aß eine Kleinigkeit. So gegen 14:00 Uhr kam ich zurück.

Ich machte mir einen faulen Nachmittag und aalte mich in der Sonne. Am Abend machte ich mich hübsch und fuhr mit dem Auto nochmals in die Stadt. So spät wird es wohl nicht werden dachte ich und ging in ein nettes Lokal. Das Lokal war sehr voll. Ich hatte Glück. Der Kellner begleitete mich zu einem schönen Tisch in der Ecke. Es dauerte nicht lange, bis er wiederkam und fragte, ob sich ein Herr dazusetzen dürfte. Ich nickte nur, denn ich nahm einen stattlichen schlanken Mann wahr, der nicht übel aussah. Er stellte sich mit Uli vor.

Ich nickte und sagte nur: „Baba." So begann der Abend und wir unterhielten uns über Gott und die Welt. Wir wählten beide das gleiche Essen mit Vorspeise, Hauptspeise und einem Dessert. Dazu ein schönes Glas Wein. Die Zeit verflog wie im Flug. Den ganzen Abend war eine schöne Spannung zwischen uns. Wir waren uns sympathisch und unsere Interessen waren ähnlich. Als ich das erste Mal auf die Uhrzeit schaute, war es bereits 23:00 Uhr. Wir zahlten und gingen aber noch in die Kellerbar. Da tanzte bereits der Bär. Es war schon sehr voll.

Ein netter Mann machte mir seinen Barhocker frei und wir bestellten zwei Caipirinha. Uli stellte sich direkt vor mich und legte dabei seine Hände auf meine Knie. Fast unbewusst, so schien es, er suchte den Körperkontakt. Das war deutlich zu spüren und ich wollte es auch. Die Spannung stieg. Nach einer Weile wechselten wir die Positionen. Er setzte sich auf den

Barhocker und ich stellte mich dazu und öffnete leicht die Knie, so dass er fast in meinem Schritt stand.

Er spürte, wie ich ganz zart mit meinem Unterschenkel spielte. Mir wurde ganz heiß dabei. Ich hatte einen weißen Rock an, der nur kurz über die Knie ging und eine leichte Bluse ohne BH, was ich mir ja erlauben konnte.

Als ich zur Toilette ging, spürte ich seinen Blick auf mich gerichtet. Sicherlich fragte er sich jetzt, ob ich einen Slip oder Tanga darunter trage, jedenfalls war kein Ansatz zu sehen.

Die Zeit verging im Flug. Wir tanzten, tranken und hatten Spaß. So gegen 2:00 Uhr fragte er mich, ob ich bei ihm schlafen wollte. Er hätte genug Platz für uns beide und es wären nur ein paar Minuten mit dem Taxi. Mir stieg das Blut in den Kopf und dachte an 40 Grad Fieber. „Ok!", sagte ich, aber ich dachte an Alex, der mir mal sagte, im Zweifel so eine Gelegenheit wahrzunehmen.

Uli ließ ein Taxi kommen und wir fuhren los. Im Taxi küsste er mich dann und seine Hände glitten über meine Brüste. Aha, Terrain erkunden dachte ich und genoss es. In der Wohnung machte er schöne Musik an und ging ins Bad. Das große Wohnzimmer war sehr gepflegt. Durch das Fenster konnte man den Garten sehen, der durch den Vollmond erhellt wurde. Ich sah eine Terrasse, viele Sträucher und eine Hütte am Ende des Grundstücks.

Die Stereoanlage spielte „Only Time" und nach drei Minuten kam Uli mit einer frischen Ausstrahlung aus dem Bad zurück. Er trug nur einen engen Tanga, in dem sich seine ganze Pracht abzeichnete. Ich wollte diesen Schwanz haben. Meine Gier, ihn in mir zu spüren, war mir wichtig für mein Selbstwertgefühl. Endlich wollte ich mal wieder einen Mann erobern. Er schlug seine Arme um mich, küsste mich erst zärtlich, dann stürmisch. Er machte es mir leicht, mit ihm ins Bett zu gehen.

Jetzt zögerte ich gar nicht lange und ließ meinen weißen Rock fallen. Nun hatte er die Gewissheit, dass ich nichts darunter trug. „Du hast ja gar kein Höschen an!", entfuhr es ihm. Sein Schwanz wölbte sich unter seinem Tanga. Ich fand es so geil. Dieses Kribbeln zwischen meinen Beinen wurde heftiger. Meine Bluse war schnell ausgezogen und flog in die Ecke.

Es war toll und heiß zugleich. Seine Finger waren an allen Stellen meines Körpers. Er umfasste meine Brüste und spielte mit den Brustwarzen. Ich zog ihm seinen Tanga runter und leckte genüsslich seine Eichel. Uli zog mich hoch und umfasste meine Pobacken mit einer Hand. Die andere Hand glitt zwischen meine Beine. Da war es nass und heiß, was ich ihm gönnte, ihm aber damit auch mitteilte, dass ich gefickt werden wollte.

„Genau da will ich jetzt deinen Speer fühlen", sagte ich voller Geilheit. „Mach es mir jetzt Uli." Er legte mich auf den dicken Teppich, der so schön weich und kuschelig war. Uli kniete sich vor mir und küsste mich von meiner auslaufenden Muschi bis rauf zu den Brüsten. Sein Schwanz war prall und heiß. Er zog mich auf seine Oberschenkel. Das war zu viel für mich. Ich wollte nicht warten. Mit einem Ruck setzte ich mich auf seinen Schwanz und ließ ihn tief hinein gleiten.

Er hob mich an den Hüften an und senkte mich wieder ab. Ich war so ausgefüllt mit der rhythmischen Bewegung. Dieses geile Rauf und Runter heizte uns beide ein. Ich fickte ihn nach allen Regeln der Kunst. Unser Atem wurde lauter, durchdringender. Ich stoppte kurz, ohne ihn zu verlieren. Uli lag jetzt auf dem Rücken und ich fickte ihn von oben. Er griff nach meinen Brüsten und knetet sie. Ich machte mich eng und kippte das Becken vor und zurück. Ich stand kurz vor meinem Orgasmus, war benebelt und wie von Sinnen.

Er bemerkte meinen kommenden Orgasmus und spritze mir seine volle Ladung in meinen Bauch. Unsere Körper zuckten in einem Rausch und es lief nur so aus mir heraus. Mit Papiertüchern wischte ich mich etwas trocken und den Rest verschmierte ich auf seiner Brust. Er bekam etwas Sperma von meinem Finger in seinen Mund. Er leckte den Finger genüsslich sauber.

Nachdem ich mich im Bad frisch gemacht hatte, verabschiedete ich mich von ihm. Möglich, dass er meinte, er hätte was verkehrt gemacht. Ich aber wollte die Zeit für mich auskosten. Ich hatte zu meinen alten Stärken zurückgefunden. Ich war stolz auf mich, es gemacht zu haben. Etwas, was wohl nur wenige schaffen, dieses „Zurück zur Lust". Dieses wunderbare Erwachen meines Körpers. Ein Nehmen und ein Geben in vollkommener Ausgeglichenheit. Nie wieder unterwürfig zu sein. Das war ein schönes, sehr schönes Gefühl. Das war es, was Alex meinte, was ich erleben sollte.

Heißer Traum mit Alex

Mein lieber Alex, ich träumte du lagst in meinem Bett. Dein Schwanz schmerzte. Du brauchtest eine Befriedigung. Die Beine waren breit geöffnet und dein Schwanz stand kerzengrade. Du hattest wunderbare geile Gefühle. Mit dem Zeigefinger gingst du an deinem Schaft rauf und runter. Du bekamst eine Gänsehaut. Du kraultest deine Eier und bekamst einen Schauer. Dann fühltest du deine nasse Eichel und rutschtest mit den Fingern darauf herum. Das allein reichte fast schon, um einen Orgasmus zu bekommen.

Du wartetest sehnsüchtig auf mich. Um nicht vorzeitig zu spritzen fuhrst du mit deiner Hand unter deinen Rücken zielsicher in die Pokerbe. Danach versenktest du zwei Finger in deinen Arsch. Für dich war es so ein richtiges geiles Gefühl. Deine Finger fingen sofort an zu ficken. Es war ein Reflex, ein Zwang. Du genossest deine Gefühle und konntest nicht mehr aufhören.

Für mich war es eine Wonne, dir zuzuschauen. Meine Blicke waren nur auf deinen Schwanz und deinen Po fixiert, in dem deine Finger beständig arbeiteten und dich geil und geiler machten. Ich hatte meine Finger in meiner Muschi, richtete mich etwas auf und versenkte gleichzeitig zwei Finger in meinen Po. Ich kippte mein Becken und du konntest zusehen, wie auch ich deinen Po sehen konnte. Wir geilten uns gegenseitig auf.

Als du deine Hand, um deinen Penis schlangst und die Vorhaut runterzogst, um mir deine Eichel zu zeigen, beugte ich mich sofort runter und saugte sie ab. Meine Lippen übten so einen erheblichen Reiz aus. Du warst kurz vor dem Spritzen und drücktest mich beiseite. Du wolltest mich doch ficken und verwöhnen. Ich hob den Kopf, sah dich an und lächelte.

Dann streichelte ich über deine Eichel, alles zog sich in dir zusammen. Du wolltest es aufhalten. Deine Halsmuskeln zogen sich zusammen und dir stockte der Atem. Es wurde so heiß im Bauch, die Sinne schwanden, du sahst mich nicht mehr.

Du spürtest, wie dein Samen auf deine Brust klatschte. Dann wurde der Bauch völlig nass. Ich reagierte und leckte deinen Schwanz erneut. Es war zu spät. „Komm setzt dich auf mein Gesicht", sagtest du. „Ich lecke dich." Und so geschah es. Ich robbte meinen Körper hoch und du schmecktest sogleich den leicht salzigen Geschmack meiner Votze. Du lecktest heftig und saugtest an meinem Kitzler. Ich kam in Fahrt, kippte mein

Becken und rieb dein Kinn und deine Nase. Als du noch einmal kräftig saugtest, meinen Kitzler erneut zu fassen bekamst, mit der Zunge quetschtest, quietschte ich. Dann das stoßweise Atmen. Du wusstest jetzt, wie du mich beglücken konntest. Ja, da war es, mit den Lippen spürtest du die innere Vibration in mir. Mein Becken zitterte mit und bewegte sich ganz langsam weiter zwischen Nase und Kinn.

Ich sank auf dich herab und küsste dich wahnsinnig. Schweißnass wachte ich auf. Ich musste dringend pinkeln.

Rita und ihr Mann

Ich saß in einem Café in der Stadt. Diesen Kaffee hier mochte ich. Man saß so schön im Mittelpunkt und konnte die Leute beobachten. Um mich herum ein ständiges Kommen und Gehen. Viele blieben nur kurz. Aber ich hatte Zeit, bestellte mir einen Cappuccino. Ich hatte oft hier gesessen. Ich trug nur ein Hängerchen, so dass meine Brustwarzen zu erkennen waren. Wer wusste schon, dass ich kein Höschen drunter hatte. Das war längst in der Handtasche verschwunden.

Manchmal sah ich das Lächeln eines Mannes. Dieses befreite, glückliche unverkrampfte offene Lächeln, wie es nur Menschen zeigen, die sehr starke erotische Gefühle ausstrahlen. Manchmal war ich versucht die Beine zu öffnen und Einblicke zu gewähren, so nebenbei und unbekümmert. Aber so richtig funktionierte es nie. Jedenfalls reagierte keiner bisher. So blieb mir nur, dem einen oder anderen Knackarsch nachzuschauen, anzulachen oder anzuschmachten und mir geile Gedanken dabei zu machen.

Ich dachte dabei an Alex. Was hat er mir nicht alles für geile Sachen geschrieben. Bis ins kleinste Detail hat er beschrieben, wie er mich ficken würde oder dass er sich wünscht, von mir gefickt zu werden. Wenn ich daran denke, wie er meinen Po ficken würde oder ich ihn reiten sollte, läuft mit jedes Mal ein Schauer über den Rücken. Ich wusste, dass dieses, fast regelmäßige, Schreiben mich verändert hatte.

Seitdem ist es ja auch öfter passiert, dass ich mich so hinein steigerte und feucht wurde. Gespräche hat es weniger geben. Mal eine Bemerkung, mehr aber nicht. Nach einer Stunde geiler Gedanken, zog ich es vor, lieber mein Höschen mit einer Einlage auf der Toilette anzuziehen, um nicht den Stuhl zu markieren. Es war eh' kein besonderer Tag. Nur die Frau am Nachbartisch schaute ab und zu mal rüber, lächelte, nickte, unterhielt dann aber wieder mit ihrem Mann weiter.

Als ich aus der Toilettenkabine trat und in den Spiegel schaute, stand sie hinter mir. Erst sah sie mich stumm an, dann räusperte sie sich und sagte: „Mein Mann findet Sie bezaubernd. Wollen Sie uns nicht kennenlernen?" Mich durchfuhr es wie ein Schlag. So wurde ich noch nie angesprochen. Die Frau als Helfer für ihren Mann? Was soll das werden? Nein, es machte mich nicht an und dennoch war ich froh den Slip mit der Einlage versehen zu haben. Ich spürte dieses Ziehen.

Es kann doch nicht sein. Die Frau macht mich an und wirbt für ihren Mann. Ich zermarterte mir das Gehirn. Ich fand keine Antwort und dennoch hörte ich mich sagen: „Ja, warum denn nicht." Was Besseres fiel mir auch nicht ein. Ich sah die Frau an. Frauen haben mich noch nie interessiert. Sicher schaut man eine Frau, die hübsch oder elegant ist, an. Aber doch nie mit sexuellem Interesse.

Was wollte diese Frau, die nicht mal besonders hübsch war. Sie war eher ein wenig rundlich, stämmig. Eine kräftige Oberweite, aber eben nicht dick und nicht außer Form geraten. Ihr Po war rund, aber nicht ausladend. Sie hatte ein liebes Gesicht und kräftiges dunkles Haar, das sie in Locken trug. Ihr Lachen war gewinnend, natürlich und nicht aufgesetzt. Diese Frau kannte ihre Wirkung. Also folgte ich ihr an den Tisch.

Am Tisch stellten sie sich artig vor: „Die Rita und der Eberhard." „Babara", hörten sie von mir, „oder besser Baba." Nach einer Runde Schaumwein standen wir auf und gingen zu ihrem Auto. Ich fragte nichts, ging einfach mit. Es war intuitiv, fast wie selbstverständlich. Etwas ungelenk stieg ich ins Auto ein. Ich ahnte doch, was mich eventuell erwarten würde. Ich bin doch nicht naiv. Warum machte ich das. Ich weiß es nicht. Ich weiß nur, ich wurde neugierig. Ich spürte das Ziehen, diese Schmetterlinge im Bauch. Ich ahnte, wir würden ficken, aber wie?

Als die Wohnungstür sich schloss, verschwand Eberhard im Bad. Rita zog mich ins Wohnzimmer und schenkte uns beiden ein Glas Sekt ein. Wir tranken kleine Schlucke. Sie sah mich an. „Du bist hübsch, sehr hübsch", sagte sie. „Willst du es wagen? Eberhard ist begeistert von dir." Das alles klang so geschäftlich routiniert, ohne Romantik. Ich zuckte mehr mit meinen Schultern, als dass ich zustimmte. Aber mir war klar, ich wollte das Experiment. Ich wollte wissen, wie es weitergeht. Rita war wohl erfahren genug, um zu wissen, dass ich nicht ein begeistertes und klares „Ja" aussprach. Deshalb handelte sie einfach und übernahm die Initiative.

Sie streifte mein Kleid ab, bewunderte meine Brüste und meine nahtlos braune Haut. Vorsichtig strich sie mir über die Brüste und sah mir in die Augen. Die Berührungen taten ihre Wirkung und sie hauchte einen Kuss auf meine Wange. Nie hatte mich eine Frau so berührt, aber ich konnte es zulassen. Dann ging sie mir mit der Hand in den Slip, fühlte sodann prompt zwischen meine Schamlippen und spürte, wie feucht und sorgfältig rasiert ich war. Meinen Slip strich sie nach unten und entledigte sich blitzschnell ihrer Kleidung, die achtlos am Boden liegen blieb.

Ich schaute sie von oben bis unten an. Meine Gedanken waren damit beschäftigt, ob ich mit ihr Liebe machen könnte. Kann ich sie ficken, wie eine Lesbe. Würde sie mich ficken wollen. Ehe ich zu einem Entschluss kam oder mir klar werden konnte, ob sie nun schön ist oder nicht, umarmte sie mich. Sie drückte und schmiegte sich eng an mich, rieb ihre Titten an mir und küsste mich erneut auf die Wange. Dann nahm sie mich plötzlich an die Hand und zog mich ins Schlafzimmer.

Auf dem Bett lag Eberhard auf dem Rücken. Seine Beine waren gespreizt und sein Schwanz ragte steil in die Höhe. Rita führte mich auf das Bett. Eberhart zugewandt, stand ich über ihn. Ich sah nach unten und sah seinen Schwanz, aber eigentlich dachte ich an den Schwanz von Alex. Nur Alex wollte ich ficken, obwohl ich seinen Schwanz nicht kannte. Jetzt aber war es geschehen. Ich wurde geil und nass. Meine Votze begann zu laufen und ich wurde wild. „Setz dich doch drauf!", hörte ich Rita sagen. Ich tat es und setze meine Rosette, die ich mit Schleim aus meiner Votze gleitfähig gemacht hatte, auf den Schwanz. Ich zeigte kurz auf meine Tasche. Rita begriff sofort. Schnell drückte ich noch Gleitcreme in meinen Arsch.

Dann rutschte sein Schwanz schön rein und ich kniff sofort zu. Es schmerzte. Mein Kopf ging nach rechts und nach links. „Bleib", sagte ich zu mir, „bleib, es ist gleich vorbei." Dann konnte ich mich entspannen und Eberhard fühlte es weich und warm. Ja, Alex wollte die Enge spüren und das war ich ihm schuldig.

Bis an die Eier steckte er nun in meinem Arsch. Ja, jetzt wird es schön und ich fickte kräftig drauf los. Dabei kniff ich den Po immer dann zu, wenn es raus ging. Diese Melkbewegung hat Alex mir beschrieben. Er weiß, was schön ist. Sagte er doch mal, so ist es ein wunderschönes Gefühl. Der Druck auf den Schwanz ist enorm. Der Reiz ungleich höher als in der Votze. Eberhard war wie weggetreten und hatte die Augen geschlossen, als er diesen gleichmäßigen Rhythmus spürte.

Er machte mir sehr schnell den Eindruck, dass er kommen wollte. Rita sagte: „Dreh dich doch mal um." So drehte ich mich und wandte Eberhard den Rücken zu. Jetzt stand Rita vor mir und drückte ihre Finger in meine Votze. Sie genoss es, sah mir tief in die Augen, als ob sie mich hypnotisieren wollte. Sie fand den G-Punkt und brachte mich ordentlich in Ektase. Plötzlich hatte ich einen Vibrator in der Muschi, der mir lieber war als ihre Finger. Mühsam hielt ich ihn fest und hämmerte mir den Schwanz von Eberhart in den Po. Mit geschlossenen Augen kam ich dem Höhepunkt entgegen.

Dann hörte ich noch andere Geräusche. Sie hatte sich einen Stuhl vor das Bett gestellt und ihre Beine weit geöffnet. Als ich die Augen öffnete, sah ich in die Votze von Rita. Mit den Fingern einer Hand bearbeitete sie ihre Votze innen und mit den darunter liegenden Finger der anderen Hand ihre Klitoris. Sie masturbierte heftig. Weil ich ihr zuschaute, schien sie sich noch geiler zu gebärden. Dann führte sie einen Riesenvibrator ein und bearbeitete sich umso mehr.

Ich starrte ihr in die Augen und ich verstand. Sie wollte meinen Fick mit Eberhard als Kick für sich, um sich selber einen Orgasmus zu verschaffen. Ich lächelte in mich hinein. Soviel Geilheit hätte ich ihr nicht zugetraut. Während wir uns anlächelten, nahm sie einen zweiten Dildo und rückte auf dem Stuhl noch weiter vor. Es war ein Dildo, so ein gebogener Dildo oder ein Dildo in V-Form. Einseitig endend wie ein Golfball. Die andere Seite wie ein Schwanz eben. Sie schmierte Gleitcreme auf den Golfball und auf ihren Analbereich, dann schob sie sich dieses dicke Ende in ihren Po.

Ich war fasziniert von ihr, nahm mich ein wenig zurück. Ich sah, wie sie sich aufgeilte und wie sie es genoss, dass ich ihr zuschaute. Ich fuhr jetzt mit meinem Vibrator, wie wild in meine Votze und animierte sie damit noch mehr. Dann lächelte sie geheimnisvoll und nahm einen dritten Vibrator und schob ihn zu dem anderen in ihre Votze.

Diese Frau war eine ganz besondere geile, versaute, aber dennoch süße Frau. Ich verstand sie und genoss, wie sie sich auslebte. Als Eberhard den Dritten Dildo sah, kam er spontan in meinem Po und entsprechend schmatzte jetzt jeder Fickstoß. Rita und ich kamen gleichzeitig. Ich hatte den Eindruck, es tat Rita sehr gut. Nach einer kleinen Pause und Atemholen, sprang sie auf und nahm mich wieder bei der Hand und zog mich ins Bad.

Darin befand sich eine große Dusche mit viel Platz. Rita positionierte den Duschkopf auf halbe Höhe, so dass die Haare nicht nass wurden. Sie umarmte mich schmusend und genoss meine Nähe. Unter der Dusche in dieser Position konnte ich nicht anders. Ich ließ es laufen, ich pinkelte genüsslich. Fast erschrocken lehnte sich Rita zurück. Sah mir ungläubig in die Augen, um sich sodann noch mehr in mich rein zu kuscheln und den warmen Strom der Pisse auszukosten. Dann lief es bei ihr und es war an mir, mich noch mehr rein zu kuscheln. Jetzt war ich überrascht. Meine Hände glitten über ihren Rücken und durch ihre Pokerbe. Dann nahm ich Shampoo und glitt ihr über ihren Po und über ihre Muschi. Ich glitt hinein, so wie Alex es beschrieben hat, wie er es mit mir machen würde.

Es dauerte noch einen Moment und ich fühlte ihre Finger in mir. Ja, wir geilten uns gegenseitig auf und brachten uns zum Orgasmus. Sie sagte, als sie diesen Dildo aus sich rauszog, dass sie dachte, ihr Arsch würde sich nie wieder schließen. Darauf antwortete ich nur: „Jaaa, da wirst du wohl eine Woche lang von zehren." Ich hätte es nie gedacht, aber es ging. Ich küsste sie.

Nach dem wir uns abgetrocknet hatten, zog Rita mich wieder ins Schlafzimmer. Sie legte sich sofort zu Eberhard und begann seinen Schwanz zu lecken. Sie konnte es, obwohl er ja in meinem Arsch war. Warum auch immer.

Dann schlang sie ein Bein über ihn und winkte mich heran. Ich solle mich doch daneben legen. Ich aber zog es vor, die beiden zuzudecken und mich zurückzuziehen. Nachdem ich mich schnell angezogen hatte, verließ ich die Wohnung und machte die Wohnungstür leise zu. Wollte ich Rita wiedersehen? Nein, es war einmalig. Ich wusste, ich hatte nicht vor, es zu wiederholen. Es war ein schönes Erlebnis. Glücklich ging ich fort. Das musste ich meinem Alex schreiben. Ihn damit geil machen. Es ist so schön, für ihn geil zu sein!

Im Pornokino

„Baba, bist du das wirklich", klang da an mein Ohr. Neben mir standen zwei Schulfreunde, Jürgen und Günter. Ich glaube, ich hatte sie 30 Jahre nicht mehr gesehen. Sofort entstand zwischen uns Dreien eine angeregte Unterhaltung. Die Beiden luden mich zu einem Glas Wein ein. Bei einem Glas blieb es nicht. Ich weiß auch nicht mehr, wie viele es waren.

Jedenfalls kamen sie in fortgeschrittener Stimmung damit raus, dass sie gerne in das kleine Pornokino ganz in der Nähe gehen möchten. Etwas irritiert hörte ich das. Haben sie mich da gesehen? Haben sie mich mit jemanden verwechselt? Doch es war noch früh am Abend. Ich wollte da ja auch mal rein, aber ich traute mich nicht alleine hin. Alex schrieb ja immer, man soll die Gelegenheiten ja nicht ungenutzt lassen. Das war jetzt so eine Gelegenheit. Also stimmte ich zu. Die Zwei waren begeistert und wir verabredeten uns dann für 23:00 Uhr vor Ort. Als ich ankam, waren beide schon da. Wir blickten uns um und huschten zusammen hinein.

Im Vorraum erhielt ich Anerkennung von drei anderen anwesenden Männern durch eindeutige Pfiffe. Wir suchten uns passende Plätze und guckten dem Film. Dieser gefiel mir aber nicht sonderlich. So stand ich auf, um die Räume zu erkunden. Ich fand einen „Dark Room" und ein Labyrinth mit ein paar Einzelkabinen. Aus einer der Kabinen drang lustvolles Stöhnen.

Wie hypnotisiert öffnete ich die Kabine daneben und schlüpfte hinein. Links und rechts in der Kabinenwand waren Löcher, aber es passierte nichts. Auf einmal schob sich ein Prachtstück von Schwanz durch eines der Löcher. Ich spürte meine aufkommende Geilheit. Ich beschloss ihn zu blasen. Mir lief das Wasser im Mund zusammen. Ich wurde so nass, dass ich meinen Slip auszog und anfing bei mir zu grabbeln. Aber ich konnte mich doch noch rechtzeitig bremsen.

Ich ging zurück in den Kinoraum und erzählte den Beiden von den Lustlöchern. Sofort wollten sie die Kabinen sehen und fanden zwei leere Kabinen nebeneinander. Wir schlüpften hinein. Ich alleine in eine und die Beiden gingen in die Kabine daneben. Nach kurzer Zeit schob sich ein riesiger Schwanz durch ein Loch. Also aus früheren Zeiten hatte ich den nicht in Erinnerung.

Fast zwanghaft drückte ich einen kräftigen Kuss auf die Eichel und hörte durch das Loch ein wohliges Grunzen. Jetzt ging die Geilheit wieder mit mir durch. Ich war im Begriff, diesen Zustand zu akzeptieren und ihn auszuleben. Das ist es eben, was Alex immer schrieb. Also begann ich den Lümmel eingehend zu lutschen. Ich schob ihn mir tief rein, saugte kräftig daran und war total überrascht, als plötzlich ohne jedes Anzeichen eine Ladung herrlicher Sahne in meinem Mund landete. Ich hatte ihn gerade ganz tief im Mund. Fast hätte ich mich verschluckt. Das Sperma schmeckte richtig lecker und ich schluckte alles runter. Dann verschwand mein Samenspender.

Wie erwartet kam der Zweite. Ich war von den Socken. Das Teil war so stramm und lang, dass ich es kaum glauben konnte. Es war fast der geilste Hammer, den ich bislang in echt gesehen hatte. Er war beschnitten, einfach geil. Ich formte meine Lippen zu einem „O" und schob sie drüber. Aber ich schaffte den Schwanz nur bis kurz hinter die Eichel. Er versuchte ihn mir tiefer reinzuschieben, aber ich musste sofort würgen. Ich konnte den Schwanz mit meiner Blaskunst nicht befriedigen.

Aus dem Loch raunte es dann: „Dreh' dich um, zeig' mir deine Votze!" Also drehte ich mich um, zog meine Arschbacken auseinander und presste meinen Arsch gegen die Wand, so dass die Pussy frei zugänglich war. Die Anonymität meines Fickers machte mich total scharf. Zuerst leckte er mich, aber er kam durch das Loch nicht richtig ran. Dann kam, worauf ich gewartet hatte. Er setzte seine Eichel an. Meine Muschi zuckte vor Geilheit. Dann endlich schob er mir seinen langen Lümmel rein. Er wartete einen Moment, um mir die Gelegenheit zu geben, mich an das lange Monster gewöhnen zu können. Dann fing er an, vorsichtig, mit ständig ansteigender Geschwindigkeit, vor und zurück zu fahren. Seine Stöße wurden immer härter und schneller. Zum Schluss wackelte die ganze Bretterwand. Ich kam richtig in Ekstase. Nach diesen kräftigen und tiefen Stößen zog der Typ seinen Schwanz plötzlich raus und ich empfand hinten eine gähnende Leere.

Es kam nichts mehr. Ich wollte schon mein Hinterteil vom Loch wegziehen, als plötzlich der Befehl kam: "Warte!" Also drückte ich mein Lustloch wieder in das Glory Hole Zentrum. Er steckte mir drei Finger in die Muschi, um den Saft rauszuholen und ihn in und um die Rosette herum zu verteilen. Jetzt wusste ich, was mir blühte. Er setzte seinen Mittelfinger an meine Rosette und drang mit etwas Druck in meinen engen Kanal ein. Es ging ganz gut, denn er hatte den Hintereingang ja geschmiert.

Gierig begann sich mein Becken aufzubäumen. Ich konnte mein lautes Stöhnen nicht mehr unterdrücken. Mein Körper begann zu zucken und sich zu verkrampfen. Ich versuchte immer mehr, mich ihm entgegen zu strecken, doch es war ja durch die Wand begrenzt. Plötzlich jagte er mir brutal einen Daumen in den Arsch. Ich konnte einen Aufschrei nicht unterdrücken. Nun setze er seinen, wieder harten Schwanz, an meiner Rosette an. Mein Atem ging schneller, ich ließ alles über mich ergehen. Ich war ja auch gierig auf einen richtigen Arschfick. Ich konnte spüren, wie er seine Eichel gegen meinen Arsch drückte, mit welcher Kraft sich sein Schwanz Stück für Stück in mein williges Arschloch bohrte und mich aufdehnte. Ich klammerte mich am Sitzpolster fest.

Diese Art von Lustschmerz brachte meinen Körper zum Beben und zum Schwitzen. Auch er stöhnte und keuchte laut hinter mir. Mein lüsternes Loch hielt seinen Schwanz fest umklammert. Mit kleinen kreisenden Bewegungen begann er mich zu dehnen. Er drückte mit voller Kraft gegen mich. Dann begann er zu ficken. Zuerst langsam, dann immer wilder und hemmungsloser. Ich war außer mir, hockte lüstern wimmernd und keuchend in der Kabine vor dem Loch. Mit jedem Stoß und mit jeder Berührung brachte er auch mich einem erneuten Höhepunkt näher.

In mir stieg so eine Lust auf, dass ich mich nicht mehr verkrampfte und er leichtes Spiel mit mir hatte. Er bemerkte mein Entgegenkommen, zog seinen Schwanz fast ganz aus meinen Po und rammte ihn mir mit voller Gewalt bis zum Anschlag wieder rein. Ich stöhnte vor Wollust. Seine Stöße wurden immer stärker und immer tiefer. Ich hatte das Gefühl, dass sein Kolben immer größer wurde. Er hatte eine enorme Ausdauer.

Seine Eier klatschten laut gegen die Wand und sein gesamter Körper prallte immer heftiger gegen die Wand. Vor Geilheit verlor er die Kontrolle und rammte seinen pulsierenden Schwanz mit heftigen Stößen in mein jetzt geschmeidiges Loch. Doch allmählich wurden seine Bewegungen sanfter. Noch einmal bäumte er sich mit letzter Kraft auf und schob ihn bis zum Anschlag rein. Ich spürte sein Glied zucken. Als er mir in mehreren Schüben sein Sperma in meine Lustgrotte spritzte, verging ich vor Wollust. Ich spürte sein warmes Sperma und dachte mir: „Mein Gott, der hört ja nicht mehr auf zu spritzen."

Er ließ seinen Pimmel solange in mir, bis er ganz klein war. Dann zog er ihn raus. Ich holte tief Luft, versuchte meinen Atem unter Kontrolle zu bringen, meinen zitternden Körper zu beherrschen, aber ich war von dem Erlebten noch immer wie berauscht. Dann hörte ich, wie die beiden die Kabine verließen. Ich reinigte mich notdürftig und ging zurück in den Filmraum. Einen Augenblick später tauchten auch die beiden wieder auf. Jürgen grinste nur und fragte: „Na, wie waren wir?" Meine Antwort darauf war: „Ich wüsste jetzt aber nur zu gerne, welcher Schwanz zu wem gehört." „Das kannst du ja beim nächsten Mal herausfinden", konterten die Beiden.

Das zweite Treffen

Eine Woche später riefen mich die beiden Schulfreunde Jürgen und Günter an. Wir verabredeten uns erneut, uns nochmals im Pornokino zu gehen. Ich stimmte sofort zu. Das Spiel mit den beiden hatte mich schon heiß gemacht und irgendwie hatte ich Gefallen daran gefunden. Zu lange hatte ich darauf verzichtet. Außerdem wollte ich ja nun wissen, wer von beiden nun den „Langen" hat und wer zu dem dicken Schwanz gehörte.

Es war eine spontane Entscheidung innerhalb von einem Bruchteil einer Sekunde. Irgendwie wunderte es mich selber, wie sehr ich es wollte. Wir vereinbarten, uns zuerst wieder in dem kleinen Lokal zu treffen, um vorher noch gemeinsam ein Glas Wein zu trinken und uns in Stimmung zu bringen. Ich denke, so ein wenig aufgeilen im Gespräch tut allen gut. So war es dann auch. Hin und wieder ließ ich meine Blicke betont auffallend und scherzhaft unterhalb der Gürtellinie der beiden schweifen. Ich meinte, hier und da schon mal eine Beule zu sehen. Oder bildete ich mir das nur ein? Wollte ich das sehen? Egal, die Freude meiner aufsteigenden Geilheit blieb nicht ganz ohne Wirkung. In meiner Muschi spürte ich ein enormes kribbelndes Gefühl.

Ich drängte zum Aufbruch. Ja, ich wollte gefickt werden und konnte es kaum noch erwarten. Das Pornokino war gut besucht. Wir sicherten uns passende Sitzplätze und schauten erst mal ein paar Minuten den Film. Wenig später gingen wir wieder in den gleichen Raum nebenan. Diesmal nicht in die Kabinen, sondern in einen weiteren kleinen Raum mit einem rundem Bett in der Mitte. Dann ging alles sehr schnell. Die Jungs waren genau so geil wie ich. Jürgen zog mich zu sich runter. Er lag auf dem Rücken und sein Schwanz stand kerzengerade nach oben. Er war riesig groß! Zu ihm gehörte also der lange Schwanz. Und den wollte ich jetzt haben. Meine Muschi glühte feucht und nass.

Ich beugte meinen Körper tiefer runter zu Jürgen, um seinen langen Schwanz erst mal tief in meinem Mund zu spüren. Günter rieb mir gleichzeitig mit viel Spucke von hinten die Rosette ein. Als er seinen dicken Schwanz in mein Poloch presste schrie ich auf. Der Schmerz durchfuhr mich, aber Günter hielt mich erbarmungslos fest. Er wartete eine Weile, ehe er vorsichtig anfing zu ficken. Ich spürte, wie behutsam er vorging. Langsam steigerte sich die Lust.

„Ficken, ficken, ficken", schrien die Zuschauer, die durch Gucklöcher zusahen, welche ich vorher nicht bemerkt hatte. Erst jetzt wurde mir bewusst, dass wir nicht ganz allein unter uns waren. Die Schreie machten mich noch mehr an. Ich ahnte, dass hinter den Wänden sich viele einen runterholten. Vielleicht auch Frauen gierig zuschauten und nass wurden. Ich ließ von Jürgen seinem Schwanz ab und setzte die Eichel auf meine Muschi. Sofort kamen Rufe: „Tiefer, tiefer, tiefer!"

Jürgen sein Schwanz glitt in mich hinein und ich spürte ihn dann innen anschlagen. Ich konnte ihn nicht in der ganzen Länge unterbringen. Aber dieses Anstoßen machte mich wild und ich wippte auf ihn rum. Günter drückte mich nach vorne und rammte seinen Lustspeer nun voll in meinen Hintern. Jetzt hatte ich beide. „Ficken, ficken, ficken!", hörte ich wieder. Ich war innerlich so ausgefüllt und angestrengt, dass ich nicht mehr wusste, wie mir geschah. Ich konnte die Bewegungen nicht mehr auseinander halten und spürte, wie sich mein Bauch spannte und dieses sagenhafte glückliche Gefühl aufkam. Ich machte nichts mehr. Ich ließ es mit mir machen und ich genoss.

Dann ging die Tür auf. Das war nicht verabredet. Es kam eine Frau rein. Sie hatte lediglich einen langen durchsichtigen Umhang an, den sie nun auf den Boden fallen ließ. Das Licht wurde etwas heller. Die Frau ging zu den Löchern, aus denen nunmehr einige Schwänze ragten. Die Frau küsste einen und sagte dann: „Komm zu uns rein." Den anderen blies sie kurz und bat ihn ebenfalls reinzukommen. Einige andere leckte sie nur. Dann setzte sie sich vor mich hin. Sie öffnete ihre Beine, so dass ich direkt in ihre Votze sah. Sie ging mit dem Mittel- und Ringfinger hinein. Den Zeigefinger und kleinen Finger spreizte sie ab, so dass sie neben den großen Schamlippen lagen. Der Daumen lag in der Leiste. Dann schob sie die linke unter die rechte Hand bis sie ihre Klitoris tasten konnte. Jetzt begann sie zu masturbieren.

Diese Art zu masturbieren kannte ich. Das war doch Rita. Aber Rita hier im Pornokino? Und diese rote Perücke? Das ist Rita? Ich konnte es kaum glauben. Diesen Gedanken weiterzuführen, fiel mir momentan schwer. Zu sehr stießen Günter und Jürgen in mich rein und entfachten ein Feuerwerk von Wellen und Fluten. Ich wusste nicht mehr, wie mir geschah.

Nochmals ging die Tür auf. Jetzt kamen die übrigen Männer rein, die Rita geleckt hatte. Einer stellte sich zu mir und sagte: „Rita meinte, du solltest meinen Schwanz blasen. Dann soll ich dir in den Mund ficken." War das Eberhart? Ritas Mann? Ich hatte keine Wahl. Er stieß mit seinem Schwanz in meinen Mund. Dann sah ich, wie Rita auch jemanden einen blies. Die Anderen bauten sich links und rechts neben mir auf und wichsten.

Jürgen und Günter wurden immer schneller. Ich spürte, dass beide gleich kommen würden. Eberhart stieß mir jetzt kräftiger in den Mund und erreichte meine Kehle. Dann schmeckte ich Eberhard seinen Samen. Sogleich spürte ich das Klatschen vom Samen der anderen Männer auf meinem Rücken, welche danach wieder nach draußen gingen. Der Mann, der Rita in den Mund fickte, ging auch raus. Ich sah Rita lachen und wie ihr die Sahne den Mund rauslief.

Dann explodierte ich in Wellen und Wärme bis zur völligen Erschöpfung. Dabei hatte ich nicht bemerkt, wie es Günter oder Jürgen kam. Ich spürte nur, wie es mir aus dem Po und aus der

Votze lief. Jürgen und Günter waren auch weg und ich verharrte immer noch in Doggystellung und genoss dieses geile Gefühl, das jetzt aufkam. Ich war benommen und spürte eine Hand auf meinem Po. Rita kniete neben mir und rieb mir den Rücken über die Rosette bis zur Muschi. Sie verteilte all die Sahne der Männer und verwöhnte mich damit. Meine Arme knickten ein und ich lag jetzt mit dem Bauch auf meinen Knien.

Ja, du süße Rita, lass es nicht enden, verwöhne mich weiter. "Jetzt bist du eine Dreilochstute", meinte Rita. „Jetzt gehörst du dazu. Jetzt dürfen dich die Männer nicht ansprechen oder anfassen. Du suchst dir die Männer aus und sie müssen dich ficken!" Mein Kopf summte nur. Hatte ich das verstanden? Ich glaube nicht.

Dann ging mir das gemeinsame Duschen mit Rita durch den Kopf. Das Schmusen und ihre Nähe unter dem warmen Duschwasser. „Komm lass uns duschen", sagte ich und hatte schon wieder im Sinn, wie meine Finger sich in ihrem Po und gleichzeitig in der Muschi festkrallten. Unglaublich, wie vertraut Rita mir war und ich wollte sie wieder fühlen.

Ich erfuhr von Rita, dass sie des Öfteren mal im Pornokino aushilft. Zwischen uns beiden spürte ich eine Sexfreundschaft, ohne dass ich jemals auf die Idee käme, mit Rita allein Sex zu haben. Sie brauchte ja den Kick „zuzuschauen" und ich brauchte sie, um mich anzuspornen und mich zu ermutigen. Das Geschehene zu organisieren war ihr Verdienst. Was für ein

Gefühl es für mich zu tun. Dreilochstute! Wie lange dauert es wohl bis ich wieder sitzen und schlucken kann?

Rita

Diesen Tag mit Günter, Jürgen, Rita und Eberhart im Pornokino werde ich wohl nie vergessen. Es dauerte ja auch, bis ich wieder sitzen konnte ohne etwas von den Beanspruchungen zu spüren. Wie lange ist es her? Vier Wochen? Es wurde Zeit, mich mal wieder gründlich zu pflegen und ausgiebig zu verwöhnen. Meine Muschi war schnell und gründlich rasiert. Mit besonderer Sorgfalt strich ich über meine dunklen Schamlippen und auch über meine Rosette. Ja, ich spürte diese Lust wieder aufkommen.

Beim Eincremen verstärkte sich das Gefühl. Ich dachte an Alex, der mir immer riet, sich fallen zu lassen und den Gefühlen freien Lauf zu lassen. Ja, er würde mich mit den Fingern in der Votze und im Po hoch heben und mich geil pinkeln lassen. Doch meine Gedanken gingen sofort zu Rita. Sie hatte mich im Pornokino, nachdem alle gegangen waren in die Dusche begleitet. Sie hatte eine Duschhaube für mich und wir standen eng umschlungen in der Dusche. Beide pinkelten wir plötzlich, ohne dass wir uns abgesprochen hatten. Beide schauten wir dem gelben Strom nach, wie er im Abfluss verschwand. Sie lächelte, als wir uns in die Augen sahen, weil wir beide die gleiche typische Bewegung machten. Mit den Fingern strichen wir nach dem Pinkeln durch die Votzen, um auch zu fühlen, dass alles ausgespült war.

Rita sah mich nun nachdenklich an. Sie trat ein wenig zur Seite, legte eine Hand auf meine Muschi, die andere Hand legte sie auf meine Rosette. Ihren Kopf legte sie an meine Schulter, so dass ich sie zwangsläufig umarmte. Nichts geschah. Ihre Hände blieben ruhig. Ich spürte, dass sie da waren. Das reizte unwillkürlich und ich bewegte mich. Ganz langsam kippte ich mein Becken. Aber ihre Hände gingen mit. Sie streichelte mich nicht. Sie erhöhte nur den Druck auf die Muschi und auf den Po. Das war schön. Ich spürte sie auf dem Po mehr als auf der Muschi.

Ja, so war es. Ich spürte, als ich jetzt an das erste Erlebnis mit Rita denken musste, wie ich feucht wurde. Damals wurden meine Bewegungen hektisch und ich kam noch mal, obwohl ich doch fix und fertig war. Damals rauschte Welle für Welle auf mich zu, bis ich es nicht mehr unter Kontrolle hatte. Zum Schluss ging ich in die Knie und musste mich auf den Boden setzen. Zu gewaltig waren die Zuckungen.

Wieder zurück in der Gegenwart, hatte ich eine unbändige Lust. Was hatte Rita vorhin noch gesagt? Ich könne mir die Männer aussuchen? Das liegt mir doch. Aussuchen und beobachtet zu werden. Als mir das jetzt durch den Kopf ging, lief mir wieder ein Schauer über den Rücken. Genau da hätte ich mal Lust drauf. Rita meinte ja, ich solle sie anrufen. Sollte ich das machen? Wollte ich das wirklich? Alex meinte, ich solle es machen. Ich solle es erleben. Ich solle mich noch mehr erleben, wer ich eigentlich bin und wie ich das fühle.

Als ich Rita am Telefon hatte, spürte ich ihre Freude. Sie war ganz aus dem Häuschen, mich zu hören. Dann trafen wir uns bereits eine Stunde später im Kaffee. Als ich sie sah, meinte ich, Tränen in ihren Augen zu sehen. Ich fragte sie, wie sie das damals mit dem Aussuchen der Männer gemeint hatte und wie das denn ablaufen sollte. Rita aber fragte mich, ob ich denn mit einem Mann oder mit mehreren ficken wollte. Ob ich wieder Zuschauer haben wollte oder nicht. Ob ich anal und vaginal gleichzeitig gefickt werden wollte. Ob ich nicht mal einen Mann mit Umschnalldildo ficken wollte. Mir wurde schwindelig bei all den Fragen und ich spürte, wie mein Höschen durchnässt war.

Keine der Fragen wollte ich wirklich mit „Nein" beantworten. Da ist noch so viel, was ich nicht erlebt habe. Aber am geilsten war, dass ich mir einen Mann aussuchen sollte. Ja, aus wie vielen und wie geht das? Meine Fragen an Rita hörten gar nicht mehr auf. Ich war dabei, mich in Rage zu reden, als Rita mir ihre Hand auf den Arm legte und mich fragte: „Vertraust du mir?" „Ja, natürlich", bekam sie zu hören. Rita antwortete: „Dann überlass das alles mir. Sag mir nur, wann du es haben willst und wir verabreden uns."

Eigentlich wusste ich, dass ich es wollte. Aber ich bat um Bedenkzeit. Ich fragte nach Günter und Jürgen und nach ihrem Mann. Das Gespräch kam dann in andere Bahnen. Ich sagte ihr zu, mich innerhalb einer Woche bei ihr zu melden. Das geschah dann auch. Und wir machten einen Termin.

Abends um 22:00 Uhr in 4 Tagen in einem Lokal, welches ich nicht kannte. Wow, ich war so aufgeregt, unkonzentriert. Was würde mich erwarten. Wie würden die Männer mich ficken. War es überhaupt richtig, dabei mitzumachen. Ich spürte meine innerliche Aufregung.

Als Rita mich begrüßte, dirigierte sie mich gleich in einen anderen Raum und umarmte mich erst einmal. Wir zogen uns nackt aus und sie gab mir einen weißen Bademantel und eine Perücke. So angezogen gingen wir an die Bar. Als ich die Männer an der Bar sah, war ich entsetzt. Da standen mindestens zwölf Männer. Wir hatten beide die Bademäntel aufgelassen und zeigten mehr oder weniger, was wir hatten. Ich spürte meine Muschi. Wir tranken einen Piccolo, sprachen ein wenig und spürten die eine oder andere Männerhand an den Titten oder an der Votze. Kurz vor 22:30 Uhr verschwanden dann die Männer.

Als wir wieder in den Raum gingen standen sie an der Wand, onanierten und machten ihre Schwänze hart. Der Raum war rund. Darin stand ein rundes Bett an einer Wand. Rundherum war viel Platz. Das Licht war indirekt, gedämpft, doch hell genug, die Lustprügel, Schwänze oder Freudenspender zu betrachten. „Such' dir zum Ficken oder Blasen einen aus, der dir gefällt. Such' dir einen oder alle aus, was du willst!", waren meine Gedanken.

Es waren auch jüngere Männer dabei, aber kaum über 40 Jahre. Also jünger als Rita oder ich. Das Aussuchen der Männer war nun weniger spektakulär. Wichtig war, was ich wollte. Gefickt zu werden oder blasen. Dann hatte ich einen harten Schwanz in der Hand, der so hart war, dass ich ihn spontan küsste und auswählte. Rita flüsterte mir zu, dass sie erst mal drei Männer haben will. Ein zweiter Schwanz schmeckte mir so gut, dass ich ihn gleich kraulte und ebenso auswählte. Ein Dritter war schön groß und ich sagte ihm, er solle anfangen mich zu ficken. Dann sah ich, wie Rita sich vor das Bett kniete und ihren Oberkörper auf das Bett legte. Also machte ich es genauso und präsentierte meinen Arsch und meine Votze jedem, der sie sehen wollte. Ich war jetzt so geil, dass ich deutlich nass wurde. Soviel Männer hatten mich noch nie auf einmal gesehen. Es waren bestimmt acht auf jeder Seite.

Als einer der Männer, die ich ausgesucht hatte, dann zu mir kam, jagte mein Puls auf 180 Schläge. Aber ich verspürte nun auch Lust. Dann spürte ich den Schwanz auf meinen Schamlippen. Ich hatte eine gute Wahl getroffen, weil der mich doch voll ausfüllte. Sogleich krabbelte ein anderer Mann auf das Bett, brachte sich in Position und wollte geblasen werden. Erst jetzt konnte ich mich ein wenig beruhigen und die Sache nahm ihren Lauf. So langsam wurde ich geil und spürte, wie meine Geilheit in mir anstieg. Dann hatte ich einen süßen Schwanz im Mund, aber der kam sofort, dass ich überrascht war. Der Zweite fickte geschickter, aber ich spürte, wie der Mann in meiner Votze sich entlud. Sollte das alles gewesen sein? „Was jetzt Rita?", deuteten meine Augen an. Rita lachte: "Sie schauen alle zu! Sollen sie dich alle ficken?" „Jaaa!", kam es aus mir heraus.

Ich weiß noch, wie einer mich festhielt und einfach in mich ohne Pause rein fickte, bis er kam. Ich spürte die Spannung, aber ich kam nicht zum Orgasmus. Rita neben mir hatte gerade einen Schwanz bis zum Anschlag im Mund und ihre Augen quollen hervor. Überhaupt fand ich, dass die Männer sehr schnell kamen. Dann aber spürte ich eine Zunge an der Muschi. Sie schleckte mich aus, schleckte auch meine Beine und dann spürte ich die Zunge am Po. Er versuchte einzudringen, aber ich kann meinen Po so nicht öffnen. Ich sah zu Rita, die merkwürdig lachte und mich anwies: „Dreh dich um, es ist Eberhard."

Eberhard fickte lange. Er ließ sich viel Zeit und ging langsam tief rein und dann langsam raus. Er begann ganz gleichmäßig zu ficken. Er wusste, wie es geht. Er wollte mich zum Orgasmus führen. Gleichzeitig hatte ich einen Mann zum

Blasen, der so gut schmeckte und offensichtlich auch sehr erfahren war, aber eine ungemeine Härte in seinem Schwanz hatte. Ich genoss es und er ließ mir jeglichen Freiraum. Erst als sich meine Finger in seinen Po bohrten, zuckte er unkontrolliert und stieß mehr in mich rein. Dann kam eine gewaltige Flut. Soviel hatte ich nicht erwartet und so stark habe ich das Spritzen auch schon lange nicht mehr erlebt. Junge Männer sind eben kraftvoller und spritzen viel mehr.

Eberhard aber fickte weiter und es schien, er wusste genau was er tat. Er holte sich meinen Orgasmus. Ich konnte ihm nicht widerstehen und genoss es auch für ihn zu kommen. Dann fragte mich ein anderer, ob er mich ficken dürfte und ein weiterer positionierte sich zum Blasen. Ich empfand keine Höhepunkte mehr. Irgendwann sagte Rita mir, dass soweit alle abgespritzt haben und gegangen sind.

Ich krabbelte auf das Bett, legte meinen Kopf auf Ritas Bein und war nur fertig. „Du hast, glaube ich, neun Männer befriedigt und ich fünf oder sechs", sagte Rita. Aber wie immer, sei sie nicht gekommen. Ich spürte diesen traurigen Unterton und sah sie an. Ja deshalb befriedigte sie sich immer selbst. Aber nur mit ihrem Mann und mit einem anderen Mann konnte sie nie richtig kommen. Irgendwie war sie da völlig blockiert.

Ich richtete mich ein wenig auf, küsste sie auf die Wange und tröstete sie mit den Worten: „Irgendwann wird es schon mal passieren." Rita seufze und kuschelte sich an mich. Ich aber war einfach zu erschöpft und wollte nur schlafen. Wir lagen in einer Löffelchenstellung. Ich spürte ihren Po auf meinen Bauch und wäre fast eingeschlafen. Rita aber nahm meine Hand und legte sie einfach auf ihre Muschi. Ich legte sie flach ab und machte nichts. Ich war eben zu erschöpft und schliefen ein.

Als ich wieder wach wurde, wusste ich nicht, wieviel Zeit vergangen war. Rita zuckte mit dem Becken. Ich brauchte eine Weile, bis ich die Situation erfasste. Meine Hand auf ihrer Muschi blieb dort liegen. Ich richtete mich etwas auf. Die andere Hand legte ich auf ihren Po. Meine Finger tasteten ihre Rosette und berührten fast meine andere Hand. Rita reagierte gar nicht. Ihr Becken bewegte sich langsam. Sie arbeitete mit dem Kopf und ließ jede Reaktion der Nerven zu. Sie schaffte es wohl, alle Blockaden zu lösen.

So langsam begriff ich, warum sie es mir so gemacht hatte. Sie wollte es testen, wie es sich anfühlt. Jetzt aber war sie tief versunken. Ich glaube, sie nahm mich gar nicht wahr. Ich erhöhte den Druck auf die Rosette und auf die Schamlippen. Ihre Bewegungen, ihr Zucken wurde heftiger. Dann spürte ich zwischen den Fingern, wie sie feucht wurde. Ich machte nicht weiter, sondern ließ den Dingen ihren Lauf. Das Becken kippte jetzt regelmäßig. Es war nicht mehr dieses leichte Ziehen. Ich spürte, wie sie völlig entspannt war und sich fallen ließ. Ihre Geilheit kam zum Vorschein. Dann spritzte es zwischen den Fingern. Ich war verwirrt. Pinkelte sie? Nein, da war es wieder.

Eindeutig. Rita war völlig dem Orgasmus verfallen. Sie spritzte noch ein drittes Mal. Jetzt war es an mir. Ich war völlig verwirrt. Ich habe das bei mir nie erlebt. Das soll also dieses sagenhafte Spritzen sein, das Squirten? Ja, wie denn? Das soll dieser Tiefenorgasmus sein. Es war wohl so. Ich schaute Rita in die Augen. Sie war nicht bei sich. Ich löste meine Hände und hatte Mühe sie zu halten. Rita schien mir völlig entspannt zu sein. Da lag sie nun in meinen Armen und sah mich an. Sah sie mich? Langsam wurden ihre Augen klarer. Dann hörte von ihr: „Danke, Baba du hast es mir gezeigt, wie es geht."

Meine Verwirrung war komplett als sie sagte: „Wenn ich unter deinen Händen kommen kann, dann schaffe ich es auch mit meinem Mann. Ich will, dass er mich fickt und ich will einen Orgasmus mit ihm erleben." Ich gestehe, in diesem Moment hatte ich nicht wirklich verstanden, was geschehen war.

Kapitel 2

(Sinnlicher Wolkenflug)

Die hohe Kunst des Fliegens

Alex kommt zu mir

Am Holzstapel

Meine erlebten heißen Träume

Ich verwöhne Alex

Eine süße Sauerei

Chillen am See

Süße, sündige Stunden

Geile Spiele mit Alex

Alex mit voller Wucht

Die hohe Kunst des Fliegens

Tabulos. Ich nutze gerne diese Aussage. Ich will in allen Löchern einen Mann spüren. Ich will es und kann es genießen. Mein Orgasmus verstärkt sich bei Analpenetration so sehr, dass ich fast süchtig darauf bin. Ein wenig pinkeln kann ich mir auch vorstellen. Aber das ist eigentlich nur was zum Aufgeilen. Ich muss und will mich spüren und erleben, also leben. Wenn Eberhard mich nicht geleckt und mich schön langsam auf den Höhepunkt gefickt hätte, wäre ich wohl nicht gekommen.

Sicher, andere Männer, jüngere Männer, Männer mit langen, kurzen oder dickem Schwanz, haben ihren Reiz. Jeder Mann ist anders, fühlt anders und fickt eben anders. Alex schrieb das immer wieder. Ich solle darauf achten, wie ich das fühle und daraus lerne. Lernen und dann natürlich handeln. Das hatte ich übernommen. Ich bestimmte ja, wer es sein sollte. Erst im Rausch der Geilheit hatte ich es anderen erlaubt. Zukünftig will ich aber nur mit Männern ficken, von denen ich erwarten kann, dass sie mich in den Wahnsinn treiben würden.

Ich denke, irgendwann ist es dann jeder Frau egal, wie sie gefickt wird. Sie erliegt ihrem Rausch und strebt diesem „Sekundentod" entgegen. Aber genau das ist es. Wenn dazu keine Chance besteht, will ich nicht mehr ficken. Sicher, das kann unterschiedlich sein. Zuschauer oder doch mal zwei Männer? Oder doch mal eine Konstellation, wie mit Rita und

Eberhard? Ich entscheide, und ich entscheide da nach Gefühl, eben weiblich. Und wer weiß schon, wie das sein wird!

Alex kommt zu mir

Ich sah ihn, als er auf den Parkplatz fuhr. Es gab keinen Zweifel. Genau so hatte ich mir ihn vorgestellt. Wie oft hatte ich es mir gemacht und an ihn gedacht. Dieser Mann war geboren für Frauen, wie mich. Er spricht meine Sprache, fühlt und denkt wie ich. Immer hatte ich das Gefühl, er ist für mich da.

Heute war ein ganz besonderer Tag. Irgendetwas war anders. Es lag etwas Befreiendes in der Luft. Erotik hatte mich ergriffen und machte meinen Kopf frei. Du bist für mich da. Du sprichst meine Gefühle aus und die Gedanken schwebten lange in meinem Kopf, bis sie sich festsetzen.

Ich hatte Alex mal geschrieben, dass ich nicht nur Gefühle ausdrücken will, sondern auch geil schreiben will. Ich will Frau sein, geil, wild und ungestüm und meine Gefühle ausdrücken können. Und ja, ich will es eben tabulos. Ich will es erleben. Und dank Alex, habe ich mich freigeschwommen. Ich will mit aller Macht und der Kraft, die in mir steckt, am Leben teilhaben. Für mich ist das das Leben. Und wenn es nicht real ist, dann hilft es mir, wenn ich virtuell dabei bin, auch wenn Alex nicht wirklich bei mir ist.

Als er dann aber aus seinem Auto stieg, war ich schnell bei ihm. Kaum ausgestiegen, hatte er meine Arme um seinen Hals. Diesen körperlichen Kontakt zu spüren, war das Größte für mich. Küsse versiegelten unsere Lippen und zwei Tränen liefen meinerseits hinunter, die er wegküsste. Meine Leidenschaft zu ihm war so groß, dass ich sofort seinen Schwanz in seiner Hose spürte, was mich sehr glücklich machte.

Wir gingen zusammen, den Trolley hinterherziehend, vergnügt zum Hotel. Das Zimmer war vorbestellt und ich hatte schon den Schlüssel. Ganz schnell waren wir im Fahrstuhl. Ich verlor keine Zeit. Ich drehte mich mit dem Rücken zu ihm, bückte mich und tat so, als ob ich meinen Schuh richten wollte. Er sah sofort, dass ich keinen String, ja eben nichts unter meinem Kleid hatte. Nicht mal einen BH. Er sah nicht nur meinen Po. Auch meine Rosette und die glattrasierte Muschi, die so herrlich feucht schimmerte, waren zu sehen. Als ich mich wieder aufrichtete, stand er, wie von allen Geistern verlassen, mit offenem Mund da. Er schaute in meine frohlockenden Augen und erkannte meine Erwartung an meinem Gesichtsausdruck. Mein süffisantes Lächeln, das er so noch nie gesehen hatte, machte es ihm klar. Ich drückte mich so nah an ihn, dass ich seinen Körper mit meinen Brüsten spürte. Gleichzeitig rieb ich meine Muschi an seinem Bein. Glücklich, um diese Feuchtigkeit in der Muschi zu wissen. Mit einer Hand tastete er sich zwischen meine Beine und fand meine nasse, geile, zum Ficken bereite Pussy. Meine Hand umklammerte bereits seinen geilen Schwanz, der kleine Tröpfchen Samen ausstieß. Es war eben das, was das Leben so lebenswert macht.

Seine Eichel wurde feucht und glitt seidig schmatzend in seiner Unterhose hin und her. Das war das Zeichen seiner Geilheit. Blitzschnell waren wir ausgezogen. Ich schlug meine Arme um ihn. „Bleib ganz ruhig Süßer, entspann dich", sagte ich ihm. Dabei küsste ich seinen Schwanz und strich vorsichtig mit meinen Fingernägeln über seinen Schaft. Als ich die Vorhaut zurückstrich, bekam er eine Gänsehaut am ganzen Körper. Ich sah diese Tröpfchen und schleckte seine Eichel genüsslich ab.

Dann aber wurde meine Zunge unermüdlich. Sie ging seinen Schaft rauf und runter. Ich saugte seine Eier tief in meinen Mund, leckte ihm dann den Damm. Sein Schwanz wuchs und wuchs. Meine Fingernägel übten diesen zusätzlichen Reiz aus, dem er nicht wiederstehen konnte. Er hatte sich so vieles vorgenommen, um sich zu beherrschen. Er wollte mich so oft wie möglich glücklich machen. Ich aber warf so alles über den Haufen. Ehe er sich versah, hatte ich die Schublade geöffnet und beförderte meine Gleitcreme hervor. Schnell hatte er eine Ladung auf dem Po und ich begann unvermittelt zwei Finger zu versenken. Er hielt den Atem an, als ich seine Prostata kräftig massierte.

Immer, wenn ein Tröpfchen auf seiner Eichel erschien, schleckte ich es ab. Er fühlte tausend kleine Orgasmen. Ich selber hatte mich dabei so aufgegeilt, dass meine Finger schnell über meine Klitoris gingen und ein Zwischenspurt einlegten. Dann richtete ich mich auf. Ich stellte ein Bein auf den Boden und eins auf das Bett. Er sah direkt in meine feuchte Votze. Ich zog die Schamlippen noch auf und gewährte ihm tiefe Einsicht.

Ich wollte ich jetzt, dass er vor Geilheit platzt. Meine Finger gingen durch meine nasse Liebesgrotte und ich gab sie ihm zum Abschlecken in den Mund. Jetzt wollte ich ihn ficken. Später mehr, sagte ich noch und schwang mich auf ihn drauf, um seinen Schwanz tief in mir zu versenken. Ich jubelte, als er mich weitete und immer wieder seinen Schwanz in mich rein hämmerte. Dann drehte ich mich um. Jetzt konnte er meinen Po sehen. Ich übernahm die Initiative nach allen Regeln der Kunst. Ich wollte so ficken, dass es uns in den Wahnsinn trieb, tabulos und ohne Kompromisse.

Am Holzstapel

Als wir das erste Mal im Wald waren, kannten wir uns noch nicht lange. Aber ich war geil auf ihn. Sehnsüchtig wartete ich darauf, von ihm angemacht zu werden. Ich wäre auf der Stelle mit ihm im Gebüsch verschwunden. Also ließ ich mir etwas einfallen, um ihn aufzugeilen. Ich sagte ihm, ich müsse pinkeln. Suchte aber keinen besonderen Schutz auf, sondern hockte mich 5 Meter entfernt auf den Seitenstreifen des Weges. Umständlich zog ich mir Hose und Höschen runter, immer darauf achtend, dass er auch ja zuschaut. Ich ließ es laufen und achtete genau darauf, dass Alex mein Heiligtum voll sehen konnte. Zeitgleich beobachtete ich seine Reaktion hierzu. Ja, ich zog noch geschickt die Schamlippen auseinander, damit er auch ja das Pipilöchelchen sehen konnte, wo der Strahl den Körper verlässt.

Damals dachte ich über mich: "Du bist doch ein so geiles Weibstück." Mir war aber klar, dass es mehr Sinnlichkeit und Spielerei von mir war. Schließlich ließ ich es mir nie nehmen, zu zeigen, was ich fühlte und was ich wollte. So eben auch jetzt. Umständlich und offen wischte ich mir meine Muschi aus, führte das Papier extra noch einige Male runter und rauf, um zu zeigen, dass ich mehr wollte als nur pissen. Ja, ich wollte gefickt werden! Ich wollte alles! Ich wollte schlichtweg von Alex gefickt werden, jetzt sofort gefickt werden.

Und Alex reagierte prompt. Er führte mich hinter einen Holzstapel, zog mir die Hosen wieder runter, die ich gerade hochgezogen hatte. Da sah er überdeutlich meinen Arsch. Wie er meinte, einen wundervollen Arsch. Sofort streichelte er ihn und fuhr mir mit Spucke auf den Fingern über die Rosette. Es durchzuckte mich! Er wird doch wohl nicht etwa ...?

Dann aber setzte er seinen Penis auf die voll erblühten und nassen Schamlippen und glitt leicht hinein. Ich war heiß, nass und geil auf ihn. Ich begann sofort mitzuarbeiten und versuchte ihn intensiv zu melken. Alex spürte das und machte mir Komplimente, wie sehr versiert ich doch wäre. Er bewunderte meine schlanke und sportliche Figur. Wochen später erzählte ich ihm dann von meiner Vaginalgymnastik, dessen Nutznießer er jetzt war. Er glitt so schön rein und raus. Unser Fick nahm Fahrt auf und er rammte sich druckvoll in mich rein. Ich musste lachen, was ihn noch mehr anspornte!

„Los mein geiler Knecht, reiß mir den Arsch auf", rief ich ihm zu. Vielleicht war es das, was er brauchte! Sein Blick fiel schließlich auf meine Rosette. Dann spürte ich seinen Daumen, den er mir in den Po drückte. Ich spürte, wie er meinen Schließmuskel öffnete und schloss. Er machte mich noch wilder und ich zuckte entsprechend deutlicher. Schließlich spuckte er auf die Rosette. Was mich noch geiler machte. Der Daumen ging leichter rein und raus. Alex setzte nun zwei Finger an, ich aber schrie: "Nein nicht die Finger!" Es vergingen ein bis zwei Sekunden bis Alex reagierte und begriffen hatte.

Er zog seinen gut geschmierten Schwanz aus meinem Himmelreich. Dennoch zog er seine Eichel noch mal von unten nach oben durch meine Schamlippen und nahm noch mehr von meinem Schleim mit. Ich lachte und gluckste. Es war mir egal, wie nass ich war und sagte nur: "Ich liebe meine Geilheit und meinen Körper, der mir diese Geilheit schenkt."

Dann spürte ich seinen Penis auf der Rosette. Er drang sofort ein. Ich hatte ja Erfahrung mit Analfick, es aber lange nicht mehr gemacht. Und mein Dildo, der Po-Alex, wie ich ihn nannte, oder kurz Palex, war wohl dünner. Ich konnte mich entsprechend weit öffnen und war elastisch genug, seinen Schwanz aufzunehmen. Doch Alex forderte mich mehr. Ich schrie auf. So weit war ich noch nie gedehnt worden.

Alex wäre nicht Alex, wenn er nicht wüsste, was zu tun wäre. Also verharrte er und wartete, bis ich mich daran gewöhnt hatte. Aber dann kam das, was er dann eine „Andere Liga" nannte. Nicht er fickte, sondern ich. Federleicht stieß ich mich mit den Händen vom Stapel ab und zog mich wieder ran. Alex stellte sich sofort darauf ein, um sich meinen Bewegungen entgegenstellen zu können. Ja, er feuerte mich sogar an: „Süße, hol' dir alles von mir, laug' mich aus, melk' mich ab." Und ich kam in Fahrt. Irgendwann tanzten nur noch Sterne vor meinen Augen. Alsbald spürte ich Schuss um Schuss und sein Samen lief mir die Beine runter.

Ich gluckste, lachte und war glücklich. Dann löste er sich von mir und ich drehte mich zu ihm hin. Ich ging in die Hocke und musste pupsen, wodurch seine Sahne aus mir rauslief. Ich überspielte das und nahm seelenruhig seinen sahnigen Schwanz in den Mund. Dabei wurde ich wieder geil und verfiel in einen solchen Rausch, dass Alex mich kaum bremsen konnte. Er genoss es. Ich wollte doch furchtbar viel für meinen

Liebling tun. Die Wahrheit ist, dass ich es doch auch wollte. Ich brauchte diesen Rausch, um mich zu befriedigen und meine Geilheit abklingen zu lassen.

Meine erlebten heißen Träume

Irgendwann drehte ich mich zur Seite und döste vor mich hin. Alex war wohl eingeschlafen. Wie konnte mir das passieren, ihn einschlafen zu lassen? Wenn ich alleine war, dachte ich an ihn. Dann nahm ich sein Kissen. Es dauerte nicht lange und ich musste mich anfassen, mich streicheln. Dann war er da, ich spürte ihn. Oft war ich dann so geil, dass ich mir Malex und Palex gar nicht mehr aus dem Schrank holte. Schnell steckte ich zwei Finger in den Po, zwei in die Grotte und drei Finger legte ich auf meine Perle. Dann genoss ich es, wie der Gedanke an ihn, mich aufgeilte und in den Orgasmus trieb.

Nur heute war es anders. Was war denn passiert. Ich denke, das Gedankenmuster, dieser Film, der in mir ablief, ließ mich vergessen, dass Alex real bei mir war. Erst als er in mich eindrang, hatte ich ihn wieder wahrgenommen. Erst als er aufhörte zu penetrieren, spürte ich, dass er bereits gekommen war. Irgendwie war mir das peinlich. Ich wollte ihn doch aufgeilen, ihn verwöhnen, ihn ausgiebig streicheln, lutschen und mich in allen Löchern von ihm ficken lassen. Schließlich war ich ja vorbereitet. Tagelang war meine Muschi feucht und wartete doch nur darauf von ihm angefasst, gefickt und verwöhnt zu werden.

Meine Sinne schwanden. Ich roch mein Parfüm. Es war betörend, was mich noch mehr berauschte. Ich fühlte seine Hand auf mir, was mich weiter in diesen Rausch des Naheseins trieb. Wie oft wollte ich diesen Gedanken schon aufschreiben. Ja schreiben, meine Geschichten schreiben. Wenn ich Texte von Alex las, ließen mich seine vielen Geschichten immer wieder in diesen süßen, geilen Rausch fallen. Dann ist Alex bei mir, in mir, betört mich, geilt mich auf und befriedigt mich, alles gleichzeitig. Oft dachte ich, nur ein kleines Eindringen von ihm würde mich zum Orgasmus bringen. Wenn sein Schwanz in mir eingedrungen wäre, würde ich die Kontrolle verlieren und der gemeinsame Orgasmus wäre vorprogrammiert gewesen. Du mein Herzkissen.

Jetzt hatte ich mich in Löffelchen-Stellung an ihn gedrückt und ganz weit meinen Arsch in seinen Schoss gepresst, um seinen Schwanz nah bei mir zu haben und vielleicht beim Husten zu spüren. Ja, Alex ist da! Seine Hand an meinen Titten zu haben ist so wundervoll. Es war schön, so einzuschlafen. Nichts musste ich tun. Nur warten. Warten auf ein Rucken oder Zucken von Alex. Wenn er wach wäre, wüsste ich, dass er nervös werden würde. Dann würde mir seine Hand nutzen, um mich damit zu reiben. Dann wollte ich, dass ich schön geil werde und er meine feuchte Votze fühlt. Dieses rhythmische

Atmen, diese kleinen Bewegungen nach denen wir uns sehnen und die uns so glücklich machen.

Was hat uns zu diesem empfindsamen, lustvollen Wesen gemacht, welches nach dem Körper des Anderen giert.

Ganz nah spürte ich ihn, seine heißen Lippen, seinen heißen Atem und sein Drängen. Meine Hüfte und meine Beine stämmten sich dagegen. Ich streckte ein Bein zwischen seinen. Sein Atem wurde ruhig und gleichmäßig. Es war ein heißer geiler Atem. Seine Hand krallte sich in meine Brust. Mein Becken fing an zu atmen. Immer gleichmäßiger bewegte ich mich. Ich wurde so feucht, so nass, dass sein Bein auch nass wurde. Jede kleinste Bewegung regte uns jetzt an. Er streichelte meinen Po sanft, ganz sanft. Ich öffnete mich und er glitt in meine Kerbe. Ich liebte diese Bewegung, diese Forderung, diese Wildheit von ihm. Er glitt einfach rein, nutzte die Feuchtigkeit meiner Grotte für das Gleiten seines Schwanzes. Ich spürte ihn, seine Wärme. Diese gleichmäßige Bewegungen. Ganz entspannt bewegte er sich. Ich war mit ihm vertraut. Ich spüre seine Geilheit. Er glitt einfach rein und ich spürte diese Wärme. Wir atmeten zunehmend lauter. Das Innehalten der Atmung, führte uns zum Paukenschlag, zum Zucken, zum totalen Fallenlassen in eine bodenlose Tiefe. Er ist bei mir, in mir. Er ist tief in mir, so tief in mir, sehr tief in mir. Genussvoll schlafen wir wieder ein. Mit einer unendlichen Befriedigung. „Ja", hämmerte es mir durch den Kopf, „ich will dir ganz nahe sein, Alex, ich will dich festhalten, ich will mit dir einschlafen, ich will mit dir aufwachen, ich will dir gehören, ich, Baba, will dich immer zärtlich küssen, will immer für dich da sein, wenn du geil bist und nach mir verlangst."

Ich verwöhne Alex

Alex sah mich als einzigartig an. Das sagte er immer wieder zu mir. Ich wusste immer, wie es geht. Manchmal scheint er sehr verträumt und ist überhaupt nicht bei sich. Ich habe ihn dann immer verwöhnt. Oft sah er meine erregte Muschi, wenn ich über ihm stand und ich ihn in mein Himmelreich habe sehen lassen. Mit beiden Händen hatte ich dann meine Schamlippen auseinandergezogen. Natürlich hatte ich ihn dann auch gefickt. Und wie. Was so tief in meinem Bauch steckte, gab ich dann so schnell nicht mehr her.

Er sagte dann oft: „ Du hast es doch tatsächlich wieder geschafft, du süßes Luder, alles zu bekommen." Ich weiß, ich kenne mich. Wenn ich erst mal aufgegeilt bin, bin ich kaum zu halten. Dann mochte es ruhig in seinem Kopf schwirren. So eine halbe Stunde hatte ich mich dann mit seinem Schwanz beschäftigt. Langsam und genüsslich hatte ich ihn mir aufgegeilt. Dabei wusste ich genau, dass ich mich dabei auch so sehr errege. Aber wer weiß schon immer, wer wen aufgeilt.

Als er einmal zwischen meinen Beinen lag, mich streichelte, liebkoste und meine Muschi leckte, wollte ich sie ihm nicht hergeben. Ich hoffte so sehr, ihn lecken und blasen zu können. Ich wollte mich vollkonzentriert nur mit ihm beschäftigen. Als ich dann seinen Sack abschleckte und seine Eier kaute, war er schon fast am Spritzen. Als dann die ersten Tröpfchen erschienen, war es ganz um ihn geschehen. Ich verschluckte mich fast an seinem Schwanz. Aber ich steckte ihm einen Finger in den Po, um seine Prostata zu stimulieren, um noch mehr Sahne zu bekommen. Dann klemmte ich seine Gefühlskeule zwischen meine Titten und versuchte sie zu wichsen. Nein, er durfte nichts machen.

Ich richtete mich auf und setzte mich auf seine Beine, so dass ich mir mit seinem Penis meine Klitoris reiben konnte. Jetzt begann Alex, sich zu verlieren. Jetzt aber war ich nicht mehr die, die verwöhnte. Jetzt überwog meine Geilheit. Jetzt fühlte ich nur noch seinen Körper. Alex mochte das sehr. Es ist einfach spannend und zeugte doch von einer unendlichen Vertrautheit, wenn ich meine eigenen Bedürfnisse voranstellte und mich befriedigte.

Mit Kraft und Wucht fuhr sein Schwanz durch meine Schamlippen, rauf und runter. Jedes Mal lief ein Schauer durch meinen Körper. Nein, rein in meine Liebesgrotte. Ich wollte sein gutes Stück tief in mir spüren. Ich wollte mich jetzt so aufgeilen, bis meine Klitoris und meine Schamlippen hart wurden und diesen Zustand vor dem Orgasmus bis zur Unendlichkeit auskosten. Das gelang mir auch vortrefflich. Ich schenkte Alex ein Lächeln. Alex ist einfach wunderbar und ließ mich gewähren. Seinen Schwanz wollte ich nie wieder hergeben. Ich richtete mich auf, ging in die Knie und zog mit meinen Händen meine Schamlippen weit auseinander. „Schau Alex, da soll er jetzt rein", deutete ich ihm an, wohl wissend, dass der Anblick für ihn einfach überwältigend war. Ich wusste, dass meine kleinen Schamlippen dunkelrot schimmerten und in der Tiefe verlor sich ein Rosa. Meine süße Lustperle schimmerte, deutlich stehend, darüber. Ja, ich war hocherregt, aber ich konnte mich beherrschen. Dann steckte ich einen Finger in das süße Fickloch und leckte ihn betont genüsslich ab. Ich sah Alex an, dass er nun auch einen Finger ablecken wollte. Aber ich hielt ihn ihm nur unter seine Nase, was ihn noch geiler machte.

Der Schwanz von Alex war hart und ich konnte sehen, wie das Blut in ihm pochte. Seine Eichel glänzte und die Haut war samtweich gespannt. Ich dachte, wenn ich jetzt drei, vier Mal die Vorhaut rauf und runter ziehe, würde er spritzen. Aber Alex konnte sich zurückhalten, damit ich mich weiter austoben konnte. Später erzählte er mir, um sich abzulenken, hatte er an den Winter gedacht. Aber dann kam ihm sofort der Holzstapel im Wald ins Gedächtnis, hinter dem er mich ausgiebig gefickt hatte. Nein, es war doch aussichtslos. Als ich meine Schamlippen über seine Eichel stülpte, glaubte ich, ich sei im Himmel. Ganz langsam senkte ich mich ab und sein Glied verschwand Zentimeter um Zentimeter in mir. Das währte nur kurz. Als Alex spürte, wie nass ich war und wie sein Schwanz so herrlich rein und raus glitt, begann eine wilde Reiterei. Ich saß mit Macht auf seinem Schwanz, der mich tief im Inneren ins Mark traf. Das brachte ihn zur Raserei. Ich wollte nicht, dass er fickte. Ich wollte es selber machen. Ich mochte es, wenn die Muschi schön gestreckt wird und der Druck tief innen zu spüren war. „Ich will einen inneren Orgasmus haben", sagte ich ihm. „Sei vorsichtig, sonst ist es schnell um mein bestes Stück geschehen", antwortete er. Irgendwie wusste er immer, wann ihm der Reiz zu stark würde und er zu kommen drohte.

Deshalb setzte ich mich fest auf seinen Schwanz und kippte nur mein Becken vor und zurück. Alex mochte es gerne, so von mir gefickt zu werden. Er spürte mich auf diese Weise nicht so intensiv, als wenn ich ihn rauf und runter fickte. Am liebsten hatte er es eigentlich, wenn der Schwanz fast raus ist und wieder eintaucht. Ich hätte auch meine Vaginalmuskeln einsetzen können, um seinen Schwanz regelrecht zu würgen. Ich wusste, für ihn waren das herrliche Gefühle. Ich lächelte ihn an: „So mein Süßer, ist es dir so recht?" Ihm war alles recht, was ich machte. Hauptsache es dauerte lange und ich verzehrte mich selber vor Geilheit. Alex hatte ein Gespür dafür.

Dann aber wurden meine Bewegungen rhythmischer und beständiger. Ich wusste, jetzt geht es die Rampe kontinuierlich rauf. Mit jeder Bewegung kam ich ganz langsam dem

Orgasmus näher. Alex stöhnte. „Hoffentlich hält er durch bis ich gekommen bin", fuhr es mir durch den Kopf. Ich hielt inne und bewegte mich nur noch wenig. Ja, ich segelte am Rande des Orgasmus entlang.

Kaum noch atmend, kamen jetzt Urlaute aus meinem Mund. „Jetzt Alex! Jetzt fick mich! Jetzt Alex!", feuerte ich ihn an und hielt den Atem an. Ich hob dazu den Po etwas und gab ihn unter mir mehr Raum. So konnte er von unten in mich hinein ficken. Dazu legte er seine Hände an meine Schenkel und stützte sie ab, indem er die Arme mit den Ellenbogen in die Matratze drückte. Jetzt begann sein Spiel. Jetzt machte ich gar nichts mehr. Jetzt fickte ich nicht mehr. Ich war so nass, dass es schon zwischen meinen und seinen Beinen herunter lief.

Alex rammte jetzt seinen Speer in mich rein. Einmal, zweimal, dann waren wir eingespielt. Sein Schwanz durchlief den ganzen Lustkanal von ganz raus bis ganz rein. Jetzt bäumte ich mich geradezu auf, hielt die Luft an. Er wurde schneller. Es war ein wildes, geiles und schnelles Reinstecken in mich. Als ich dann stöhnte und schrie, wurde Alex noch schneller. Meine Schamlippen wurden noch härter. Ich kratzte ihn. Meine Votze verengte sich und erhöhte den Reiz auf ihn. Das gab ihm den letzten Kick. Sein Samen schoss durch seine Harnröhre in mich rein und vermischte sich mit meiner Flüssigkeit zu einer herrlichen Ficksahne.

Nach diesem wilden Ritt von ihm dauerte es gefühlte drei Minuten, bis ich wieder entspannt atmete. Die wunderbaren Gefühle des Orgasmus wirkten noch heftig nach. Einen klaren Gedanken konnte ich jedenfalls nicht fassen. Ich sank auf Alex runter und lag keuchend auf ihm. So und nicht anders wollte ich es immer. Ich hatte ihn so unendlich tief gespürt.

Als ich wieder an seiner Seite lag, wollte ich das Gefühl der Nähe nicht hergeben. Meine Beine schlug ich um ihn. Bewusst ließ ich ihn meine nasse Muschi an seinem Oberschenkel spüren. Der geile Geruch unseres Fickens betörte uns noch. Mein Kopf lag auf seiner Schulter. Wir dösten und spürten uns. Die körperliche Nähe und das gegenseitige Streicheln waren einfach berauschend. Nach einer Weile bewegte ich mein Becken. Ich klemmte seinen Oberschenkel fest zwischen meinen Beinen ein. Das reizte meine Klitoris umso mehr. Unendlich langsam bewegte ich mich. Alex wagte kaum zu atmen oder mich zu stören. Nein, keine Ablenkung. Er empfand es ohnehin als einen unendlichen Vertrauensbeweis, dass ich mich bei ihm so fallen lassen konnte. Meine Gedanken und sein Körper schienen zu verschmelzen. Immer wieder bewegte ich mich, um mit leichten, langsamen Reibungen meine Klitoris zu stimulieren. Ja, eigentlich ist das nur ein sanftes Drücken. Wie lange es gedauert hatte, weiß ich nicht. Vielleich eine halbe Stunde.

Plötzlich setzten meine Bewegungen völlig aus, gefolgt von einem langen Ausatmen, fast wie ein Urlaut. Dabei bewegte ich mich nicht und blieb ganz ruhig liegen. Nach vielleicht zwei Minuten bekam ich einen sanften Kuss von Alex. Ein liebes Lächeln verzauberte sein Gesicht. Er drehte mich auf die Seite. Aha, jetzt war Löffelchenstellung angesagt. Wie selbstverständlich legte er seine Hand auf meine Brust. Ich schob meinen Po in seinen Schoß und begann ganz ruhig zu atmen. Ich glaube wir schliefen sofort ein.

Eine süße Sauerei

„Mein Gott, Schatz 19:00 Uhr, wir wollten doch essen gehen", rief ich. Ich wollte mich doch noch hübsch machen. Verschlafen, erst mal nach Orientierung suchend, sah ich Alex. Ganz langsam fiel der Groschen. Ich begriff, was geschehen war. Wir hatten über drei Stunden geschlafen, eng umschlungen. Ich lachte laut, warf mich auf Alex und küsste ihn leidenschaftlich. Dann sprang ich auf und ging ins Bad. Einen Moment später folgte er mir.

Ich saß bereits auf der Toilette. Als er rein kam und mir zwischen die Beine schaute, lachte ich ihn an: „Du sollst doch nicht zuschauen." Es war immer ein süßes Spiel. Er kam also zu mir hin und schaute besonders zwischen meine Beine, um mich ein wenig zu provozieren.

Ich spreizte die Beine weit, aber er sagte mir, ich solle die Arme um seinen Hals legen. Ich hatte sicherlich ein erstauntes Gesicht, als er hinzufügte: „Und gut festhalten." Dann griff er nach meinen Knien und zog mich hoch. Er schob seine Beine unter meine, setzte sich also umgekehrt auf die Toilette und zog mich eng an sich ran. Dann küsste er mich zärtlich. So ganz verstand ich das nicht, folgte dennoch seinen Bewegungen. Dann brach ich ganz abrupt ab und fragte ihn: "Pinkelst du?" Und er antworte mit einem klaren "Ja".

„Du bist doch eine kleine Sau", sagte ich ihm und küsste ihn dabei seelenruhig weiter. Aber es dauerte nur Sekunden. Dann spürte er mein warmes Rinnsal an seinem Bauch. Das Rinnsal suchte sich den Weg zwischen seinen Beinen und über seinem Schwanz und floss dann in die Toilette. Oh, dieses warme Gefühl der Vertrautheit, der Zuwendung und Zusammengehörigkeit. Nichts hätte uns in diesem Moment trennen können.

Unter der Dusche kuschelte ich mich sofort an ihn, er hatte den Duschkopf tiefer gestellt, damit meine Haare nicht nass wurden. Schließlich wollten wir ja noch essen gehen. Nasse Haare zu trocknen, hätte zu lange gedauert. Das Wasser rann zwischen uns herab. Als ich mich seitwärts stellte und ihm die Cremeseife reichte, forderte ich ihn dazu auf, mich doch endlich einzuseifen. Ich wollte mir dieses Gefühl nicht nehmen lassen. Er sollte mich waschen.

Also nahm er Seifencreme auf beide Hände. Er tastete sich mit einer Hand durch meine Pokerbe bis hin zur Muschi. Mit der anderen Hand über die Muschi bis zurück zum After. Mit diesem Wechselspiel der beiden Hände, den sensiblen Po und meine geile süße Votze zu bearbeiten, brachte er mich fast immer in einen Zustand der Entzückung. So war es auch diesmal nach kurzer Zeit. Ich streckte den Po mehr raus. Streckte meine Muschi vor und stellte mich breitbeinig hin.

Immer wenn er über den After strich, zuckte ich besonders. Ungeduldig nahm ich seine Finger, deutete an, sie doch endlich reinzustecken. Das Spiel ist ein herrliches Spiel und ich spürte diese Anspannung. In der Muschi zwei Finger und im Po zwei Finger. Ich atmete schneller und erregter. Seine Bewegungen und meine Beckenbewegungen koordinierten sich automatisch. Er begann, mit den Fingern in meinen Lustkanälen, mich hochzuziehen. Ganz sanft dazu, stellte ich meine Füße auf. Bestimmte so den Zug selber. Das warme Wasser rann weiter an unseren Körpern hinunter und wir versanken fast in einen tranceartigen Zustand.

Wie ein Tanz gestaltete sich der Bewegungsablauf und meine Atmung wurde tiefer und heftiger. Meine Schamlippen schwollen an. Alex spürte meinen Schleim in der Vagina. Dann drückte sich die Klitoris raus, die er so besser bearbeiten konnte. Mein ganzer Unterkörper versteifte sich. Kleine ruckartige Bewegungen des Beckens deuteten ihm an, dass ich hochgradig erregt war. Dennoch ließ er mir Zeit, dem Höhepunkt entgegen zu segeln.

Schön langsam schaukelte ich mich auf, verharrte dann, atmete nicht mehr. Dann spürte ich die Kontraktion. Der Po und die Vagina zogen sich gleichzeitig zusammen und hielten seine Finger zeitweise gefangen. Dieses Zucken verminderte sich dann mit der Zeit. Ich meinte, es waren Minuten. Vermutlich, aber vielleicht auch nur Sekunden. Für mich waren es wohl mit die schönsten und heftigsten Orgasmen, die ich je erlebt hatte.

Chillen am See

Eigentlich wollten wir eine Stunde früher auschecken, aber das süße Kuscheln hatte uns nicht losgelassen. Ich überlegte. „Nein", sagte ich, „wir fahren mit meinem Wagen. Du kennst den Weg nicht." Ich wollte noch zu einem See fahren und baden gehen, aber auch mit Alex chillen. Ich hatte ein Picknick vorbereitet. Es sollte doch ein schöner Tag werden. Alex fügte sich und widersprach mir nicht. Ich fuhr zügig, nicht zu schnell, aber sehr aufmerksam. Alex mag deshalb gedacht haben, dass ich eine Draufgängerin bin. Wir fuhren etwa eine halbe Stunde auf der Autobahn. Ich bog dann in ein kleine Landstraße ab. „Ich kenne hier eine Abkürzung", sagte ich bedeutungsvoll zu Alex. Am Ende eines Waldstückes bog ich in den Wald ab und folgte einem unbefestigten Weg.

Keine 100 Meter vor der Waldgrenze parkte ich den Wagen. Er war nun von der Straße aus nicht mehr zu sehen. Ich stieg aus, wartete bis Alex neben dem Wagen stand und nahm seine Hand. Wir streiften scheinbar planlos durch die Büsche. Ein richtiger Weg war das ja nicht. Einige Zweige schoben wir beiseite. Nach wenigen Minuten öffnete sich das Buschwerk zu einer Lichtung, die ich vom Frühsommer her noch kannte. Dort hatte ich dem Kerl vom See damals einen geblasen. Es war eine wunderschöne Grasfläche von etwa 10 mal 10 Meter mit einer dichten Buschhecke drumherum. Ich sagte: „Komm!", und zog Alex zur anderen Seite. Wir gingen keine 5 Meter durch die Büsche und standen nun vor einem Maisfeld. „Hier findet uns keiner", lachte ich. Wir wollten zusätzlich noch ein paar Sachen aus meinem Auto holen. Der Weg am Maisfeld entlang führte uns zurück zum Waldweg, wo der Wagen stand. Ich öffnete den Kofferraum, nahm eine Tasche und einen Sechserpack Wasser raus und stellte beides ab. „Warte", sagte ich zu Alex und öffnete die Tasche. Ich entnahm eine Decke und einen schweren Karton, in welchem sich ein aufblasbares Gästebett befand. Mit einer Pumpe konnten wir es schnell als Liegefläche aufpumpen. Ich schloss den Wagen und wir zwängten uns mit dem Gepäck beladen zurück zu unserem Platz auf der Lichtung. Schnell hatten wir den Platz wiedergefunden. Es schien die Sonne. Alex pumpte das Gästebett auf und ich legte die Decke darauf. Alex schaute sich um, erfreute sich am Wald, der Luft und der Stimmung hier. Als seine Augen dann meinen begegneten, war ich schon nackt, splitterfasernackt. Ich knöpfte zuerst sein Hemd auf, dann die Hose. Dann bekam er erstmal einen Kuss auf seinen Schwanz. Ich bewegte ihn ausgiebig, so als ob ich ihn untersuchen wollte. Könnte ja sein, dass er aufgrund der letzten Nacht Schaden genommen hatte.

Wir lagen auf unserem Gästebett und genossen die ersten Berührungen und das Zusammensein. Es war wie in einen Himmelbett. Wir kuschelten, unterhielten uns und dösten ein wenig in der Sonne. Als ich mich aufsetzte, schaute Alex mich an. „Was ist?", fragte er. Ich stand auf und zog ihn durch die Büsche zum Maisfeld. „Brauchen wir einen Kolben?", witzelte er. Ich lachte nur, brach einen ab und schälte ihn aus.

Der Maiskolben war noch nicht ganz ausgereift. Ich steckte den Kolben in mich rein und er glitt gleich wieder raus. Ich war geil und feucht. Es machte mir Spaß ihn ein wenig zu provozieren. Ich drehte mich um und präsentierte ihm meinen Po. Als ich den Kolben dort reinsteckte, hämmerte sein Herz auf höchsten Touren. Für ihn war es eine ungemein geile Situation, tabulos eben. Ich lachte nur. Ich sagte noch: „Alle Löcher für dich, Süßer."

Sein Schwanz rührte sich halb schlaff. Ich dachte, er wünschte sich jetzt die blaue Pille herbei. Ich drehte mich um, warf den Kolben weg und hockte mich hin. Alex stand wieder mal mit offenem Mund staunend da. Ich pinkelte, wie schon oft, lachte dabei und zog meine Schamlippen weit auseinander. So geil und so nah hatte es Alex selten gesehen. „Schau, ich kann auch im Kreis pinkeln", sagte ich und bewegte meine Hüfte. Alex lachte mit mir und ich fühlte mich unglaublich verbunden mit ihm. „Komm Alex, jetzt pinkelst du", forderte ich ihn auf. Er lachte nur weiter und meinte: „Aber das geht nicht so schnell." „Ja wie?", fragte ich. Er antwortete: „Mann und Frau sind da unterschiedlich. Jetzt muss ich meinen steifen Schwanz erst mal beruhigen." Ich schaute ihn an. „Echt?", fragte ich. Dann stellte ich mich dicht zu ihm, ja lehnte mich an ihn an, ganz ruhig und vertraut. Nach einer Weile gelang es. „Jetzt!", hörte ich und er küsste mich auf die Stirn.

„Wie jetzt?", fragte ich zurück. Alex spreizte einfach etwas die Beine. Ich verstand diese Geste sofort und ergriff durch die Beine hindurch seinen Penis. Ich richtete ihn nach vorne auf. Nach einer Sekunde kam der Strahl. Sein steifer Penis steuerte den Fluss entsprechend. Ich lenkte den Strahl zu einer Acht. Dabei war ich ganz ruhig und beobachtete den Strahl. Als er abrupt endete, schaute ich hoch und fragte: „Und jetzt?" „Jetzt bin ich fertig", sagte Alex. „Das war ja so geil", sagte ich. „Danke Süßer." Ich schlang meine Hände um seinen Hals und küsste ihn. Es war geil, so lieb, so unglaublich intim!

Ich zog Alex an seinem Schwanz durch das Gebüsch zurück zur Liegefläche und öffnete eine Wasserflasche. Wir spritzten uns nass und wuschen uns ein wenig. Alex bekam wohl eine leise Ahnung, warum ich ein Sechserpack Wasser mitgenommen hatte. Wir lagen auf unserer Matratze. Die

Sonne, die warme Luft, das gemeinsame Pinkeln, hatten mich sehr geil gemacht. Ich wollte erleben und gab meinen Gefühlen freien Lauf. Ich fühlte den Körper von Alex, streichelte und küsste ihn. Es erschien mir, als ob Alex träumte. Er war entrückt und in sich gekehrt. Ich aber spürte dieses Verlangen, diesen ewigen Reitz der Lust, das nicht enden wollende Gefühl der Seligkeit.

Ich rückte an den Rand der Matratze, griff in die Tasche, förderte Malex zu Tage und steckte ihn in meine Zaubergrotte. Mit langsamen Bewegungen, rauf und runter, fickte ich mich und lachte Alex dabei an. Ich spielte mit der anderen Hand an meiner Klitoris und schloss die Augen. Herrlich, meine aufkommenden Gefühle zu genießen. Meine Beine legte ich übereinander und presste sie zusammen, um den Reiz zu erhöhen.

Zur Seite gedreht, griff ich erneut in die Tasche, fand Palex und bohrte ihn mir in mein Poloch. Die sanften kreisenden Bewegungen an der Klitoris und die ausgefüllte Zaubergrotte machten mich geil und geiler. Den Palex bohrte ich nun tiefer und stellte den Malex jetzt auf volle Vibration. Ich fickte mich jetzt nur noch mit Palex. Mit den Fingern an meiner Knospe steuerte ich meine Gefühle. Kurz vor der Explosion wartete ich. Nein Alex, jetzt noch nicht. Ich will es noch spüren und begann langsamer weiterzumachen. Dabei zwinkerte ich Alex, der jetzt gebannt zuschaute und sich anstellte zu wichsen, fortwährend zu. Ich schüttelte den Kopf: „Nein Alex, deinen Schwanz brauche ich noch." Es war ein herrliches Spiel mit meinen süßen Orgasmen.

Dann zuckte ich am ganzen Körper, warf den Kopf hin und her, zog meine Beine an und atmete heftig. Ich zog Alex zu mir heran und kuschelte mich an ihn. Ich schlug meine Beine um ihn und presste meine Muschi fester an sein Bein. Dann schlief ich kurz ein. Als ich wieder aufwachte, ließ ich Alex erneut dieses ganz sanfte Pressen der Muschi an seinen Oberschenkel spüren.

Es waren diese untrüglichen Zeichen des Aufgeilens. Er drehte mich, drückte meine Beine auseinander, zwängte seinen Kopf zwischen meine Beine und begann mich zu lecken und zu saugen. Es schien wundervoll für ihn, meine Schamlippen zu zerlegen und hin und her zu klappen, den Kitzler einzusaugen und mich mit der Zunge zu verwöhnen. Es gelang ihm, den Kitzler vorsichtig mit den Zähnen festzuhalten und einzuklemmen. Mit der Zunge liebkoste er ihn ganz vorsichtig an der Spitze. Ich fühlte es immer intensiver.

Als mir dieser Reiz zu intensiv wurde, merkte er das und griff nach mir. Er legte meine Beine über seine Schultern und zog mich zu sich rauf. Er hockte jetzt auf den Knien und hatte meine Liebesgrotte vor sich. Ich aber reckte mich zu meiner Tasche um sie mit den Fingerspitzen zu ertasten. Alex unterstützte mich und öffnete sie. Er förderte eine Plastikdose mit Erdbeeren hervor und lachte laut über meine Vorbereitungen.

Er fand es „ein süßes Spielchen zum Mittagessen" und nahm eine Erdbeere und legte sie mir auf meine Muschi, um dann umständlich daran zu knabbern. Er zerdrückte sie mit der Zunge und seinem Kinn, um sie dann gierig aufzusaugen. Ich jauchzte. Er drückte eine zweite Erdbeere in meine Lustgrotte und noch eine dritte. „Komm, gib sie mir wieder", sagte er zu mir. Ich drückte die Erdbeeren ganz langsam heraus. Wir lachten. Die zweite kam heraus. Alex saugte sie an, bekam sie in den Mund und reichte sie mir weiter.

Jetzt schmeckten wir beide den süßen Geschmack meiner Lustsäfte. „Oh Gott", sagte ich, „ich habe was vergessen." Ich griff nochmals zur Tasche und nahm eine Dose Sprühsahne heraus. Alex setzte die Sahne sogleich an meine Muschi an und füllte mich damit aus. Oh, was für ein Springbrunnen! Alex kam gar nicht nach, die herausdrängende Sahne abzuschlecken. Ich jauchzte. Je mehr er schleckte, desto wilder wurde ich. Er spürte genau, wie heiß ich wurde, ja spitz. Meine Schamlippen wurden fester. Ich nahm Fahrt auf und wurde geil und geiler. Alex schleckte, was das Zeug hielt und bemühte sich, es mir so schön wie möglich zu machen.

Ich schloss meine Augen. Mein Mund war offen und ich atmete stoßweise. Ich kam viel schneller, als Alex es erwarten konnte. Er spürte mit der Zunge das Zucken der Muskeln, das

Vibrieren, das Zusammenziehen und Einrollen meines Unterkörpers. Als ich die Augen weit öffnete, sagte ich, dass ich selber überrascht wäre. So unerwartet hatte ich selten einen Orgasmus gehabt. Von jetzt auf gleich hatte Alex mich zum Höhepunkt gebracht. Er aber lachte nur, wie er es immer machte. Ich verstand mich nicht mehr. Mit Alex ist alles anders. Auch gestern Nacht habe ich es so gespürt. Ich beschloss für mich, Alex auch zu verwöhnen! „Leg dich hin!", forderte ich ihn auf.

Mein Ton war eindeutig. Als er auf dem Rücken lag, spielte ich mit seinem Schwanz und saugte ihn ein. Geduldig baute ich ihn auf und verlor mich in ein geiles Spiel. Ich geilte mich auf, indem ich seinen Schwanz zwischen meine Brüste nahm. Dann steckte ich seinen Penis mal in meine Muschi, mal saugte ich ihn ein. Irgendwann aber befand er sich so tief in meinen Mund, dass ich hechelte, ja hustete. Wieder und wieder schluckte ich seinen Schwanz. Alex spürte deutlich meine Kehle. Ich aber würgte und rang nach Atem. „Ich will es richtig machen", sagte ich und versuchte es erneut. Dann gelang es mir. Sein Schwanz glitt in meinen Rachen. Ich hielt den Atem dabei an und schob zu seiner Verwunderung seine Eier mit in den Mund hinein. Es schien unwirklich, aber ich hatte es mal irgendwo gesehen und wollte wissen, wie es geht. Damit überraschte ich Alex. Ja, ich fühlte mich als tabulose Baba stolz! So wollte ich von Alex gesehen werden.

Ich war mir nicht sicher, ob ich Alex damit anfeuerte. Daher steckte ich mir zwei Erdbeeren in meine Muschi und setzte mich auf seinen Schwanz. Ich spürte, wie die Erdbeeren zerquetschten und der Saft aus mir rausquoll. Das kümmerte mich aber nicht. Ich sprühte die Sahne auf seinen Schwanz und nahm ihn zurück in meinen Mund. „Was du kannst, das kann ich auch", lachte ich. Ich band Alex eine Augenbinde um und setzte mich mit meiner Muschi auf sein Gesicht. „Schön auslecken Süßer", sagte ich und genoss es, Alex zu verwöhnen aber dennoch auch zu beherrschen. Das zu machen, was ich mir ausgedacht hatte. Ich war so unendlich glücklich, es machen zu können. Mich endlich tabulos frei ausleben zu können. Alex leckte mich. Als ich mich nach vorne beugte, half er ein wenig nach und wollte meinen Po lecken. „Nein, den nicht", entschied ich. „Der hat Pause. Er erholt sich von der vergangenen Nacht und von eben."

Ich drehte mich und Alex hatte prompt zwei Finger von mir in seinem Po. Ich drang ein und fickte ihn damit. Dann setzte ich Palex an. Alex genoss das Vibrieren des Vibs, die Kühle der Gleitcreme und das systematisch, rhythmische Ficken. Er sagte zu mir: „Nimm deinen Finger. Ja vorne, ja an der Prostata, ja mehr, drück fester." Ich tat es und fand diese Stelle unterhalb des Gliedes, da wo keine Härchen wachsen. Es war so geil für Alex. Ich saugte all seine Ficksahne ab. Ich pumpte alles raus, saugte ihn leer. Danach entglitten wir in das Land der tabulosen Träume.

Süße, sündige Stunden

Wir lagen wieder mal eng umschlungen beieinander. Mit meiner Zunge fuhr ich leicht über seine Lippen und küsste seine Mundwinkel. Dann knabberte ich leicht an seinem Kinn. Seine Hände streichelten mich zuerst leicht und scheinbar ziellos. Dann spürte ich, wie er immer fordernder und intensiver wurde. Ich drehte mich auf den Rücken und zog ihn mit. Sein Mund wandert an meinem Hals entlang über meinen Brustansatz zu den Spitzen meiner Brüste, deren Nippel schon wieder ganz hart wurden. Seine Hand glitt über meinen Bauch und streichelte zart über meinen Venushügel. Ich drückte mich ihm entgegen und wollte seine Zärtlichkeit und seinen Sex genießen. Ich streichelte zart seinen Rücken und seinen Nacken, genoss seinen Mund überall auf mir und spürte, wie meine Muschi wieder feucht wurde. Ich räkelte mich unter ihm, so dass meine Muschi gegen seinen Oberschenkel gepresst wurde. Ich schlang ein Bein um seine Hüfte und rieb meine Muschi an seinem Bein. Er stöhnte auf und biss mir zart in die Brustwarzen. Ich sagte ihm, wie geil mich das macht, wenn er mit seinem prallen Schwanz leicht gegen meine Votze schlägt. Ich knabberte an seinem Ohr und flüsterte, dass ich schon wieder geil auf ihn bin. „Streichel meine feuchte Ritze", bettelte ich. Seine Berührung zwischen meinen Beinen war ganz leicht, ganz zart. Ich konnte sie fast nicht spüren. Ich versuchte meine Hüften anzuheben, um meine Möse gegen seine Hand zu drücken. Doch er zog sie immer wieder zurück. Irgendwann hielt ich es nicht mehr aus. Immer wieder reizte er mich, machte mich geil, um sich dann wieder zurück zu ziehen. Ich wollte den Spieß umdrehen. Ich stemmte mich gegen ihn und versuche ihn nach unten zu drücken. Er aber ließ das nicht zu. Ich war unter ihm gefangen. Er schob seinen Körper nun ganz über mich und drückte mich fest auf den Boden. Ich versuchte, mich noch mal dagegen zu stemmen und drehte meinen Kopf zur Seite, als er mich küsste. Ich hörte von ihm: „Wehr' dich ruhig, ich werde dich dennoch nehmen, du gehörst mir." Ich versuchte, meinen Körper unter ihm zur Seite zu drehen. Allerdings erreichte ich damit nur, dass sich meine heiße Votze und meine Brüste noch fester gegen ihn drückten. Er umklammerte mich so fest mit seinen Armen und Beinen, dass ich mich nicht bewegen konnte. Ich genoss es trotzdem und es machte mich so geil, dass ich stöhnte. Ich spürte seinen prallen Schaft auf meinem Bauch und auch, wie er seinen dicken Schwanz zucken ließ, um mich aufzugeilen. Sein Mund war immer noch damit beschäftigt, an meinem Ohr zu knabbern. Er flüsterte mir zu, dass er seinen harten, prallen Schwanz nun langsam über meinen Bauch gleiten lassen würde und nun vorhabe, meinen Kitzler mit seiner prallen Eichel zu massieren. Dann werde er seinen Schwanz immer weiter nach unten zu dirigieren, bis er ihn bis zu seiner Wurzel tief in meine Möse schieben könne.

Genau das tat er dann auch. Ich spürte, wie seine dicke Eichel über meinen Bauch glitt, den Venushügel berührte, um dann direkt auf meinem Kitzler zu landen. Er forderte mich auf, ich solle ihm in die Augen sehen, denn er wollte sehen, was ich empfinde, wenn sein Dicker in meine heiße Grotte gleitet. Ich drehte den Kopf noch etwas weiter von ihm weg. Er hob seinen Oberkörper an und lächelte belustigt. Seine pralle Eichel massierte meinen Kitzler. Ich atmete tief ein und konnte kaum noch reden. Er wiederholte seine Bitte, dass ich ihn ansehen solle. Ich drehte ihm den Kopf zu. Meine Augen hielt ich halb geschlossen, so dass er sie kaum sehen konnte. Er sagte mir wieder, ich solle sie öffnen. Ich aber schloss sie noch fester. Wieder spürte ich einen kurzen Ruck seiner Hüften. Sein praller Schwanz rieb nun über meinen geschwollenen Kitzler. „Na, wie ist das?", fragte er. Ich öffnete meine Augen und sah ihn an und flüsterte: „Jetzt kannst du sehen, dass ich dermaßen geil bin und dass ich kaum noch klar denken kann." Millimeter für Millimeter schob er nun seinen dicken Schwanz weiter nach unten, bis seine dicke Eichel direkt auf meinen geilen nassen Eingang drückte. Ich hielt die Luft an, atmete ganz flach und spreizte meine Beine noch weiter, um ihm den Zugang zu meiner Möse zu erleichtern. Ich sah dabei in seine Augen. Er konnte sehen, dass ich am Schwimmen war und ihn dringend wollte. Aber zu meinem Erstaunen stützte er seine Hände neben meinen Kopf, zog seine Hüften weit zurück. Er küsste mich leicht auf den Mund und sagte mir, dass er einen Bärenhunger habe und dass wir erst mal nachsehen sollten, was die Küche so zu bieten hat. Ich blieb einen Moment liegen und war ganz verwirrt. Jetzt essen? Er stand mit geil aufgerichtetem Schwanz vor mir und streckte mir seine Hand entgegen, um mir aufzuhelfen. Zögernd nahm ich seine Hand und er zog mich hoch, drückte mich an sich und küsste mir auf die Nase. Dann hörte ich seinen Magen laut und vernehmlich knurren.

Ich löste mich von ihm und zog sein Hemd an, das mir knapp bis über den Po reichte. Dann sah ich noch einmal seinen geilen Ständer und ging seufzend Richtung Küche. Ich öffnete den Kühlschrank und sah, dass er alles für einen leckeren Salat gekauft hatte. Mohrrüben, eine Gurke und andere herrliche Zutaten. Er stand hinter mir und ich spürte seinen warmen Atem in meinem Nacken. Er sagte, dass ich das Gemüse zubereiten solle und er sich um die Steaks kümmern werde.

Ich nahm also alles aus dem Kühlschrank und war immer noch nicht so richtig bei der Sache. Meine Gedanken schweiften ab, als ich das Gemüse unters Wasser hielt. Ich rieb die Gurke extrem lange unter dem Wasser und auch die Karotten putzte ich extra gründlich. Wieder stand er dicht hinter mir. Vor dem Spülbecken legte er seinen Arm um mich und drückte mir seinen immer noch steifen Schwanz ins Kreuz. Er machte mich wieder an und flüsterte mir zu, dass er mich zum Nachtisch vernaschen wird. Ich genoss es und lehnte mich an ihn.

Dann machte er sich wieder an den Steaks zu schaffen, die schon verführerisch in der Pfanne brieten. Ich stellte mich an den hohen Tisch und fing an das Gemüse zu putzen. Als ich die Karotten schälte, betrachtete ich die eine, die ich gerade in der Hand hatte und fing an sie zu schnitzen. Alex hatte gerade die Steaks fertig und vom Herd genommen, als ich ihm mein Kunstwerk zeigte. Ich hatte die Karotte zu einem prallen Schwanz geschnitzt und sagte, dass er fast so schön ist, wie seiner. Er sah ihn sich einen Moment an und lächelte. Dann ging er zum Küchenschrank und holte ein frisches Geschirrtuch raus. Er faltete es zu einen schmalen Schal zusammen. „Dann wollen wir mal sehen, ob du den Unterschied mit verbundenen Augen erfühlen kannst", sagte er zu mir und legte mir das Geschirrtuch als Augenbinde an. Während er das Geschirrtuch hinter meinem Kopf verknotete, küsste er mich leidenschaftlich und lange. Dann drehte er mich so herum, dass ich mit dem Rücken zu ihm stand. Ich spürte seine warme Hand auf meinen Rücken, die meinen Oberkörper leicht auf die Arbeitsplatte drückte. Ich sog heftig die Luft ein, als meine Brüste die kalte Platte berührten. Ich musste mich schon auf die Zehenspitzen stellen, damit mein Becken auf der Platte zu liegen kam. Gespannt wartete ich darauf, was er im Sinn hatte.

Er stand hinter mir und schob mir das Hemd hoch. „So ich werde dir nun etwas in deine geile Muschi schieben und du musst erraten, was es ist." Ich konnte es kaum erwarten. Ich spürte, wie er hinter mir in die Knie ging und etwas Warmes,

Feuchtes gegen meine Schamlippen drückte. Ich stellte mich noch ein wenig mehr auf die Zehenspitzen, weil ich nicht sehen konnte, was er mir da in meine Muschi schob. Dann spürte ich, wie sich das warme, feuchte Etwas vor und zurück bewegte, bis es fest zwischen meinen Schamlippen steckte. Ich spürte seine Zunge, die über meinen Kitzler glitt, wollte aber nicht, dass es aufhört und sagte erst mal nichts. Aber er zog seine Zunge zurück und fragte: „Und?" Ich tat so, als müsste ich lange überlegen und riet dann absichtlich falsch: „Dein Finger?" Er lachte und fragte mich, ob ich wisse, welche Strafe auf mich wartete, wenn ich verliere. Ich schüttelte den Kopf und fing leicht an zu zittern. Wieder legte er seine warme Hand auf meinen Rücken und flüsterte mir ins Ohr: „Keine Sorge, du wirst es genießen." Dann trat er wieder einen kleinen Schritt von mir weg und ich hörte ihn wieder hantieren. Was immer es war, was er mir dieses Mal in meine heiße Muschi schob, es war kalt und glatt, wurde aber schnell warm. Und vor allem war es sehr dick. Ich spreizte die Beine noch etwas weiter und er zwängte es zwischen meine Schamlippen. Ich bewegte leicht die Hüften, damit es besser rutschen konnte und er drückte es nach. Dann war ich total ausgefüllt. Es war die Karotte, die ich zum Penis geschnitzt hatte. Ich spürte seinen heißen Atem an meinem Po und hörte wie er murmelte, dass das ein super geiler Anblick ist, der ihn anmachte.

Dann bewegte er die Karotte leicht in mir und ich stöhnte auf. „Und was ist es diesmal?", fragte er wieder. Ich riet diesmal:

„Deine Zunge?" Wieder lachte er leise und ich fühlte, wie er die Karotte langsam aus meiner Möse zog und sie auf die Seite legte. Dann trat er wieder hinter mich und sein Finger suchte den Eingang in meine nasse Grotte. Er drehte und wendete ihn hin und her und fickte mich richtig. „Und?", hörte ich ihn erneut fragen. Ich hörte aber auch, dass er schon am Keuchen war und riet schnell erneut: „Dein geiler Schwanz?" Wieder lachte er.

Er stand nun hinter mir und seine Oberschenkel drückten meine Beine fest an den Schrank unter mir. Ich hörte sein gespieltes Bedauern, als er sagte, dass ich nun meine Strafe bekäme. Er schob mich noch ein ganz kleines Stückchen höher auf die Arbeitsplatte. Ich hatte wirklich nur noch die Zehen auf dem Boden. Seine Hand war an meiner heißen Muschi und seine Finger schoben meine Schamlippen weit auseinander. Seinen prallen Schwanz hatte er an der Wurzel gepackt und ich erlebte den ersten Schlag seines geilen Stammes auf meine Schamlippen. Ich zuckte zusammen. Dann schlug er erneut seinen Steifen einmal kurz aber hart auf, um dann seine dicke Eichel über und um den Eingang zu meiner nassen Grotte herum gleiten zu lassen. Das Spiel setzte sich mit Nachdruck fort und ich zuckte jedes Mal zusammen. Wieder und wieder schlug sein harter Schwanz mehrmals gegen mein heißes Loch und traf meinen Kitzler. Ich stöhnte laut auf, es schmerzte, aber es machte mich auch geiler und wilder. Seine dicke Eichel glitt nun nur noch grob über meine Muschi.

Wieder schlug sein praller Schwanz auf meine Schamlippen, die sicher ganz geschwollen waren. Ich hörte von ihm, wie geil es ihn macht und wie sehr er mich geil ficken wird. Dieses Mal rammte er plötzlich, für mich unvorbereitet, seine dicke Eichel so heftig in meine heiße Möse, dass ich vor Geilheit nach ihm schrie. Sein Dicker war in meiner Votze und sein Oberkörper lag nun auf meinen Rücken. Seine Hände packten mich an den Haaren und zogen meinen Kopf zu ihm nach hinten. Dabei flüsterte er mir ins Ohr, dass er mich jetzt ficken wird und ich stillhalten sollte.

Mit beiden Händen packte er mich an den Hüften und drückte mich wild auf seinen Schwanz. Im selben Moment, als er ihn erneut rein rammte, rang ich nach Luft und versuchte meine Balance zu halten. Ich wurde praktisch von seinem Dicken aufgespießt. Wild und mit einer gewissen Rohheit stieß er mir seinen Schwanz immer wieder in die Möse. Als ich etwas Halt gefunden hatte, stieß ich mit den Hüften zurück. Er zog seinen Dicken raus und schlug ihn mir wieder gegen mein total heißes Loch. „Stillhalten hab ich gesagt", zischte er mir zu. Wieder rammte er seinen harten Schwanz tief in meine Muschi.

Aber nach kurzer Zeit bewegte ich wieder meine Hüften. Dieses Mal schlug er mir mit der Hand auf den Po. Es war ein brennender Schmerz, der mich durchzuckte, aber auch ein warmes Gefühl aufkommen ließ. So kannte ich das nicht. Wieder bewegte ich mich und prompt spürte ich seine Hand.

Ich provozierte ihn und mein Arsch brannte von den Schlägen. Ich drehte regelrecht durch. Die Schläge konnten nicht genug sein. Ich wartete nicht, bis der Schmerz verebbte. Nein, mit den Schlägen addierte sich der Schmerz. Mein Arsch musste doch schon grün und blau sein. Aber ich wollte mehr. Als Alex dann aufhörte, spürte ich es brennen, fürchterlich brennen. Es war mir klar, es wird lange andauern.

Seinen Schwanz hielt er dabei ganz ruhig in meiner nassen Muschi, solange bis ich ihn anflehte, ihn wieder fester rein zu stoßen und mich geil zu ficken. Er knurrte ein wenig, stieß aber wieder heftiger mit seinen Hüften zu. Plötzlich schrie er laut auf, dass es ihm gleich kommen würde. Er riss mir die Binde von den Augen, drehte mich um, packte mich an den Schultern und drückte mich nach unten. Ich kniete kaum, als er seinen Dicken auch schon fordernd gegen meine Lippen drückte. Ich öffnete den Mund weit und er schob ihn gleich so tief es ging in meinen Hals. Dabei nahm er meinen Kopf in beide Hände und fickte ungeniert fordernd in meinen Mund. Ich spürte, wie seine prallen Eier anfingen zu zucken, wie sein geiler Schaft in meinem Mund noch dicker wurde. Ich konnte kaum meine Lippen um ihn schließen.

Dann drückte er meinen Kopf so heftig auf seinen Schwanz, dass ich ihn so tief in der Kehle hatte und deshalb würgen musste. Alex ließ mir keine Wahl. Er gab mir Zeit zum Atmen und fickte wieder tief rein. Zwischen Sternen, die ich sah und

Geilheit, die ich fühlte, hielt ich durch. Nein, ich hinderte ihn nicht. Ich wollte es ja tabulos. Ich wollte ja einen geilen, wilden Alex, der mich forderte, nicht fragte, sondern einfach machte. Ich spürte seinen Willen, es zu Ende zu bringen und er stieß mir richtig tief rein. Mein Hals weitete sich, tat weh und ich hielt seinen Schwanz für kurze Zeit fest. Ich erinnerte mich, dass er mein Schlucken spüren wolle und schluckte spürbar kräftig.

Als Alex das bemerkte, wurde er sanfter. Er drang in mich ein und ich schluckte. Er gab mir jetzt Bewegungsfreiheit und ich löste mich von ihm, weil ich atmen musste. Wieder ließ ich ihn tief in den Hals eindringen und schluckte. Dann aber zog ich meinen Mund etwas zurück und packte seinen harten Schwanz an der Wurzel und wichste ihn heftig.

Seine geile Sahne schoss in meinen Mund. Er kam so heftig, dass ich kaum alles in meinem Mund aufnehmen konnte. Ich schluckte seinen geilen Saft nicht runter, sondern behielt alles im Mund. Als sein harter Schwanz leer gepumpt war, ließ ich ihn aus dem Mund gleiten. Ich legte meine Arme um seinen Hals und drückte meinen Mund auf seine Lippen und ließ ihn seine geile Sahne schmecken. Er stöhnte auf und leckte meinen Mund gierig aus.

Wir blieben lange ineinander versunken so stehen, im Kuss vereint. Dann löste ich mich vorsichtig von ihm, weil sein Magen schon wieder anfing zu knurren. Ich strahlte ihn an und sagte, dass wir die Steaks zum Salat kalt essen müssen. Ich putzte schnell das Gemüse. Als die Karotte an der Reihe war, fragte ich ihn, ob wir sie entsorgen sollen. Er aber schüttelte den Kopf, nahm sie mir aus der Hand und meinte, dass wir sie bestimmt noch einmal brauchen werden. Ach ja, Sitzen ging erst mal nur auf einem Kissen und Alex klagte am nächsten Morgen noch über seine Hand. Aber Lust überkam mich immer wieder, wenn ich daran dachte.

Geile Spiele mit Alex

Als ich die Tür öffnete, wurde ich kreidebleich. Vor Schreck vergaß ich meinen Bademantel geschlossen zu halten und Alex, der vor mir stand, starrte auf meine Titten und die frisch rasierte Votze. Als mir endgültig bewusst wurde, dass er es war, riss ich die Tür ganz auf. Mein Bademantel gab noch mehr frei und bei Alex regte sich sofort sein Schwanz. Wir schauten uns an und Alex spürte meine Arme in seinem Nacken und meine Lippen auf seinen Lippen. Seine kleine Reisetasche fiel auf den Boden. Ich war so gerührt, dass mir die Tränen die Wangen runter liefen.

Ich war verwirrt und überdreht. Ich fragte Alex alles mögliche und lief hin und her. Ich fragte ihn, ob er was essen oder was trinken wollte oder ob er sich setzten wollte. Dabei fiel mein Blick auf seine Hände. Sie sahen sehr gepflegt aus, mit sauberen Fingernägeln. Keine Arbeitshände und sie waren nicht übergroß. Er nahm mich einfach in den Arm und hielt mich fest. Ich zitterte vor Aufregung, als er mich anschaute. Meinen Bademantel ließ ich auf. Er wehte wie eine Schleppe hin und her. Alex sollte mich doch betrachten können. Aber Alex ging zuerst mal ins Bad.

Ich hatte eine Flasche Wein geöffnet und wir begannen ein wenig zu kuscheln. Seine Hände waren überall und mein Bademantel war ja praktisch kein Hindernis. Dann bereitete ich ein kleines Essen, Gambas aus dem Ofen. So eine Liebesspeise zum Aufgeilen. Wir ließen uns nicht stören. Alex genoss seinen Überfall, besonders weil ich keine Zeit hatte mich umzuziehen und mich der Bademantel nervös machte. Alex betrachtete dauernd meine Brüste und wenn ich aufstand auch meinen Po und die Muschi. Ich zog ihn in den Bann, spürte seine Geilheit. Ich wusste, er wird mich ficken. Aber nach dem Essen duschten wir erst und er cremte mich ein. Seine Hände waren überall und ich gab mich ihm überaus leidenschaftlich hin. Ich brauchte das. Es tat mir so gut. Dann eilte ich schnell ins Schlafzimmer und zog mir süße Dessous an. Ich wusste schon, was ich wollte.

Im Wohnzimmer deutete ich an, dass er sich setzen solle. Leise Musik lief und das Kerzenlicht war verführerisch. Ich begann zu tanzen. Langsam, mit sanften Bewegungen. Mal nah zu ihm hin, zum Anfassen, mal weiter weg, zum Zuschauen. Er starrte mich wie von Sinnen an. Als ich ein Bein auf die Sessellehne stellte, betrachtete er meine offene Muschi. Sie glänzte in einem sanften Rot und war feucht. Meine Brüste wippten dazu und meinem Po konnte er kaum wiederstehen. Als ich mich bückte und die Hände durch meine Beine steckte, um durch die Pokerbe und Muschi zu streichen, konnte Alex sich nicht mehr zurückhalten. Er rutschte auf dem Sessel weiter runter, öffnete seine Hose und rieb seinen Schwanz. Der wuchs und er spielte mit den süßen Tröpfchen auf seiner Eichel. Dann steckte er einen Finger in den Mund, um sich selber zu schmecken. Das war dann selbst für mich zu viel. Ich steckte meine Finger in meine Muschi, um sie dann von ihm ablecken zu lassen.

Ich wollte ihm damit zeigen, dass sein Schwanz ab sofort meine Sache ist. Deshalb zog ich ihn auf mein Bett. Ganz ruhig begann ich ihn erst einmal zu verwöhnen. Meine Hände waren an seinem Sack, dann fickte ich geschickt seinen Po, um dann die Tröpfchen abzusaugen und mich selbst dabei weiter aufzugeilen. Meine Bewegungen wurden immer erregter. Ich drückte meine Titten an seinem geilen Schwanz, um ihn dann durch meine geile, nasse Furche zu ziehen. Nur wenige Sekunden später war er tief in mir. Ich lag unter ihm und kreuzte meine Beine, ich hatte ihn fest im Griff und melkte ihn. Alex gab sich geschlagen und war bereit zu spritzen. Ich ahnte es und sprang auf. Blitzschnell fickte ich ihn mit den Fingern in seinen Arsch und sein Schwanz versank tief in meinem Schlund. Ich fickte, wie von Sinnen und es kam ihm. Ja ich saugte, wie von Furien gehetzt. Das hatte ich unendlich viele

Male geträumt und habe es mir immer wieder herbeigesehnt. Jetzt ging mein Traum in Erfüllung. Ich streichelte ihn noch unendlich lange und kuschelte mich in Löffelchenstellung an ihn ran.

Wir waren kurz eingeschlafen, aber dann scheuchte ich ihn aus dem Bett. „Komm duschen Alex", sagte ich. Sicher wollte Alex erst noch schlafen, aber ich bestand auf die Dusche. Kaum lief das Wasser, bat ich Alex in die Hocke zu gehen. Er sah meine nasse Votze vor sich, die ich mit beiden Händen demonstrativ aufriss. Dann traf ihn unvermittelt ein Strahl an seiner Wange. „Natursekt verspritzen! Du kleines süßes Luder!", bekam ich zu hören. „Aber es sieht einfach köstlich aus". Alex streckte seine Zunge und ich pinkelte darauf. Ich quietschte vor Vergnügen.

Ich hatte es oft gedacht, aber nie gemacht. Die folgenden Küsse und Umarmungen waren unglaublich. Dann drückte Alex mich runter und ich nahm seinen Schwanz. Vorsichtig legte ich seine Eichel auf meine Zunge und sagte zu mir: „Ich will es, ich will es, ich will es." Ich hatte es mir in den Kopf gesetzt und war nicht davon abzubringen. Zuerst waren meine Lippen noch geschlossen, dann aber öffnete ich meinen Mund und Alex war das süße Schweinchen, das seinen Strahl auf mein Gesicht und auf meine Brüste richtete. Ich prustete heftig und lachte dabei, ließ Wasser in meinen Mund laufen und besprühte Alex damit. Ich war so ausgelassen, so außer mir vor Freude, weil ich endlich mal das gemacht habe, was mir immer wieder und seit Langem durch den Kopf ging. Es machte mich nicht nur glücklich, ich war befriedigt. Dieser Gedanke mag 20 Jahre oder noch älter sein. Er wurde von mir verdrängt und tauchte jetzt wieder auf. Alex hatte mich ermutigt, es einfach zu machen. Ja, jetzt endlich konnte ich mich dazu durchringen.

Alex hielt mich lange im Arm. Er ahnte wohl, was es mir bedeutete, mal so ausfallend zu sein. Fast war es, als ob wir tanzten. Aus dem Wohnzimmer klang „Atemlos" herüber. Wir aber waren beide total entspannt. Da war auch nicht der Wunsch, jetzt ins Bett zu gehen oder irgendwas tun zu müssen. Nein, einfach seine Haut zu spüren und ihm nahe sein. Dann ging Alex zu seiner Tasche und holte ein verchromtes Rohrstück heraus. „Was ist das?", fragte ich mich. Er schraubte den Duschkopf ab und setzte dafür dieses Rohr drauf. Jetzt dämmerte es mir. Das war eine Vaginaldusche. Das warme Wasser tat mir gut. Ich dirigierte ihn an meine Muschi. Die Gefühle waren wunderschön. Ich glaube, ich habe das so besonders empfunden, weil es Alex machte.

Alex führte die Dusche durch meine Beine zum Po, wo es wunderbar kitzelte. Er kam dann von hinten und setzte die Spitze, aus der das Wasser spritzte, direkt auf meine Rosette. Ehe ich es richtig begriff, war die Dusche im Darm und füllte mich auf. Blitzschnell riss ich die Dusche raus, um dann vorsichtig zur Toilette zu gehen. „Du Aas!", sagte ich zu ihm. Er aber machte es wieder und wieder. Danach sagte er, lass es laufen, du bist leer. Mach einfach auf und genieße dich.

Das war aber schon eine geile Sache. An so etwas habe ich nie gedacht. Einfach laufen lassen. Aber das sollte Alex jetzt auch machen. Ich setzte die Dusche bei ihm an und es passierte das Gleiche, wie bei mir. Dann forderte er: „So meine Süße, jetzt fickst du mich damit. Schön tief und immer schön über die Prostata." Das Wasser lief aus seinem Arsch und sein bestes Stück verlor süßen, geilen Samen, den ich schleckte. Die Wärme und der Druck machten Alex geil. Er ging wieder zur Tasche und holte einen Umschnallgürtel mit einem Dildo raus, den er mir mitgebracht hatte. Er wollte von mir gefickt werden. Das habe ich noch nie gemacht. Sicher, ich habe Bilder gesehen und mich immer gefragt, wie Frauen damit einen Mann ficken können. Aber nie im Leben war ich in der Situation, es selber zu machen oder es machen zu wollen. Fast ungläubig starrte ich auf den Dildo. Mindestens 5 cm Durchmesser und 25 cm Länge. Alex hockte am Bettrand und ich ließ Gleitcreme auf seine Rosette tropfen. Dann setze ich die Spitze an und drückte. Der Dildo war weich und bog sich und ging deshalb nicht rein. Mit Hilfe der Hand aber bahnte ich ihn den Weg. Alex stöhnte fürchterlich. „Du reißt mir den Arsch auf", fluchte er. Ich aber wusste, er hatte sich schon mit einem 4,5 cm Dildo gefickt. Ich gab nicht nach. Es dauerte lange, viel länger als bei mir, ehe sein Arsch weich wurde und ich nach Herzenslust ficken konnte. Also immer schön über die Bauchdecke! Schön lang rein und raus. Langsam und keine Hektik. Das Stöhnen von Alex wurde ruhiger und mir gelang das Ficken bei jedem Stoß besser. Alex schob seine Hand unter den Bauch. Was machte er da? Wichst er sich? Aber es war doch alles ruhig. Dann streckte er seine Hand zu mir und ich sah, dass sie voll Samen war. Oh, ich hatte was zum Schlecken!

Da begann die Phase des ruhigen Fickens und gefühlvollen Treibens. Ich spürte, wie Alex völlig entspannte, wie er sich kaum noch dagegen stemmte, aber dennoch jeden Stoß entgegennahm. Seltsame Gefühle kamen in mir hoch. Ich beherrschte ihn. Er war mir ausgeliefert. Ich konnte ihn ficken wie ich wollte. Ich war es, der es ihm schön machte. Und er? Er war selig, sich mir ausliefern zu können. Verrückte Gefühle. Wieder was Neues, an das ich nie im Leben gedacht hatte.

Nach gefühlten Stunden hatte Alex dann genug. Er richtete sich auf und war fast ein wenig schwindelig. Ich krabbelte auf das Bett und legte mich auf den Rücken. Dachte ich doch, Alex würde sich jetzt neben mich legen. Er aber nahm meine Knie hoch und drückte sie in Richtung Schulter. Er kniete vor meinen lustspendenden Löchern und zog mich zu sich heran. Dann leckte er mir die Rosette. Nur die Rosette. Der Wahnsinn. Nach einer Weile begann es, in meinem Po zu arbeiten. Ich bewegte unwillkürlich meinen Schließmuskel und hatte den Eindruck seine Zunge sei tief drin. Ich ließ mich treiben! Ich ließ ihn einfach machen, ließ mich tief fallen und war völlig entspannt.

Als sein Finger eindrang regte ich mich kaum. Als aber seine Zunge zwischen die großen und kleinen Schamlippen und danach in die Mitte glitt, wurde ich unruhig. Alex verstärkte den Druck mit der Zunge, fickte meinen Arsch heftiger und saugte meine harte, steife Perle in seinen Mund. Ich kam und die Wellen überfluteten mich.

Alex schlürfte meinen Votzenschleim, grinste mich an: „Habe ich dich zum Höhepunkt gebracht?" Unvermittelt drehte er mich auf den Bauch, zog mein Becken hoch, so dass ich mich in der Doggystellung befand. Dann setzte er seinen Schwanz an. Ich reichte ihm schnell noch Gleitcreme. Mit der Gleitcreme rutschte er sehr gefühlvoll rein und raus. Meine Hand lag jetzt auf meiner Klitoris und ich begleitete mich selber bei seinem Ficken. Es war leise, es war Hochspannung, es waren Wellen und wundervolle Gefühle. Dann wollte Alex den Malex haben. Er führte ihn ein und ich brachte ihn in Position. Dann fickte er mir genüsslich den Arsch weiter. Der VIB vibrierte auf höchster Stufe und Alex sagte mir, er spüre das ganz intensiv. Ich war wie in Trance. Wieder vergingen gefühlte Stunden der Hingabe. Dann kam ich. Kurz darauf fühlte ich den warmen Strom seines Samens in meinem Darm. Alex ließ es sich nicht entgehen, mich noch einmal zu lecken und seinen herausquellenden Samen zu schlürfen.

Ich war außer Rand und Band, diese Geilheit mit Alex zu spüren. Dieser Kick war einmalig schön. Ich stöhnte heftig und der Fluss kam aus mir heraus, wie ein Wasserfall. Ja, ich liebte es geil zu sein und mich zu verausgaben. Der Anblick war zu schön, aber so eine offene Sicht musste auch belohnt werden. Ich spürte, gerade war er herrlich in mir gekommen. Sein Schwanz schien noch richtig zu summen. Meine Lustlöcher erneut zu füllen, vermochte Alex allerdings momentan nicht.

Als Alex dann aus dem Bad kam, lag ich halb auf der Seite. Meine Schamlippen glänzten feucht und die rasierte Votze leuchtete dunkelrot. Meine Pokerbe stand offen und meine Rosette war zu erkennen. Ich war erschöpft von unseren Spielen. Ich war stolz, es gemacht zu haben. Aber so richtig realisiert hatte ich es noch nicht. Als ich mein Becken anhob, hielt Alex mir zwei Finger entgegen, ließ diese sodann in meinen Po versinken, um sie mir dann zum Schmecken zu geben. Er setzte sich auf die Bettkannte. Sein Mittel- und Ringfinger glitt zielsicher durch meine Kerbe. „Du bist meine süße, halb offene Rosette", sagte er versonnen und seine Finger rasteten ein. Ich zuckte auf, als ich das Eindringen der Finger spürte. „Nochmal ein Fick? Noch einen Orgasmus?", mutmaßte ich. Ich hielt sofort dagegen. Dann aber suchte sein Daumen den Zugang zwischen den nassen Schamlippen. Ich hatte tolle süße Schamlippen, die immer noch total angeschwollen waren. Die kleinen Schamlippen traten so wunderbar hervor, dass er sie wieder einsaugen und durchkauen musste. Er tat das immer und immer wieder.

Sofort fing er an zu krallen. Ich spürte seine Finger im Arsch und seinen Daumen in meiner Votze. Er ließ nicht locker und öffnete und schloss die Hand beständig. Schließlich drehte ich mich auf den Rücken. Um das Handgelenk nicht zu verdrehen, wechselte er den Griff und hatte nun den kleinen und den Ring-Finger in meinem Po und den Mittel- und Zeigefinger in meiner nassen geilen Muschi. So konnte er mich noch wirkungsvoller ficken und mich in beiden Lustquellen stimulieren. Ich stöhnte, als er sich zu mir beugte und versuchte, mich zu küssen. Aber in meiner Position, Rückenlage, mit der Hand unter dem Po, ging das nicht. Er drängte seine linke Hand zwischen meine Beine und penetrierte mit dem Mittel- und Ringfinger meine Rosette und mit dem Daumen meine Votze. Jetzt konnte er mich küssen, meine Nippel saugen, pressen und mit den Fingern drücken. Ich schrie, als er die Nippel quetschte, reagierte aber trotzdem mit heftigem Zucken im Becken.

Zielsicher griff ich ihn an den Sack und drückte seine Eier, dass ihm nun Hören und Sehen verging. Er stöhnte heftig und ich lachte laut. Sobald fand ich Zugang zu seinem Arsch und meine Finger drangen unbarmherzig ein. Jetzt fickten wir uns gegenseitig. Er schloss die Augen und genoss das Gefühl, wie sein Schwanz wuchs. Er nahm ihn in die Hand und er wuchs zu seiner üblichen, mir bekannten Größe heran. Sein Penis maß 18 cm in der Länge und hatte 4 cm Durchmesser. Aber nein, er wurde härter und Alex spürte durch die Arschfickerei eine ungeheure Lust. Er wichste in einem gleichmäßigen Rhythmus.

Es war herrlich für mich anzusehen, wie genüsslich es sein konnte. „Oh mein süßer Alex", sagte ich, „ich wünsche mir beim nächsten Mal, es so wieder mit dir zu erleben." Seine Sahne in meinem Arsch. Das wollte ich ja alles immer schon. Ja, ich will es immer noch. Ja, ich will es wieder erleben, ich will es mit ihm erleben und mich verausgaben. Was so tief und schon so lange schlummerte, diese Geilheit, hatte Alex in mir geweckt. Ich will spüren, wie seine Sahne aus meinem Arsch läuft. Wohlige Gefühle stiegen in mir hoch, Tränen rannen vor Glück. Sein Verständnis für meine Geilheit machte mich so glücklich.

Alex mit voller Wucht

Ich hatte dem Treffen im Hotel zugestimmt. Als ich ihm im Zimmer gegenüberstand, lachte er ein wenig und streckte seine Hand nach meiner Wange aus. „Komm her!", hörte ich. Ohne zu zögern ergriff ich instinktiv nach seiner Hand, fühlte die Wärme und drückte sie auf meine Wange. Ja, ich weiß ja auch nicht wieso, aber ich badete in seiner Hand. Seine andere Hand fuhr mir durch die Haare, wuschelte und wuselte herum. Aber das war mir egal, ich wollte ihn nur fühlen. Unwillkürlich kam ich näher zu ihm und meine Brüste berührten ihn. Er aber zog mich ganz an sich heran. Er legte seine Hände um meinen

Kopf und ich kuschelte mich regelrecht in sie hinein. Als er spürte, wie ich meine Brüste an ihn drückte, bewegte er mich mit rhythmischen Bewegungen. Mich an ihm reibend, wurde ich wilder und begehrlicher. Ich spürte, wie mir der Saft floss. Die Lust überkam mich wie nie. Ich wusste nicht mehr, wo vorne oder hinten ist. Ich war ihm vollkommen ausgeliefert und sehnte mich wehrlos nach mehr. „Sag ja nichts, frag ja nichts. Mach es!", dachte ich nur.

Er stellte sich breitbeiniger auf und zog mich noch enger an sich heran. Meine empfindlichste Stelle traf auf seinen Oberschenkel und ich spürte seine Hand auf meinem Po. Sanft drückend und reibend setzte er diese Bewegungen in mir in Gang, die, wenn sie einmal begonnen hatten, nicht mehr aufhören wollten. Sanft rieb ich mich an ihm. Völlig in mich gekehrt, tanzten Sterne vor meinen Augen. Ich sah zu ihm auf und spürte sanfte Lippen auf meinem Mund. Seine sanfte Zunge berührte meine. Mein Becken zuckte. Ich spürte die Küsse, aber erwiderte sie kaum. In meinem Becken war eine Revolution. Tausende Pferde begannen zu trappeln. Mein Becken zuckte nur noch. Wie ein Wasserschwall überkam mich diese Wärme, diese Flut, die für Sekunden alles erstickte. Tief atmend sah ich zu ihm auf. Meine Augen waren starr und ich konnte meinen Blick nicht fokussieren. Psst, nicht sprechen, nur kuscheln. Ich spürte meine Feuchtigkeit und genoss diese Glücksgefühle. Wie war das denn nur möglich? Ich war gekommen. Erst jetzt wurde mir klar, dass es mir noch nie so passiert ist. So ganz ohne anfassen, ohne meine Finger, ohne den Schwanz von Alex. Aber erst jetzt wurde mir klar, wie erregt auch Alex war und spürte deutlich seinen Druck an meiner Hüfte.

Lange war ich nicht mehr so geil. Lange hatte ich nicht mehr so gefühlt. Lange hatte ich nicht mehr diese Gier gespürt, Weib zu sein und so zu fühlen. Ich genoss diese Wärme, diese Gier, diese Sucht nach Erfüllung, diese Geilheit, diese Erotik pur. Ich war ihm erlegen. Es strahlte, wie Sonnenschein in meinem Herzen.

Aufgewühlt und zu allem entschlossen, mit tanzenden Bewegungen, ohne auch nur einen Moment unsere Nähe zu verlieren, zerrte ich an seinem Hosengürtel. Ich küsste ihn mit Leidenschaft und unsere Zungen vertieften sich keuchend ineinander. Ich stöhnte fast nur noch. „Hilf mir, deine Hose auszuziehen", stammelte ich. Dann ging alles ziemlich schnell, aber trotzdem genussvoll. Unter meiner Tunika strahlten meine Brüste. Die Nippel standen kerzengrade und streiften seinen Körper. Ich zog meine Tunika aus. Da stand ich nun vor ihm, mit nassem String. In meinen Pobacken fühlte ich diese Explosion. Meine Muschi war heiß und gierig nach seinem Schwanz. Jetzt spürte ich seinen heißen Dolch zwischen meinen Beinen. Ich ließ nicht zu, dass er eindringen konnte. Aber ich tanzte dabei und spürte ihn auf meiner Muschi. Jetzt ließ ich ihn kurz eindringen. Ich wischte mit meinen Fingern meine auslaufende Muschi ab und gab sie ihm zu schmecken.

Ich kniete mich vor ihn und drückte ihn an die Wand. Seine Hände zerzausten mein Haar. Ich spürte die kreisenden Bewegungen auf der Kopfhaut, die mich geiler und geiler machten. Ich war in einem nie gekannten Zustand der Ekstase. Atemlos, steckte ich seine ganze Pracht tief in meinen Rachen, umspielte seine Eichel mit der Zunge und meine rechte Hand kraulten seine Eier. Ein Finger ging zu seinem Poloch, drang mit kreisenden Bewegungen ein, sanft, bohrend immer tiefer. Ich fing an seinen Po zu ficken, erst langsam, dann heftiger. Ich wollte es so. Seinen Schwanz tief im Mund aufnehmen und sein Sperma schlucken. Ich wollte ihn glücklich sehen und es gab mir so viel, dass ich viele, kleine Orgasmen spürte. Darüber war ich sehr, sehr glücklich. Ich küsste Alex immer wieder und ließ den Moment der Orgasmen, meiner kleinen Befreiung, hinter mir. Der Rausch mit ihm führte uns in ein Himmelbett. Seine Hände streichelten mich zärtlich, mit einer unglaublichen Ruhe. Ihm gelang es, mich zu entspannen und mich tief fallen zu lassen. Ich gab mich auf. Ich gab mich völlig hin, in seine warmen Hände. Sein Körper lag eng bei mir und er konzentrierte sich nur auf mich. Dann überraschte er mich. Er drehte sich zu mir und ich spürte seine Zunge. Oh, wie schön hatte er mich ausgeschleckt. Ich öffnete meine Schenkel sehr weit. Ja, da spürte ich seine Zunge an meiner Klitoris, an meiner Perle, die er aufnahm. Als er über meinen Po leckte, ließ ich mich noch mehr fallen. Ich war völlig machtlos und berauscht von diesem Lecken an der Rosette. Ich wollte mich öffnen und ihm noch mehr geben. Meine Muschi zog sich eng zusammen. Dann dieses Zucken der vollkommenden Erlösung. Er brachte mich schon wieder zum Höhepunkt und ich genoss sein Saugen und Lecken. Er hatte mich regelrecht ausgeschleckt. Dann spürte ich zwei Finger in meiner Votze. Behutsam glitten sie rein und raus. Seine Fingerkuppen fanden diese empfindliche Stelle. Er glitt erneut darüber, dann wurde der Druck stärker. Dann kreiste er nur noch auf der Stelle. Es dauerte wie eine gefühlte Ewigkeit. Ich verlor das Zeitgefühl und segelte wieder durch den Raum. Wenn ich die Augen aufmachte, waren da Sterne. Ich konnte mich nicht mehr konzentrieren. Einfach machtlos, unfähig zu irgendwelchen Reaktionen. Dann spürte ich seine Finger auf meinen Nippeln. Irgendwann auch auf meinem Po, auf der Rosette kreisend. Ich glaubte, es gab nichts, was er nicht fand, um mich in diesem Zustand der völligen Ergebenheit zu halten! Dann aber gingen meine Gefühle in einen absoluten Rausch über.

Irgendetwas war anders. Ich kannte das nicht. Aber es war wunderbar. Er sagte mir später, er hatte den Daumen auf meine Klitoris gesetzt und rieb nun die Klitoris und gleichzeitig den G-Punkt. „Lass los!", hörte ich ihn. Ich erinnere mich noch daran, dass ich mich aufbäumte und spritzte. Ich riss die Beine hoch, das Becken folgte der Bewegung. Ich war völlig außer Rand und Band. Ich hatte das Gefühl, zu pinkeln. Nein, er hatte mich zum Squirten gebracht. Ich hatte ejakuliert. Das kannte ich nicht. Ich hatte es auch nicht sofort richtig begriffen, aber dennoch genießen können. Ich war total nass und es roch süßlich.

Total erschöpft lag ich auf dem Rücken. Alles war nass. Alex lag neben mir. Ich hörte seinen Atem, war beruhigt und schlief ein. Dann bemerkte ich diese Bewegungen, dieses Rütteln. Ich kannte das, wusste es aber nicht einzuordnen. Im Halbschlaf fühlte ich mich beunruhigt. Was war das? Dann fuhr es mir durch den Kopf. Schlagartig war ich wach und riss die Augen auf. Natürlich, er wichste seinen Schwanz, er ist ja noch gar nicht gekommen. Oder doch? Wenn ja, dann habe ich das nicht bemerkt. Zu sehr war ich mit mir beschäftigt. Schnell richtete ich mich auf. Ich wollte ihm einen blasen und war dabei, ihn mir in den Mund zu stecken. „So nicht!", hörte ich ihn sagen. Dann stand er neben dem Bett. Er packte mich an den Beinen. Drehte mich, so dass ich auf dem Bauch zu liegen kam und zog mich bis zur Hüfte aus dem Bett. Jetzt lag ich nur mit dem Oberkörper auf dem Bett und kniete gleichzeitig. Dann spürte ich seine Finger durch meine Kerbe streichen. Ich spürte dabei die Nässe und wie er den Schleim aus der Muschi über die Rosette strich. Dann waren seine Finger mal in der Muschi, mal im Po. Ich ahnte es. Er wollte mir den Po ficken. Als er sich hinter mich kniete, brachte er aber seinen Penis zwischen die Schamlippen und rammte ihn rein. Nein, nicht gefühlvoll. Gleichzeitig spürte ich seine Hände im Nacken um meinen Hals gelegt. Er hielt mich fest wie in einen Schraubstock. Der zweite harte Stoß kam. Dann ging es Schlag auf Schlag weiter. Er fickte hart und ich wurde bei jedem Stoß gegen das Bett gepresst. Ich schrie, aber er lachte nur und wurde schneller. Ich konnte kaum atmen. Alles verschwamm vor meinen Augen, wie im Nebel. Aber er hörte nicht auf. Er wurde immer wilder. Als ob ich nur seine Fick-Matratze sei. Er beachtete mich gar nicht mehr.

Dann auf einmal spürte ich meinen Po. Mit jedem Stoß spürte ich seine zwei Daumen im Po. Er drückte sie einfach rein. Kaum atmend, spürte ich diese Hitze aufkommen. Mein Arsch brannte und ich jubelte. Ich liebte dieses Gefühl. Seine Stöße waren schon recht animalisch und störten mich etwas. Dennoch empfand ich diese unsägliche Lust und schrie nur bei jedem Stoß: „Ja, Ja, Ja, Ja!" Dann sagte ich zu ihm: „Fick du Sau, reiß mir den Arsch auf! Fick in mich rein, nun mach schon, wo rauf wartest du!" Das war es wohl, was er noch brauchte. Mich durchfuhr ein wahnsinniger Schmerz, als er plötzlich ohne Vorwarnung, gleich tief in meinen Arsch eindrang. Ich kannte ja das Gefühl. Aber einen Penis habe ich ja nun auch nicht so oft anal aufgenommen. Ich schrie vor Schmerzen, spürte aber seine Hand im Nacken, die mich unbarmherzig festhielt. Es schien, als ob er einen Moment inne hielt oder nur kleine Stöße machte. Ich weiß es nicht. Ich spürte nur, wie der Schmerz nachließ und dieses unsagbare, warme Gefühl heranrauschte und mich völlig willenlos machte. Jetzt hatte ich ihm gar nichts mehr entgegenzusetzen. Ich war völlig entspannt, matt und regungslos. Ich spürte das Pulsieren seiner Stöße. Meine Wahrnehmung war nur auf meinen Arsch begrenzt. Mein Körper rutschte über das Bett und er begann in tiefen Stößen zu ficken. Rein und raus. Das Reinstoßen wurde immer schneller. Er trieb mich fast aus dem Bett, so hart und heftig war er. Als er den Winkel änderte und mehr von oben rein stieß, nagelte er mich regelrecht fest. Ich spürte den Druck auf dem Bett und in meinem Becken. Alles war jetzt so schön warm. Alles ließ mich schweben und ich erwartete schon erwartungsvoll den nächsten harten Stoß. „Du geiler Stier!", schrie ich. „Mach mich fertig!" Und er machte es. Mit der ganzen Wucht seines Gewichtes drang er jetzt ein. Ich wusste nicht, wie tief. Bei jedem Stoß spürte ich seine Eier auf meinem Arsch klatschen.

Dann war es still. Vergeblich sehnte ich mich nach den nächsten Stoß. Der Griff in meinem Nacken lockerte sich und er richtete sich auf. Dann spürte ich das Pulsen seiner Ladung in meinem Po. Ja, er spritzte mir alles tief rein. Ich hörte sein Keuchen! Er verharrte lange in dieser Stellung. Bei mir begann alles zu kribbel. Es war als ob das Blut überall reinschoss und endlich dahin kam, wo es durch die wilden Stöße immer wieder vertrieben wurde. Ein schönes Kribbeln. Als er seinen Schwanz rauszog, blubberte mein Po. Ja auch Pupser waren dabei. Ich hatte jegliche Kontrolle verloren. Es kam dieses unglaubliche Wohlbefinden auf. Alex aber lachte nur! Dann rutschte er förmlich von mir runter und lag neben mir auf dem Rücken. Ich konnte nicht anders. Ich robbte ein Stück vor und küsste ihn innig, immer wieder. Wir schliefen tief und fest ganz eng zusammen ein und verspürten dabei in uns die Ruhe der Zufriedenheit.

Kapitel 3

(Die Schule der Formationsflüge)

Im Tanzlokal

Im Rausche der Geilheit

Verruchtes Luder

Alex und der Ober

Im Pornokino

Ein Vierer

Elvira lädt zur Sauna

Karins geile Spiele

Im Swingerclub

Gang Bang

———————

Im Tanzlokal

Alex und ich beschlossen noch einen Tag länger im Hotel zu bleiben. Ausgeschlafen bummelten wir tagsüber durch die Stadt. Etwas später kamen wir an einem Tanzclub vorbei, welcher etwas abgelegen lag. Leidenschaften mit Gleichgesinnten auszutauschen, warum nicht? Vielleicht mal ausprobieren? Alex küsste mich sofort zärtlich und der Entschluss stand fest. Wir gingen vorher in ein benachbartes Speiselokal. Unser Abendessen war schnell beendet. Ich erhoffte mir vom Tanzclub einige Anregungen. Ich wollte Alex nicht gleich ficken, sondern die Erotik des Abends voll auskosten und richtig geil werden.

Ich wollte mich als begehrtes Weib erleben und mich zeigen. Meine Körperhaltung und meine Bewegungen präsentieren. Mein Lachen und mein Anklammern an Alex sollte jeder spüren. Seht her, das ist mein Alex, den will ich, er wird mich heut noch flach legen. Er darf alles mit mir machen. Ich wollte Alex aber auch zeigen, wie begehrt ich war und wie ich die Aufmerksamkeit auf mich lenken konnte. Ja, ich wollte für Alex vor ihm tanzen und jeder sollte sehen, dass ich geil auf ihn war. Am liebsten hätte ich mir gewünscht, dass er seine steife Latte nicht unterdrücken konnte.

Als wir in der Tanzbar ankamen, war es ca. 22:30 Uhr. Es waren noch nicht viele Gäste dort. Wir setzten uns an die Bar und tranken ein Glas Sekt. Wir tanzten ein wenig und unterhielten uns locker. Ich rutschte vom Hocker. Das Glas Sekt behielt ich in der Hand. Mit lasziven Bewegungen begann ich zu tanzen. Ich wiegte mich im Takt. Zunächst sah es so aus, als wollte ich Alex dazu bewegen, mit mir zu tanzen. Dann jedoch gab ich ihm mein Glas und ich bewegte mich aufreizender, anmachender, noch ein wenig provozierender. Ich hob meine Arme, was den Einblick in mein Kleid noch mehr erleichterte. Durch die Armausschnitte waren meine Brüste wunderbar zu erkennen. Mein leicht durchsichtiger BH ohne Träger zeigte großzügig die Konturen der Brüste. Lediglich die Nippel, auf dem das Hängerchen auflag waren kaum zu sehen. Die Blicke der Anderen, die auf mich gerichtet waren, machten mich stolz. Ich fühlte mich begehrenswert. Um uns bildete sich ein großer Kreis von Männern und Frauen. Alle sahen mir zu. Als sie zu klatschen begannen, warf ich mich noch mehr rein. So liebte ich es. Mit einem Ruck löste ich unter dem Kleid den BH und warf ihn Alex zu. Jetzt war es Erotik pur. Einige Frauen klatschten. Manche Männer hatten schon eine Hand in der Hose. Ich ließ mich nicht beirren. Die Träger des Kleidchens rutschten gekonnt über meine Arme. Ich hatte es mal vor dem Spiegel geübt, um mir sicher zu sein, wie es wirken könnte. Nur die Brustwarzen waren noch bedeckt. Jetzt klatschten alle. Der Kreis wurde enger. Auch die Frauen feuerten mich jetzt an. „Süße, du bist göttlich, zeige mehr, du hast es drauf," war zu hören. Am liebsten hätte ich nackt getanzt. Einfach frei sein. Ich dachte daran, wie ich meine Brüste knetete und sie eincremte.

Ach könnten sie es sehen. Immer war ich noch braun, fast wie im Sommer. Meine Muschi war glatt rasiert und dunkel mit diesem rosa Schlitz, der mich ja selber begeisterte. Darüber strahlte die süße Perle der Versuchung, die so schön stehen kann.

Ich versank in Trance und ließ das Kleidchen rutschen. Meine prachtvollen Brüste schauten nun hervor. Die Frauen schmiegten sich an ihren Männer. Eine Frau steckte die Hand auch in die Hosentasche ihres Begleiters. Andere wichsten bereits unverkennbar in der Hose. Als ich dann auch noch mein seidiges Unterröckchen hochzog, stockte Alex der Atem. Man sah es ihm an. „Sie wird doch nicht etwa ...", dachte er wohl. Dann sah er meine Pobacken blitzen. Ich traute mich, meinen Po zu zeigen. Ja, ich hatte auch das Höschen ausgezogen. Ich spielte mit dem Kleid. Der eine oder andere mag meinen rosa Schlitz gesehen haben. Es wurde getuschelt, dass ich nichts darunter hatte. Und das im Tanzlokal.

Ich sah Alex an, wie er sich wünschte, dass sich alle Männer ihre Schwänze wichsten und ich sie abklatschte. Er wollte sicherlich, dass ich ihn ansprang und ihn spüren ließ, wie meine herrlichen weichen Schamlippen sich gierig über seine Eichel stülpten. Im Rausch der Gefühle spürte ich, wie meine Schamlippen bei dem Gedanken anschwollen und ich feucht wurde. Ich schmachtete ihn an, tanzte jetzt nur für ihn. Wenn ich jetzt allein mit ihm gewesen wäre, hätte ich ihn auf der

Stelle ficken wollen. Das ist mein Alex, den ich liebe, wollte ich damit ausdrücken. Der soll mich heute noch ficken. Es waren die Frauen, die zu schreien anfingen: „Ficken, ficken, ficken!" Und sie deuteten auf den Tisch. Das aber riss mich raus aus meinen Gedanken. Ich tanzte weiter. Ich hob das Kleidchen und alle sollten sehen, dass ich unter dem Kleid nackt war. Ich spürte diese Kraft, mich zu zeigen und wurde feucht und feuchter.

Mein Kleid war nur noch um meine Hüften gewickelt. Jeder bewunderte meinen Po, meine Muschi, genauso wie meine Brüste. Der Beifall aller nahm zu. Der Kreis wurde enger. Eigentlich waren wir nach außen abgeschirmt. Dann tanzten zwei Frauen mit ihren Männer. Sie begriffen, dass ich nur Augen für Alex hatte. Sie wollten es ihren Männern ebenso zeigen. Ermutigt von meinem Tanzen, fielen die Höschen unter den Kleidern und auch die BHs. Wie Frauen so sind, überboten wir uns zu zeigen, was wir hatten. Die Männer, die dabei standen, wichsten nun unverhohlen und wir Frauen ermutigten sie dabei. Was würde wohl passieren, wenn sie ihre Schwänze rausholen würden? Die Frauen waren aber nicht weniger aktiv. Ihre Finger kreisten um ihren Kitzlern. Tanzen, das war eben. Das hier sah jetzt anders aus. Die Lust beherrschte uns alle.

Ich ging zu Alex und schlang meine Arme um ihn. Alex nahm mich in den Arm. Ich war immer noch halbnackt und hatte die Beine nicht ganz geschlossen. Ich genoss dabei weiterhin die bewundernden Blicke der Zuschauer, die mich so jetzt ausgiebig von hinten betrachten konnten. Ich streckte den Po heraus und genoss es, wie sie meine Muschi bewunderten und danach lechzten, meine Rosette zu sehen. Hierbei waren die Frauen nicht minder beteiligt. Sie erlaubten ihren Männern ja, ihre Gefühle zu zeigen, also ihre harten Schwänze in den Hosen nicht mehr verbergen zu müssen. Oder kniete da nicht doch eine, die sich nicht vom Schwanz ihres Begleiters trennen konnte. Sie hatte ihn wohl im Mund. War es Fantasie oder Realität. Wenn es real gewesen wäre, hätte ich mir wohl meinen Alex geschnappt. So aber spürte ich nur, dass ich auszulaufen drohte. Also schlüpfte ich wieder in mein Kleid, schnappte mir meinen BH und meine Handtasche, in der ich den String hatte und verschwand kurz in die hinteren Räume.

Als ich zurück kam, klatschten viele nochmal Beifall. „Du bist eine ganz Süße", war zu hören. Ich wuchs über mich hinaus. Meine Miene verriet einen unendlichen Stolz. Ich strotzte nur so vor Selbstbewusstsein und man sah es Alex an, dass er sehr stolz auf mich war. Eine Frau umarmte mich, küsste mir dann sogar den Mund. Ein Mann hielt mich lange fest. Es war so ein geiles Gefühl, nicht zu ficken, aber die Gefühle in mir so liebevoll ausgekostet zu haben. Aber auch diese geilen Gefühle, die mir entgegen gebracht wurden. Sie waren so echt und eben nicht falsch. Ich fühlte mich als Frau bestätigt. Ich war der Motor, die Treiberin, die Liebesmacherin.

Genüsslich trank ich zusammen mit Alex noch ein Getränk. Wir spürten beide diese Geilheit des Publikums. Diese prickelnde, sehr intensive Stimmung, welche wir beide genüsslich auskosteten. Ob ich nicht doch mal nackt irgendwo tanzen sollte und dann vor allen ficken? Jedenfalls verließen einige Paare, mit einem Kussmund an uns beide gerichtet, glückselig das Tanzlokal. Andere tanzten noch enger umschlungen und rieben sich aneinander. Mir fiel auf, dass es die Frauen waren, bei denen der Bann gebrochen war. Sie zeigten unverhohlen ihre Geilheit und den unbedingten Willen zum Ficken. Was hatte ich nicht alles bewirkt?

Jetzt wollte Alex mit mir alleine sein. Ich zog Alex hinter mir her zum Ausgang. Wir liefen durch ein klatschendes Spalier der Tänzer. „Heute fickt mich Alex alleine, aber wer weiß, eines Tages....?", waren meine Gedanken.

Im Rausche der Geilheit

„Komm wir gehen Süßer", säuselte ich Alex an. Wir hatten beide ganz schön getrunken. Leicht schwankend verließen wir das Tanzlokal. Im Taxi fanden wir uns dann auf dem Rücksitz wieder. Es war ein Großraumtaxi mit 6 Plätzen hinter dem Fahrer. Die Sitze waren zueinander gewandt. Kaum sitzend, nahm ich die Hand von Alex und führte sie zu meiner Muschi. Ich säuselte ihm ins Ohr: „Steck deine Finger in meine Muschi."

Alex reagierte sofort. Als er seine Finger wieder rauszog, leckte ich sie ab. Ein unendlicher Kuss versiegelte dann unsere Lippen. Als ich ihm dann meine Finger, die ich jetzt selber in meiner Votze hatte, zum Schmecken in den Mund gab, wurden wir beide immer geiler. Der Schwanz von Alex pochte. Ich ließ ihm keine Ruhe und streichelte ihn wild. Dann ging die Tür auf. Wir hatten nicht bemerkt, dass wir noch gar nicht fuhren. Der Taxifahrer fragte, ob er noch zwei Gäste, die im gleichen Hotel wohnen würden, mitnehmen dürfte. Wir stimmten zu. Ich erkannte eine Frau, die ihre Brüste frei gemacht hatte und sich an ihrem Partner rieb. Mein Gott, sollte es hier im Taxi weiter gehen? Was würde der Fahrer machen? Dann ging mir durch den Kopf, dass ich wohl Alex einen blasen könnte.

Das Pärchen, das auch auf der Tanzfläche war, setze sich gegenüber mit dem Rücken zur Fahrtrichtung hin und umarmte sich sofort. Die Frau küsste ihren Begleiter innig und hatte sofort ihre Hand auf seinen Schwanz. Es war einfach herrlich, diese Geilheit zu spüren. Die Luft vibrierte förmlich und der Gedanke, Alex einen zu blasen, kam wieder auf. Sofort wurde ich so nass, dass ich Angst hatte, es dringt durch das Kleid. Als der Wagen anfuhr, hatte ich den Schwanz von Alex schon ausgepackt und meinen Mund darüber gestülpt. Jetzt gab es keine Tabus mehr. Die Frau machte es mir nach und hatte einen Moment später die Latte von ihrem Partner in der Hand.

Da geschah das, was wohl das gegenseitige Aufgeilen ist. Ein Wettbewerb unter Frauen. Wer ist besser, geiler oder tabuloser. Der Fahrer jedenfalls reagierte nicht. Wir alle hatten aber auch keine Augen für ihn. Mein Kopf bewegte sich rauf und runter. Der Schwanz ging immer tiefer in den Hals. Ich blickte die Frau gegenüber an. Komm, wir holen uns, was wir so lieben. Ich sah, dass die Frau den Schwanz ganz aufnehmen konnte. Die Eier schienen mit in ihrem Mund zu verschwinden. Der Mann stöhnte. Für Alex muss das der Himmel auf Erden gewesen sein. Kaum 50 cm entfernt blies eine Frau ihren Mann und Alex selber wurde von mir verwöhnt. Dann kam er unmittelbar, für mich plötzlich und wie aus heiterem Himmel. Ich hatte Mühe, alles zu schlucken, um keine Sauerei im Taxi zu veranstalten. Keuchend richtete ich mich auf. Triumphierend, dass Alex zuerst gekommen war. Oder hatte sie ihren Schwanz noch nachträglich verwöhnt? Wir sahen uns gegenseitig in die lachenden Gesichter. Erlöste Gesichter, denen man ansah, Geilheit befriedigt zu haben. „Danke", sagte die Frau zu mir, „dass du uns so heiß gemacht hast. Danke, dass du mit uns hier deinen Mann geblasen hast." „Ich denke", fuhr die Frau fort, „das war das geilste Erlebnis, das wir je hatten. Jetzt will ich meinen Schatz nur noch verwöhnen und ficken." Wir bezahlten die Taxifahrt und stiegen aus. Wir gingen in das Hotel und trennten uns in der Lobby.

Im Fahrstuhl konnte Alex mich kaum noch halten. Die Türen waren kaum geschlossen, als ich mein Höschen auszog und mich bückte, um Alex meine rasierte, glatte Votze und die rosa schimmernden Schamlippen anzubieten. Seine Finger glitten darüber und gingen von der Perle bis zur Rosette. Viele Schauer liefen über meinen Rücken. Dann spürte ich seine Zunge, wie sie die Schamlippen teilte und auf meinem Arsch tanzte. Ich stellte mich breitbeiniger hin und drückte den Nothaltknopf. Ich wollte das unbedingt auskosten. Alex zog mir die Schamlippen auseinander und drang mit der Zunge tiefer ein. Sofort hatte ich einen kleinen Orgasmus. Oder? Ich wusste es nicht. Es lief einfach. Ich war wohl über die Geilheitsschwelle hinweg, unfähig auf meinen Orgasmus zu achten. Meine Welt bestand im Moment nur noch aus Ficken und geil sein. Dann spürte ich den Schwanz von Alex auf meinen Schamlippen. Er fickte sofort los. Er musste ebenfalls von den Erlebnissen ungemein aufgegeilt worden sein, weil er bereits wieder einen steifen Schwanz hatte.

Alex entsperrte den Fahrstuhl, der jetzt wieder weiterfuhr. Als die Fahrstuhltür sich öffnete, war niemand zu sehen. Alex trieb mich fickend aus dem Fahrstuhl heraus, ohne sich von meinen Hüften zu trennen. Er trieb mich dann fickend über den Flur bis zu unserem Zimmer. Wir waren beide sofort auf dem Bett. Ich riss Alex und mir die Klamotten vom Leibe. Mit weit geöffneten Beinen saß ich nackt auf dem Bett und präsentierte Alex meine offene Votze. Ich hatte die Schamlippen aufgerissen, um ihn einen süßen Anblick zu ermöglichen und bettelte: „Komm, komm bitte schnell her." Und er kam sofort zu mir und stürzte sich wieder in mich hinein. Wir wälzten uns und hielten uns fest. Alex rammte seinen Lustspeer in mich hinein. Wir bewegten uns völlig unkontrolliert. Ich bäumte mich auf, kreuzte meine Beine hinter seinem Rücken. Ich wollte nur noch gefickt werden. Mit seinem Gewicht drückte er mich nieder und begann mich rhythmisch zu penetrieren. Nach einer Weile schlug ich meinen Kopf ruckartig hin und her und meine Halsschlagader schwoll an. Ich war auf dem Wege zum Orgasmus. Jetzt fühlte ich es. Als meine Atmung stockte, nahm er mich hoch, setzte sich auf die Bettkannte und dirigierte mich auf seinen Schwanz, der ins unendliche in mir versank.

Ich wippte auf ihm und meine Brüste rieben sich heftig auf seiner Brust. Meine Nippel wurden immer härter und er meinte meinen Kitzler zu spüren. Dann begann ich mein Becken zu rollen und ihn mit meinen Vaginalmuskeln zu melken. Immer wieder schraubte ich seinen Penis so tief wie möglich in mich rein. Das Ende meiner Muschi rieb intensiv auf seiner Eichel. Ich erlag meiner Geilheit, mein Atem stockte, ich war an der Schwelle angekommen.

„Gut so", hörte ich von Alex. „Ich bin auch kurz davor." Seine Stimme klang sanft und er flüsterte mir zu: „Halt aus, es ist so schön mit dir, süße Baba." Unsere Bewegungen nahmen Zeitlupentempo an, um uns vollends auszukosten. Bloß nicht kommen! So schön den Zustand zu fühlen. Diese Erregung, das Pulsen des Blutes im Ohr. Die Atmung ging nur noch stoßweise. Die Hände krampfend, krallend, wartend, was der Körper macht. „Schöner kann es ja gar nicht sein", fuhr es mir durch den Kopf. „Baba, ich komme", hörte ich noch von Alex. Ich brauchte nur drei heftige Bewegungen. Ich rieb meinen Kitzler an seinem Bauch und kippte heftig mein Becken. Dann kam dieser Schrei, die Luft strich an seinem Ohr vorbei. Meine Muschi tobte. Meine Vaginalmuskeln vibrierten und massierten seinen Schwanz, ohne dass ich noch was dazutun brauchte. Er gab mir nur Sekunden, dann fiel er nach hinten. „Komm, reite mich, hol' mich auch." Ich begriff sofort und hob mein Becken und forderte: „Du Schuft, du kommst jetzt auch sofort. Ich will, dass du mich nass machst. Ich will ertrinken in deinem Samen." Alex aber spritzte schon in mich hinein. Es wurde alles so wunderbar nass. Als er sich wieder aufgerichtet hatte, hielt er mich fest umklammert. Seine Hände waren unter meinem Po. Mein Kopf lag auf seiner Schulter und ich seufzte. Ich war selig und wiegte mein Becken. Da geschah es fast von ganz alleine. Sein Finger rutschte in meinen Po. Automatisch fickte er ihn und ich spürte seinen heißen Atem. Das war so gut. Das war jetzt so geil. Oh, wie schön weich und nass war ich doch. Wir wiegten uns noch lange in dieser Position. Ich fühlte mich so glücklich. Ich weiß nicht mehr genau, was dann geschah. Gleichzeitig wich jede Spannung aus meinem Körper.

Irgendwann waren wir auf dem Bett eingeschlafen. Es waren geile Träume, die ich nun träumte. Jetzt fickten wir zusammen und das Gefühl gefickt zu werden, wurde immer intensiver, immer schöner. Langsam wachte ich auf. Ehe ich begriff was geschehen war, war wieder das herrliche Gefühl zwischen meinen Beinen. Ich war immer noch sehr nass. Wir hatten sehr eng gelegen und ich hatte im Schlaf einen weiteren geilen Orgasmus bekommen. Dieses Stochern in meiner Pokerbe weckte mich auf. Im Halbschlaf packte Alex mich an meinen Hüften und brachte mich in die richtige Position, so dass sein bestes Stück nicht entweichen konnte. Ich war offen und so geil auf ihn. Es ging so leicht, so wunderbar. Es war nicht warm, es war heiß, richtig heiß.

Verruchtes Luder

Wir hatten uns ein Hotelzimmer gemietet und waren tagsüber in der Stadt, mal hier mal dort. Bummeln, Kaffee trinken, eine Kleinigkeit essen. Was man ebenso macht. Es war Sommer und ich hatte kein Höschen unter meinem Kleid. Ich trug auch keinen BH. Ich wusste, ich kann mir das leisten. Wollte ich doch nicht nur eine süße geile Frau sein, sondern auch eine hübsche Frau, die sehr auf ihre Figur bedacht war. Alex sagte mir immer, dass ich mich dann auch anders bewege und den Menschen anders gegenübertrat.

Im Straßencafé kokettierte ich schon im Sitzen mit Alex. Ab und zu ließ ich die Beine geöffnet und gewährte ihm Einblick, so dass er mein kleines übrig gebliebenes Dreieck oberhalb der

Muschi sah. Alex wusste schon, dass ich rasiert war. Aber das kleine Dreieck kannte er noch nicht. Ich habe es erst jetzt wachsen lassen.

Als ich mich einmal mehr an ihn schmiegte, hatte auch ein vorbeigehender Mann diesen wunderschönen Einblick. Schön war es aber, als er sich umdrehte und mir ein „Like", also den „Daumen nach oben", zeigte. Dann geschah etwas, was ich mir eigentlich selbst nicht zutraute. Es war eben sehr spontan. Aber ich denke ich fühlte mich in der Gegenwart von Alex völlig sicher. Ich drehte mich auf dem Stuhl nach außen und öffnete weit meine Beine. Prompt bekam ich zwei Likes mit beiden Händen und ein lautes Lachen. „Tolle Frau!", schallte es zu uns herüber. Irgendwie war ich gut drauf. Selbstbewußt mit Alex durch die Stadt gehen. Da bückte ich mich schon mal. Aber Hallo, dann bis zur äußersten, gerade noch erlaubten Grenze. Oder ich ließ mich anrempeln, nur so ganz in Gedanken und lachte dann gekonnt verlegen. Dann gab es den ganz großen Versuch, Bikinis in einem Geschäft auszuprobieren. Ich trug nichts unter meinem Kleid. Dann zog ich Alex mit in die Kabine. Und schon hatte er meine Arme um seinen Hals. Nein, ich konnte nicht warten. Mein Kleid fiel und mein Arsch blitzte ihm in voller Pracht entgegen. Halbsteif und überrascht brachte Alex dann seinen Lümmel in meine nasse Muschi unter. Ich war heiß und man sah es mir an. Es war ein Quicky in der Kabine, das wir aber nicht zu Ende fickten, weil ich mich umdrehte und zu Alex sagte: „Ich will dich doch schmecken, wenn ich schon so geil bin." Dann wichste ich ihn und blies ihn. Ja, ich mag diese schnellen Spritzer! Das fühlt sich so geil an und es kommt immer alles in einem Schwung. Aber ich musste natürlich darauf achten, dass Alex nicht zu oft spritzte. Ich wollte ihn doch nie ganz leer haben.

Lachend verließen wir die Umkleidekabine. Wir sahen auch, dass unsere kleine Fickerei nicht unbeobachtet geblieben war. Drei Verkäuferinnen klatschten Beifall und ich lachte aus vollem Hals. Diesmal war ich es, die die „Likes" an alle verteilte. Dann nahm mich Alex in den Arm und das Klatschen brandete noch mal auf. So ist sie eben, diese süße verzaubernde Geilheit.

Das Abendessen verlief vergleichsweise ruhig. Ich trug ein hautenges Wickelkleid. Schlicht, aber sehr wirkungsvoll. Ich genoss es, wenn die Blicke an meinem Körper herunter glitten. Ich genieße es, die Blicke auf den Titten zu spüren, aber auch auf der Muschi oder auf dem Arsch. In solchen Situationen lächelte ich immer Alex an und kuschelte schnell ein wenig mit ihm, um mich dann umso stolzer und selbstsicherer zu bewegen. Oder noch heftiger zu kokettieren! Ja, ich lebte dann meine weiblichen Gefühle aus.

Nach dem Essen gingen wir im Hotel an die Bar. Ich trank ein Pinacolada und Alex frönte mal wieder dem Gin-Tonic. Wusste er doch, dass dieser seinem Magen guttat. In der Ecke spielte ein kleines Trio gedämpfte Musik. Schlager aus alten Zeiten. So dauerte es auch nicht lange, bis wir tanzten. Ich bewegte mich dabei so lasziv, so erotisch und kokettierte mit fast jedem, um mich im nächsten Moment wieder in die Arme von Alex zu flüchten. Ja, irgendwo zwischen Luder und Weib, wobei ich mich in alle Richtungen ausprobierte. Ich wollte wieder eine sexy Maus sein, ein kleines verruchtes Luder. Und jeder sollte es spüren. Als wir dann eng tanzten und Alex mich in den Arm nahm, sagte ich ihm, dass ich ihn auf der Stelle ficken könnte. Er aber fuhr mir mit seiner Hand in den Schritt und bemerkte trocken: „Stimmt!" Er zog mich zur Bar und sagte nur: „Zahlen bitte!" Eigentlich hatte ich es so nun auch nicht als Aufforderung gemeint, eher als Kompliment. Aber nun wusste ich, Alex nahm mich beim Wort.

Als die Fahrstuhltüren sich schlossen, fiel ich ihm um den Hals und küsste ihn. Ich spürte seinen Schwanz in der Hose, die ich umgehend öffnete, holte ihn schnell raus und nahm ihn in den Mund. Dann drehte ich mich um und bedeutete Alex, mich von hinten zu nehmen. In diesem Moment stoppte der Fahrstuhl. Alex war nicht aus der Ruhe zu bringen und begann mich zu ficken, als ich im Augenwinkel eine Bewegung wahrnahm.

Stand doch da ein Mann, der seinen „Willi" genüsslich wichste und dabei lachte. Ich drückte vorsorglich den Nothaltknopf. Ich war sprachlos eine fremde Stimme zu hören und wollte abbrechen. Doch dann fickte Alex einfach weiter. Ich hielt mich an der Haltestange fest und schaute unter meinen Armen hindurch und sah dem Mann zu, wie er wichste. Ich löste meine

Arme und ermunterte ihn, zu mir zu kommen. Ich hielt mich links und rechts an seinem Gürtel fest. Sein Schwanz verschwand im Nu in meinen Mund. Alex fickte mich umso heftiger. Ich empfand eine unendliche Geilheit. Mit jedem Stoß schob er mich auf den Schwanz von diesem Mann. Wir richteten uns so aus, dass ich dem Mann in die Augen sah. Dann streckten wir beide die Hände aus, hielten uns aneinander fest und stießen gleichzeitig zu. Wir alle schaukelten uns hoch. Alex verzog das Gesicht, weil es ihm kommen wollte.

Alex sah dem Mann in die Augen. Sie stimmten sich ab. Nach einem „Jetzt gleich!" und einem kurzen Nicken, spritzten sie beide gleichzeitig los. Ich konnte das nicht sehen und war natürlich überrascht, gleichzeitig von vorne und hinten mit der herrlichen Sahne eingedeckt zu werden. Es lief mir aus dem Mund und aus meiner Votze. Die Männer hatten mich beide beglückt. Mit Papiertaschentüchern trocknete ich mich provisorisch ab. Das half mir erstmal weiter. Als die Situation wieder halb geordnet war, küsste ich dem Mann auf die Wange. Dann hörten wir eine krächzende Stimme aus dem Lautsprecher: „Ist alles in Ordnung?" Ja, es war einfach wunderbar! Ja Alex, ging es mir durch den Kopf, ich hatte diesen Mann mitgenommen, ins Land der Geilheit. Ich hatte seinen harten Schwanz tief in meinen Mund gesteckt. Ich hatte den Rausch der beglückenden Sahne von ihm in meinem Mund gehabt und geschluckt. Es war schön, es gemeinsam mit Alex getrieben zu haben. Es berauschte mich immer noch, dieses so erlebt zu haben. Es war ein unbeschreibliches Glücksgefühl, danach ins Zimmer zu gehen und unter der Dusche die Entspannung gemeinsam zu erleben.

Alex steckte mir beim Duschen dann wieder die Finger in den Arsch und meine Votze. Ich war ihm hilflos, aber glücklich ausgeliefert. Er brauchte mich zum Orgasmus und ich pisste ihm einfach über die Hände. Als Alex dann selber pisste, nahm ich seinen Schwanz und richtete ihn auf mich. Ich war beglückt, seine heiße Pisse auf meiner Haut zu spüren. Ich war wild und tabulos. Ich war frei und willens, alles mit Alex zu machen. „Oh Alex, mach alles mit mir, was so schön geil ist. Alles, alles, alles …", sagte ich zu mir.

Alex und der Ober

Das Wetter war unglaublich warm und leichte Kleidung war angesagt. Ich hatte mir nur mein süßes Jumpsuit angezogen. Es war kurz, reichte bis zur Mitte der Oberschenkel und war sehr raffiniert geschnitten. Trotzdem sah ich sehr angezogen aus. Es gefiel Alex gut und ich hatte ihn damit überrascht. Ich ging wieder ohne BH, nur eine kleine Büstenhebe brachten meine Brüste zur Geltung. Der Einblick verzauberte Alex. Meine Nippel zeichneten sich deutlich ab. Im Fahrstuhl gab ich Alex einen ganz tiefen Einblick in mein Dekolleté. Der samtweiche blaue Stoff stand mir gut. Ich strotzte vor Selbstbewusstsein.

Gegen halb neun abends erreichten wir das Lokal in Strandnähe und nahmen an einem freien Tisch Platz. Alex bestellte eine Flasche Wein, wobei der Ober permanent in meinen Ausschnitt sah. Als er mir einen verstohlenen Kussmund zuwarf, tat ich so, als würde ich es nicht bemerken. Wegen meiner Wirkung auf ihn, war Alex so stolz auf mich, einfach nur stolz. Wir aßen ruhig, entspannt und redeten kaum. „Das Leben ist schön mit dir, Süßer", sagte ich und Alex holte tief Luft. Wir tranken einen Cocktail. Der Ober gab uns eine Schale mit Obststückchen dazu. Ich nahm ein Stück zwischen meine Lippen und hielt Alex meinen Kussmund hin. Das Obststückchen wanderte mehrmals zwischen ihm und mir hin und her. Alex hielt mich dabei in Brusthöhe fest. Seine Hände waren mehr auf meinen Brüsten als daneben. Ich legte meine Hand in seinen Schritt und merkte, wie sich sein Schwanz erhob. Der Ober stellte eine große Papiertüte neben uns. „Was ist das?", fragten wir spontan und er antwortete bestimmend: „Ihr beide geht jetzt 300 m den Strand runter. Da ist eine Nische im Palmenwald. Dort sind Sitzgelegenheiten und ihr seid unbeobachtet." Wir hatten ganz vergessen, dass er uns beobachtete. Da bemerkte ich, dass auch seine Hose sich ausbeulte. Ich ging zur Toilette, um mich ein wenig frisch zu machen. Ich hatte es leicht, der Ober folgte mir gleich und drückte mich an sich. Ich merkte, wie scharf er schon auf mich war. Mein Gott, was waren das für Gefühle. Ich flippte ja fast aus, als ich seinen harten Schwanz fühlte. Er sah verdammt gut aus. Und erst dieser knackige Arsch und kein Bauch. Ich schätzte ihn so um die 40 Jahre. Also, was soll es. Der Altersunterschied machte mir nichts aus. Ich war ja nun schon etwas älter. Er legte eine Hand auf meine Brust und die andere glitt zu meiner Muschi runter. Als ich mich kurz bückte und ihn meine Muschi zeigte, hätte er mich am liebsten sofort gefickt. Blitzschnell drehte ich mich wieder um und flüsterte in sein Ohr: „Wir treffen uns später zusammen mit Alex". Er nickte nur. Bestimmt hatte er sich noch schnell einen runtergeholt. In Gedanken sah ich ihn vor mir, wie er sich wichste. Dann waren da viele Männer, die ihren harten Schwanz in der Hand hatten. Sekundenlang nahm ich diese Szene vor meinem inneren Auge wahr, in der sich alle Männer ihre Schwänze wichsten.

Als ich zurück kam, schaute ich in die Tüte. Darin waren ein gekühlter Mixbecher, Orangensaft, Wodka, eine Wasserflasche und ein Glasbehältnis mit Obst. Ich begriff schnell, was der Ober wollte. Ich nahm die Tüte und eilte schon mal voraus. Alex folgte mir sofort. In der Nische angekommen, setzte ich mich auf einen Hocker. Meinen Jumpsuit hatte ich längst ausgezogen. Meine Beine waren leicht gespreizt. Alex konnte meine glattrasierte Muschi mit den deutlich sichtbaren rosaroten Schlitz sehen. Provozierend legte ich mich nach hinten und öffnete so meine Kerbe. Auch meine Rosette war so deutlich zu sehen. Ich war zu Allem bereit. Alex hob mich hoch, trug mich zu einer Bank und legte mich darauf. Er rollte mich zur Seite. Das obere Knie schob er mir bis an die Brust. Jetzt war mein herrliches Arschloch für ihn frei zugänglich. Es war wohl die geilste Möglichkeit, sehr tief in mich einzudringen. Zuerst spürte ich nur seine Eichel und drückte dagegen. Nach drei bis vier Stößen kam er in Fahrt und rammte sich rein und langsam wieder raus. Dann langsam rein und schnell wieder raus. Mit jedem Stoß wurde er wilder und aggressiver. Wie wild spielten meine Finger in meiner Votze. Ich merkte jeden Stoß von Alex bis ins Mark. Die geilen Säfte flossen nur so aus mir heraus. Als ich seine Sahne spürte, wie sie mir in meinen Darm schoss, gab es kein Halten mehr. Ich hatte einen geilen, wunderschönen Orgasmus.

Danach tranken wir einen Schluck Wasser und Alex sah mir tief in meine dunklen Augen. Er nahm mich hoch und ich schlug meine Beine um ihn. Seine Hände lagen auf meinem Po und er ging direkt zum Strand. Wir setzten uns ins seichte Wasser. Alex nahm mich ganz fest in seinen Arm und drückte mich an sich. So saßen wir eine Weile versonnen, küssend und verträumt. Die Wellen umspülten ganz sacht unsere Körper. Wir legten uns auf den Rücken, über uns der Sternenhimmel mit einem hellen, nicht übersehbaren Vollmond. Die Formen der Wolken spielten einen immer wiederkehrenden Tanz der wechselnden Ornamente des Wohlbefindens. Es war Leben pur. Das Wasser war warm und wir schwammen ein Stückchen hinaus. Es war wie ein ganz enger, schwebender Tanz unter

Wasser. Ich spürte Alex an meinem Döschen. Es wurde mir mit einem Mal so heiß zwischen meinen Beinen. Alex grabbelte mir mit seiner großen Zehe genau in meinen Schritt. Ich genoss seine Liebkosungen. Als ich zu ihm wechselte und ihm meine Hand auf seinen Schwanz legte, war mir klar, heute passiert noch einiges.

Zurück gekommen sahen wir, dass mittlerweile die Bar im Lokal gut besucht war. Die Musik und die Gespräche wurden lauter. Einige Paare tanzten. Ich gesellte mich dazu und wiegte mich im Rhythmus der Musik. Sofort wurde ich angesprochen und zum Tanz gebeten. Alex hatte nichts dagegen und verfolgte meine Bewegungen. Ich tanzte und es tat mir gut. Fast jeder wollte mir an der Bar einen Drink spendieren. Ich stellte ihnen Alex vor: „Das ist mein Alex, er gehört zu mir." Wir tranken alle zusammen Sherry und danach noch Wein. Es blieb jedenfalls nicht ohne Wirkung.

Da geschah es. Der Typ neben uns verschüttete seinen Wein über meinen Jumpsuit. Ich spürte die Nässe. Er entschuldigte sich sofort für seine Ungeschicklichkeit. Der Ober kam dazu und sagte zu mir, dass wir das schon hinbekommen werden. Alex lachte nur. Der Ober nahm mich an der Hand und zog mich in einen Raum hinter der Bar. Er schob ein Handtuch unter das Kleid. Ich schauderte. Dabei streifte er meine Brust, legte seine Hand auf meinen Bauch, so dass mir heiß und kalt wurde. Wellen der Erregung durchfluteten mich und ich spürte, wie ich feucht wurde.

Der Ober tat so, als merke er nichts. Immerhin war das Kleid jetzt so trocken, dass ich mich nicht umziehen musste. Seine Hände wurden frecher und ich gestattete ihm, meine Brüste zu betasten. Er forderte einen Kuss und ich gab nach. Ja, ich genoss seine Nähe und seine Wärme. Ich griff an seine Hose, wo sich sein Schwanz bereits regte. „Nicht hier, nicht jetzt, warten wir bis später, wenn die Gäste gegangen sind", sagte ich zu ihm. Er verstand das. Der Wunsch, seinen Schwanz aufzunehmen und von ihm gefickt zu werden, war übermächtig.

Aber ich widerstand erstmal und ging zurück auf die Tanzfläche. Ich tanzte weiter und Alex kam hinzu. Wir tanzten eng umschlungen. Ich fühlte seinen Schwanz in seiner Hose und presste meine Brüste fest an ihn. Das war so geil und irre. Dazu noch sein heißer Atem an meinem Ohr. Gegen Mitternacht waren nur noch wir übrig. Die anderen Gäste waren schon gegangen. Der Ober machte das Licht dunkler und legte langsame, ruhige Musik auf. Er forderte mich noch mal zum Tanzen auf und hielt mich fest im Griff. Ich spürte bald sein Bein zwischen meinen, ohne das der Tanz es erforderte. Ich hielt dagegen und bot ihm mein Knie an, sich daran zu reiben oder seinen Schwanz zu wetzen. Dann fasste er mir an die Brust. Er war zärtlich und ich begann ihn zu küssen. Wir geilten uns auf.

Ich schaute zu Alex und sah sein Lachen. Ich wusste, ich konnte machen wonach mir war. Alex hatte auch seinen Spaß daran. Und wenn ich nicht irre, hatte er seinen Schwanz in der Hose in der Hand. Dieser Schlawiner! Alex geilte sich an uns auf. Dann spürte ich eine Hand vom Ober an meinem Po. Er nahm mich fest in seine Arme und führte unser Spiel weiter. Dann drehte er mich und war hinter mir. Er hatte die Hände nicht an meinem Po, sondern legte sie um meinen Körper. Er suchte den Weg zu meiner Muschi. Ich war nun Alex zugewandt. Alle beide mit mir? Ich wusste, ich wollte genießen, ich wollte gefickt werden. Wenn beide wollen, eben auch mit allen beiden. „Mach es geil mit mir Alex", sagte ich. „Mach alles was du willst. Lass es zu, dass ich von ihm und von dir gefickt werde." Meine Gedanken rauschten nur so durch meinen Kopf. Ich wollte alles, wild, geil und tabulos. Wie immer sie es machen wollen, ich mache mit. Ja, ich will es!

Ich drückte meinen Po in den Schoss vom Ober und griff nach seinen Schwanz. Vor mir war Alex und ich begehrte ihn so sehr. Er strich mir durch mein offenes Haar. Ich packte ihn an seiner Hose und machte den Reißverschluss auf. Dann hatte ich seinen Lustschwanz in meiner Hand. Ich stellte ein Bein hoch, um ihn an meine Muschi heranzuführen. Der Ober aber schob kurz entschlossen mein Kleid hoch und griff nach meiner Muschi. So schnell hatte ich es nicht erwartet. Es traf mich wie ein Blitz. Siedende Gefühle kamen auf, als er meine Muschi streichelte. Er streichelte eine Weile meine Schamlippen rauf und runter, fand meinen Kitzler und den Weg ins Innere. Ich wurde schwach. Mein Gott, wo und wann fickt ihr mich endlich?

„Kommt", sagte der Ober und gab somit die erlösende Antwort. „Wir gehen auf ein Zimmer im Hotel gegenüber. Im Fahrstuhl holte ich den Schaft aus der Hose des Obers und nippte schon mal. Das Zimmer lag gleich neben dem Fahrstuhl. Der Ober machte nicht viele Umstände. Er ließ die Hose fallen und trieb mich aufs Bett. Jetzt hatte ich seinen Schwanz vor mir und ich begann sofort zu blasen. Er aber drückte mich nach hinten und setzte ihn gleich auf meine Muschi. Oh Gott, er drückte ihn gleich rein. Es war ein so geiles Gefühl, seinen Schwanz aufzunehmen und zu fühlen. Alex hatte die ganze Zeit dabei gestanden, zugeschaut und sich seinen Schwanz gewichst. Mein Kitzler brannte. „Nicht so schnell", sagte ich. „Ich bin auch noch da", hörte ich Alex' Einspruch. Es dauerte eine Weile bis ich begriff. Wirklich beide? Beide wollten mich ficken? Zusammen? Alex wollte ich auf jeden Fall haben! Er spuckte ein paar Mal auf seinen Schwanz und ich ahnte, wo er rein wollte. Ich setzte mich also auf und es dauerte eine Weile bis es ihm gelang. Mir wurde heiß und kalt. Ich ballte die Fäuste und unterdrückte den Schmerz. Wie lange dieser anhielt, ich weiß es nicht mehr.

Der Ober pfiff laut, als er spürte, wie sich das für mich anfühlen musste. Er hatte wohl genug Erfahrung damit. Als Alex zu ficken anfing, beugte ich mich vor. Der Ober steckte seinen

Schwanz in meine Votze, glitt tief rein und fing auch an zu stoßen. Zuerst verhielt ich mich noch ruhig, um es zu genießen. Die Gefühle durchströmten meinen ganzen Körper. Ich wusste ja, wenn ich einen Orgasmus bekomme, schwinden meine Sinne und viele weitere kleine Orgasmen werden folgen. „Fickt, fickt mich ihr Rammler, fickt mir doch die Votze und den Arsch wund", waren meine Gedanken. Ich war fast auf der Spitze angekommen. Kaum noch fähig, Muschi und Po zu kontrollieren, zu kneifen oder mich eng zu machen. Jetzt war ich Spielball meiner Gefühle. Der Ober und Alex trieben mich in diesen gemeinsamen Wahnsinn. Wechselseitig stießen sie in mich rein. Jeder Stoß wurde von mir mit einem Stöhnen begleitet. Ich schwebte und bekam so gar nichts anderes mehr mit. Ich stöhnte, schrie leise und richtete mich ab und zu etwas auf. Dass ich kam, sogar mehrmals kam, ging wohl an beiden vorbei. Es war wie ein Wettficken. Ich war in Hochstimmung. Zwei Männer zusammen fickten mich. Eigentlich undenkbar! Ich hatte mir nie Gedanken darüber gemacht, wie es wohl sein könnte. Und nun das! Dann kam Alex. Ich fühlte, wie er spritzte und wie mir sein Saft in den Darm lief. Ich stöhnte laut. Der Ober fühlte es mit und ließ Raum für Alex. Danach konnte er frei zustoßen. Alex spürte meine Muskelkontraktionen. Es war so schön für ihn, es mitzuerleben. Der Ober stieß heftig rein.

Als beide ihre Sahne in mir abgeliefert hatten, brauchte ich unbedingt eine Intimdusche. Ich ging schnell ins Bad und spülte alle Löcher aus. Dabei lachte ich in mich hinein und jubelte. Ich hatte sie beide bekommen. Beide haben mich zusammen gefickt. Beide waren in mir gekommen. Sie wollten mich und sie bekamen mich, nur mich. Ich war geiler, als ich es jemals war. Als ich das Bad verließ, hatten sich die Beiden mit den Handtüchern etwas abgetrocknet. Noch ein Kuss für den Ober und ich ging vergnügt mit Alex in unser Hotelzimmer.

Im Pornokino

Ich bin so stolz, immer noch Fantasie und Träume zu haben. Mein Kopfkino funktioniert und ich kann mich blendend selber aufgeilen. Ich liebe diese tabulosen geilen Gedanken. Das ist für mich Leben! Da habe ich ja meinen Alex, der immer bei mir ist und mich ermuntert. Es war wieder einer dieser Tage mit herrlicher Sonne. Nachdem ich mich wie immer zuvor eingecremt hatte, bin ich nackt auf dem Balkon eingeschlafen. Natürlich fuhr ich mit den Fingern immer mal wieder über meine Pussy und über die Rosette. Das machte mich immer ein wenig geil und ich wusste es zu genießen.

Ich muss zugeben, dass ich mich bei diesem Besuch im Pornokino mit meinen Schulfreunden, sehr wohl gefühlt habe. Das habe ich Alex auch geschrieben. Das Ganze war ja sowieso etwas ungewöhnlich.

Alex und ich suchten eigentlich ein nettes Restaurant zum Essen, doch zuvor schlenderten wir an einem Pornokino vorbei. „Komm, lass uns da mal reingehen und gucken, was da so los ist", sagte Alex. Ich antwortete: „Du weißt doch, ich will lieber mit dir alleine sein." „Wenn es dir nicht zusagt, gehen wir eben weiter", entgegnete er. Ich gab nach und wir gingen also rein. Alex bezahlte den Eintritt für sich. Für mich war der Eintritt frei. Zuerst gingen wir an die Theke, um uns einen Überblick zu verschaffen. Ich merkte schnell, dass ich die einzige Frau weit und breit war. Im Thekenbereich waren so etwa acht bis zehn Männer und ich spürte, dass ihre Blicke auf mich gerichtet waren. Wir setzten uns und tranken ein Bier, welches sehr schnell bei mir wirkte, da ich ja noch nichts gegessen hatte. Alex sagte dann: „Lass uns mal umschauen, was es hier so alles gibt." Wir liefen den Gang entlang. Überall standen Männer, denen die Geilheit ins Gesicht geschrieben stand. Sie schauten durch Löchern in Räume, in denen sich Frauen rekelten. Unter den Männern befanden sich auch ein paar ansehnliche Exemplare. Wir entdeckten drei Kinos und ein abschließbaren Raum mit einem Sofa darin. Diesen Raum konnte jeder nutzen. Man konnte hier auch durch Löchern in den Wänden reinschauen, ja auch miteinander sprechen. Alex schloss die Türe ab. Als ich die beachtliche Beule bei Alex in der Hose sah, wurde ich zunehmend geiler. Ich merkte, wie ich immer feuchter wurde. Alex zog sich die Hose runter und sein Schwanz stand wie eine Eins. Draußen wurde geklatscht. Dann wurde mir klar, dass wir Zuschauer hatten. Sofort dachte ich an das Tanzlokal und begann zu tanzen. Nur hier durfte ich mehr. Ich konnte mich ausziehen. Ich konnte beliebig geil sein und hatte Zuschauer. Waren auch Frauen dabei? Je mehr ich darüber nachdachte, je heißer wurde ich.

Mein BH und mein Höschen waren auch schnell unter meinem Kleid ausgezogen. Ich zeigte meine Titten und ging an der Wand entlang. Eine Frauenstimme meinte: „Das machst du wunderbar, Süße." Männer forderten mich auf, mehr auszuziehen. Also bückte ich mich. Zeigte meinen Arsch und stellte mich breitbeinig vor die Löcher. Ich dachte mir, ich tanze für Alex, der genüsslich seinen Schwanz wichste und mich dabei noch anspornte. Provozierend bückte ich mich ganz nah vor den Gucklöchern und wurde sofort gestreichelt. Die ersten steifen Schwänze waren in den Gucklöchern zu sehen. Ich wichste einige kurz. Dann aber sah ich Alex, der genüsslich einen Schwanz blies. Wenn ich es richtig deutete, schluckte er gerade das Sperma. Beim nächsten Bücken drückte mich Alex über die Sofalehne. Mein Po ragte jetzt nach oben und meine dunklen Schamlippen konnte nun jeder sehen. Alex zog mir die Schamlippen auf und mein rosa Strich wurde breiter. Es war Begeisterung zu hören, welche mich weiter anspornte. Alex bewies durchaus Sinn für diese Situation und leckte mir die Votze. Er saugte meinen ganzen Votzensaft und spielte mit meinem Kitzler, um dann die Rosette genüsslich mit der Zunge zu bearbeiten. Ich schloss die Augen und merkte, dass ich meine Brüste massierte. Meine Brustwarzen richteten sich immer mehr auf. Ich fing langsam an zu stöhnen. Jetzt schob mir Alex zwei Finger in meine Votze. Ich war richtig nass und es begann zu laufen.

Alle sahen zu. Endlich hatte ich Zuschauer, die mindestens so geil waren, wie ich. Männer, die sich wichsten und Frauen, die sich direkt daran aufgeilten. Endlich durfte ich mich präsentieren, konnte allen meinen Arsch und meine Votze zeigen. Konnte allen zeigen, wie ich nass wurde, zu tropfen anfing und zu ficken begann. Denn klar war, Alex würde mich früher oder später sowieso ficken. Kleine Wellen durchfluteten meinen Körper.

Ich guckte zu den kleinen Gucklöchern hin und sah einen großen Schwanz. Ich guckte Alex an, der zwischen meinen Beinen kniete. Ich fragte mich, ob ich den großen Schwanz wichsen sollte? Egal, ich war jetzt total heiß. Ich nahm den Schwanz in die Hand und fing an ihn zu wichsen. Es dauerte nicht lange und schon schoss mir seine volle Ladung auf die Titten. Ich dachte, wie geil ist das denn? Ich drehte mich um und präsentierte meine Votze. Sekunden später fühlte ich auch schon eine Hand daran. Sie glitt etwas stürmisch auf meinen Kitzler zu, was ich aber verwehrte. Ich selbst rieb ihn dann aber sanft. Danach flutschten direkt zwei Finger in meine Liebesgrotte. Ich zuckte vor Geilheit zusammen und war froh, dass Alex mir seinen Schwanz anbot.

Genau sagen kann ich nicht, wie weit meine Votze von dem Guckloch weg war. Die Hand verschwand. Sekunden später spürte ich etwas sehr dickes an meinen Schamlippen. Genau in diesem Moment drückte Alex mir seinen Schwanz tiefer in den Hals, so dass ich automatisch nach hinten wich. Da passierte es. Der recht große Schwanz drang in meine Votze ein und ich fühlte mich sehr gut ausgefüllt. Ich spürte seine Fickbewegungen. Es gefiel mir und ich stemmte mich dagegen. Dann machte ich das, was ich haben wollte. Ich wollte von einem Schwanz im Hals gefickt werden. Also bewegte ich meinen Kopf und ließ Alex seinen Schwanz noch tiefer rein. Erst dachte ich, jetzt müsse ich mich übergeben. Sein Schwanz glitt trotzdem immer tiefer rein. Sicher, ich konnte nicht atmen, wenn er da drin steckte. Dafür überkam mich ein unendlich geiles Gefühl. „Schlucken sollte auch gehen", dachte ich bei mir und versuchte es. Ja es schien wirklich, als ob ich seinen Schwanz im Hals massierte.

Meine rechte Hand kraulten seine Eier und es gelang mir noch, einen Finger in seinem Po zu stecken. Aber dann kam es Alex schon. Genüsslich schluckte ich seine volle Ladung herunter. Genau in diesem Moment zuckte es aber auch in meiner Votze und ich spürte einen warmen wohligen Strahl Sperma, welcher nach kurzer Zeit aus meiner Votze lief. Ich merkte, dass auch ich kurz vorm Orgasmus stand. Die Geilheit siegte und ich ließ den Schwanz erst aus mir heraus, als es mir kam. Meine Beine wurden wackelig. Ich hatte einen schönen Orgasmus. Alex nahm mich in den Arm und fragte, wie mein Votzenfick gewesen war: „War er gut, so unbekannt und einfach rein, meine süße Fickerin?" Mein zufriedener Gesichtsausdruck beantwortete sogleich seine Frage. Ich huschte ganz schnell in mein Kleid, ließ den Slip aus und steckte ihn in meine Tasche. Als ich aufstand, bemerkte ich, dass ein großer Schwall Sperma aus meiner Votze hervorquoll. Es lief mir an den Oberschenkeln hinunter. Ich griff schnell in meine Tasche um mich mit einem Taschentuch trocken zu wischen. Danach gingen Alex und ich an die Theke und bestellten uns noch etwas zu trinken. Dann ging er zur Toilette und ließ mich alleine an der Theke zurück.

Kaum war er die Treppe runter, beugte sich eine Frau über die Theke und bot mir den Schlüssel für die Dusche an. „Für die Dusche?", fragte ich ungläubig. „Ja weißt du nicht, für Frauen haben wir extra eine Dusche hier." Erst jetzt hellten sich ihre Züge auf. Es war Rita mit einer dunklen Perücke. „Du hier?", hörte ich sie fragen. „Komm mit, ich zeige dir den Weg." Dann nahm sie mich einfach mit und hörte gar nicht mehr auf zu schwärmen: „Du warst klasse in der Kabine, ich habe dich gesehen. Du bist wirklich ein Rasseweib und so schön geil. Ich beneide dich."

Sie ging zuerst unter die Dusche. Rita nackt zu sehen, rief in mir die Erinnerungen an unsere Begegnung damals wach. Ja, wir mochten uns noch immer. Ihr Mann Eberhard fickte mich damals und sie schaute nur zu. Sie war etwas mollig, aber mit guter Figur und lieben Gesicht. Wir rochen beide nach Mann. Sie gab mir einen Klaps und zog mich auch unter die Dusche. Die Haare hatte ich noch schnell hochgesteckt. Die Dusche war auf Brusthöhe. Das warme Wasser tat gut und wir seiften uns ein. Als Rita meine Hand nahm und auf ihre Muschi legte, zuckte ich leicht. Sie lächelte dabei so lieb, dass ich kaum zögerte. Ich griff beherzt rein ins volle Leben. Ich machte es einfach so, wie Alex es immer bei mir tat. Finger in den Po und in die Muschi und hochheben. Rita quietschte und wurde dann aber ganz ruhig. Dann ging ihr Atem schneller. Ich gab mir Mühe und arbeitete kräftig mit den Fingern bis sie kam. Eine Frau kam unter meinen Fingern. Ich war erstaunt. Ich bin doch gar nicht lesbisch. Aber es war schön. Als sie ein Bein auf den Hocker stellte, zog sie mich ran und sagte: „Jetzt mach zu Ende was du angefangen hast." Ihre Schamlippen waren weit auf und es glänzte so schön rosa. Ich wusste, wie ihr zumute war. Ich bin ja selber Frau und fühlte mit. Ich bekam einen Klaps auf den nackten Po und dann machte ich es einfach. Ich kniete und leckte sie aus. Dabei fühlte ich mich sogar wohl.

Danach ging ich mit Rita zurück zur Theke. Meine zuvor bestellte Pizza war schon aufgegessen. Alex sagte, er habe auch nur einmal abbeißen können, weil die Anderen sich auch daran gütlich getan hatten. Dann sprach mich ein Mann neben mir an. Er sah ganz ansehnlich aus und sagte mir, dass das, was er eben in der Kabine gesehen hat, ihm sehr gefallen hätte. Er fragte, ob er Alex und mir mal in einer geschlossenen Kabine zuschauen dürfte. Ich war total überrascht, was der Mann auch zu merken schien. Er sagte, dass er auch ein Argument hätte. Er griff meine Hand und legte sie an seinen erigierten Schwanz, den er unbemerkt aus seiner Hose geholt hatte. Ich dachte ich sei bekloppt, als ich den Schwanz in der Hand hielt. So ein großes Ding hatte ich nie zuvor gesehen, geschweige denn angefasst. Ich merkte, wie meine Votze schlagartig wieder nass wurde. Meine Muschi produzierte reichlich Saft. Ich fühlte, wie es mir wieder langsam die Oberschenkel runter lief. „Was mache ich hier?", fragte ich mich. Der Mann guckte mich an und meinte, ob das Argument ausreiche. Ich nickte, während ich seinen Schwanz leicht wichste. „Na, hat er dich am Wickel, mein kleiner Bruder Rudi?", hörte ich Rita fragen. „Hat er sich vorgestellt?" Ich war irritiert. Dann nahm ich, Gott sei Dank, Alex, der die ganze Zeit neben mir saß, wieder wahr und nahm schnell meine Hand von diesem Prachtschwanz weg. Nun bemerkte Alex auch Rita. Er kannte diese Geschichten von damals. Und dieser Prachtschwanz gehörte zu ihrem Bruder Rudi, der uns gerne zusehen möchte. Na, das wäre doch mal was Geiles für uns zwei. Ich war im Zweifel, aber alleine bei dem Gedanken, dass ich diesen geilen Schwanz komplett sehen würde, ließ meine Muschi schon wieder laufen.

Alex begrüßte Rita und ihren Bruder Rudi und sah sich dessen Schwanz interessiert an. Alex strich mit seiner Hand darüber.

„Ja, das ist schon was Besonderes", war von Alex zu hören. Als ich sah, dass Alex den dicken Schwanz von Rudi in der Hand hatte, sagte Alex zu mir, er wolle mich auch ficken und ich sollte dabei Rudi einen blasen. Dann sagte Rita: „Blasen sei immer gut. Und mein Bruder ist wirklich klasse beim Sex. Aber wenn Alex Rudi einen bläst, dann will ich auch zuschauen".

Alsbald gingen wir vier, begleitet von vielen Männerblicken, in einen anderen, geeigneteren Raum. In der Mitte war eine große Liegefläche. Rita nahm sie sofort für sich in Anspruch und war im Nu wieder nackt. Rudi legte sich ebenfalls auf die Liegefläche. Alex schloss sich an und forderte mich auf, in die Mitte zu kommen. Meine Brustwarzen wurden sofort wieder hart. Alex streichelte mit einer Hand meine rechte Brust und wichste sich mit der anderen Hand seinen Schwanz. Rudi fing an, meine linke Brust zu küssen und an meinen Nippeln zu knabbern. Das machte mich tierisch geil. Dann küsste er meinen Nacken bis hin zu meinen Ohren. Als ob er wusste, dass mich das rasend vor Geilheit machen würde, knabberte er an meinem Ohr und flüsterte mir zu, ob ich jetzt mal einen richtigen Schwanz haben wolle. In diesem Moment spürte ich die Zunge von Rita an meiner Votze und hörte sie sagen: „Also nass genug zum Ficken ist sie ja." Aber das wusste ich selber auch. Ich lief vor Geilheit regelrecht aus. Ich sah zu Alex. Er sagte: „Mach es Süße, mach es tabulos, wie du immer sagst. Lass dich ficken von ihm." Rudi flüsterte in mein Ohr: „Du nimmst jetzt meinen Schwanz in den Mund und zeigst mir deine

Votze, dass ich Dir meine Finger rein stecken kann." Ich kniete mich vor ihn hin und zog ihm seine Boxershorts aus. Da sprang mir sein monströser Schwanz schon entgegen. Ich zögerte nicht lange und nahm ihn soweit in den Mund, wie es möglich war. Der Schwanz roch gut und ich spielte mit seinem Schaft. Ich schielte zu Alex, der wohl selber vorher auch noch nie so einen großen Schwanz gesehen hatte. Er sagte nichts und spielte weiter an seinem Schwanz rum, was mich ehrlich gesagt, in diesem Moment nicht besonders interessierte. Rudi sagte, ich solle mich wieder in die Mitte setzten. Ich tat es. Alex spielte sofort an meiner Votze. Rudi küsste mich erneut so geil, bis er mir ins Ohr flüsterte: „Wenn du meinen Schwanz willst, machst du jetzt die Beine auf für mich." Ich schaute Rita an, die sich gerade auf Alex stürzte.

Ich war so geil, weil ich daran dachte, gleich diesen Schwanz in mir zu haben. Er fingerte mich so nass, dass ich beinahe gekommen wäre. Da verschwanden die Finger und er brachte seinen Schwanz in Position. Sekunden später spürte ich die Eichel an meinen Schamlippen. Er drang langsam in mich ein. Es tat etwas weh, da meine Votze so große Schwänze nicht gewohnt war. Dann bumste er mich wilder und ich spürte, wie sein Schwanz an meine Gebärmutter klopfte. Ich spürte, dass ich komme und konnte nicht mehr leise sein. Ich stöhnte und hatte einen der besten Orgasmen, die ich je gehabt hatte.

Rudi fickte mich weiter, obwohl ich es bevorzuge, nach einem Orgasmus etwas zur Ruhe kommen zu können. Meine Muschi lief nur so aus und ich hatte mich schnell an diesen Schwanz gewöhnt. Er bumste mich mit kurzen, harten Stößen und glitt jetzt mit seiner Hand zu meinen Kitzler. Dann passierte mir etwas, was vorher noch nie geschah. Ich kam schon wieder. Und diesmal so extrem, dass ich den Schwanz von Alex wie bekloppt saugte. „Was passiert hier", dachte ich. In diesem Moment kam ich schon wieder. Ich hatte ja schon oft mit Alex einen multiplen Orgasmus gehabt, aber diesmal fühlte ich es so ausgiebig lange. Dieser Schwanz schaffte das.

Ich liebte diesen riesigen Schwanz. Ich feuert Rudi an: „Fick mich härter." Da flutschte sein Schwanz mit einem lauten Schmatzen aus meiner Votze. Ich bettelte: „Steck ihn wieder rein, bitte." Das tat er auch, allerdings in mein Arschloch. Ich hatte mich doch bisher nur von Alex in meinen Arsch ficken lassen und nicht von so einem dicken Schwanz. Es tat zuerst sehr weh, aber mein Orgasmus hielt noch an, daher war es mir egal. Er schob gefühlvoll seinen Schwanz in meinen Anus und es gefiel mir. Sah Alex auch, wo Rudi jetzt drin war? Er fickte mich erneut zum Orgasmus. Dann wechselte er das Loch und fickte jetzt wieder meine auslaufende Votze. Es dauerte nicht lange und er sagte, er käme. Ich ermunterte ihn: „Komm spritz ab!" Dann aber hörte ich Alex sagen: „Nein, ich will ihn auch." Rita war etwas verstört. Was sollte sie tun? Alex nahm sie einfach. Er fickte genüsslich ihre Votze und deutete Rudi an, ihm in den Arsch zu ficken. Alex hatte noch nie einen so dicken Schwanz im Arsch. Er wollte das immer schon mal machen. Rudi ahnte es schon, dass es nicht leicht sein wird, Alex zu erobern und in ihn einzudringen. Dann aber wippte er geschickt auf dem Anus herum spuckte ab und zu mal drauf und schlug ihn mit Wucht seine Hand auf den Po. Er wollte ihn damit ablenken. Als er langsam vordrang und drin war, schrie Alex. Dann aber gab der Anus nach und der Weg war frei. Ich sah, wie Alex die Schweißperlen auf der Stirn standen. Rita hielt sich an mir fest. Aber im Rausch der erlebten Orgasmen klatschte ich Alex auch noch auf den Po.

Dann begann Rudi sein Spiel. In größer werdenden Stößen pflügte er durch den jungfräulichen Arsch von Alex. Der begann, sich dagegen zu stemmen. „Er reißt mir den Arsch auf und bumst meine Prostata, meine Wirbelsäule. Das ist so geil. Das zieht überall, an der Blase, an der Prostata im Bauch." Wie zur Bestätigung verlor er ein Strahl Pisse. Rita sah gespannt zu und ich spielte verlegen an ihren Titten. Sie kannte ihren Bruder. Sie wusste, dass er jetzt nicht mehr zu stoppen war. Sie senkte ihren Kopf und begann mich zu lecken. Ich verstand es nicht, als Rudi sich aufrichtete. Dann war es mir klar. Er kam und spritzte Alex den Arsch voll. Aber die Sahne quoll sofort hervor. Jetzt war Rita wild. Sie stürzte sich sofort auf den Arsch von Alex und leckte. Ich drängte mich dazu. Das wollte ich mir nicht entgehen lassen. Sein Sperma schmeckte ihr richtig gut. Rita saugte intensiver, um jeden Tropfen zu bekommen. Der

Arsch wird Alex wohl noch tagelang weh tun! Dann drehte ich mich um und bemerkte den Schwanz von Rudi. Ich nahm ihn sofort. Streichelte und hätschelte ihn bis er langsam wieder wuchs. Als er richtig hart war, richtete sich Alex auf und wir bliesen ihn beide abwechselnd. Ich fand das so geil. Ich, Baba, stritt mit Alex um einen Schwanz. Jeder wollte ihn haben. Rita ging auf den Schwanz von Alex los, der mittlerweile so vernachlässigt war. Alex stöhnte nur noch. Ich vergaß ganz, dass Rita sich ja um Alex kümmerte. Sie übergab an mich. Alex kam so schnell in meinem Mund. Ich hatte es gar nicht bemerkt, wie aufgegeilt er war. Dann aber nahm Alex sehr entschieden den Schwanz von Rudi, blies und wichste ihn, kraulte seine Eier und Rita fickte seinen Arsch mit den Fingern. Das genügte! Er kam in Alex' Mund. Kein Tropfen ging vorbei. Rita und ich sahen uns staunend an.

Jetzt wurde es mir erstmals deutlich, was Rudi alles konnte. Wie groß sein Schwanz war, wie er sich anfühlte und wie er unermüdlich Sperma ausstoßen konnte. Dann aber öffnete Alex seinen Mund und wir sahen, dass er voll Sperma war. Als Alex mich küsste, bekam ich etwas ab. Dann küsste er Rita. Das war fair. Rudi verschwand schnell. Rita blieb aber noch bei uns. Sie kuschelte sich an Alex und auch an mich. Sie war eben eine Frau. Vielleicht sollte ich ihre Telefonnummer notieren.

So manches Mal, wenn ich auf meinem Balkon lag, ging mir dieses Erlebnis durch den Kopf. War das denn alles passiert?

Meine Fantasie holte mich wieder ein. Diese tabulosen Gedanken beschäftigten mich noch eine Weile. Manchmal spürte ich diesen riesen Schwanz immer noch in mir. Es hatte mich so aufgegeilt. Meine Muschi war danach tagelang geschwollen. Dann aber wurde mir klar, dass der Schwanz von Alex doch die richtige Größe hatte, was mir ja auch reichte! Nach jedem dieser Tagträume oder Momente des Nachdenkens, musste ich erst mal duschen gehen. Das machte es nicht leichter. Dann kamen die Gedanken auf Rita, die ich vorne und hinten unter der Dusche gefickt hatte, so wie Alex es mit mir machte. Ich sah dann ihre ruhigen Gesichtszüge, die sich dann verkrampften, bis sie sich dem Orgasmus hingab. Dieses Gefühl zu spüren, es zu erleben, ist verwirrend, aber auch unglaublich wundervoll.

Ein Vierer

Da saß ich nun mit Alex an der Hotelbar. Auf der anderen Seite, neben Alex, saß eine Frau zwischen 50 und 60 Jahre alt. Sie hatte dunkle Haare. Neben ihr saß dann vermutlich ihr Mann, etwa im Alter von Alex. Und auch seine Figur war ähnlich. Er war blond. Mein Alex mit seiner sportlichen Erscheinung, so um die 88 kg, 50plus mit silbergrauem Haar, was ich so liebte und was sehr weise aussah. Mit blondem Haar konnte Alex mit seinen grauen Haaren zwar nicht mithalten, aber für mich passte es perfekt zu seinem lieben Gesicht.

Alex bestellte für uns zwei Caipirinha. Ein Getränk, was ich mochte und immer dann trank, wenn ich abends abschalten wollte. Ich drehte mich um und sah dem Treiben auf der Tanzfläche zu. Eigentlich schön, die Paare zu beobachten. Frauen, welche miteinander tanzten, sich dabei möglichst unauffällig annäherten, weil andere zuschauten. Oder die frechen Annäherungsversuche der Männer und die Abwehrversuche oder die Duldung der Frauen zu beobachten.

„Na, der hat doch einen schönen Knackarsch, der wäre doch was für dich," sagte die Frau neben uns an der Bar zu ihrem Mann. „Mhm, ja schon, aber der ist doch eher was für dich," lachte er zurück. Es folgten einige weitere Lästerungen und ich lachte in mich hinein. Ich fand es toll. Es machte Spaß. Das ist das Leben und es ist ja nicht immer ernst gemeint. Eine blonde Frau auf hohen Stöckelschuhen lief vorbei. Etwa Mitte 25 schätzte ich sie. Sie war sehr zierlich, vielleicht 1,60 m groß und etwa 55 kg schwer mit einem nicht unerheblichen Vorbau. Ich schätzte mal, es war wohl Körbchengröße C. Durchaus ansehnlich. „Vorsicht Heinz," hörte ich von der Frau neben uns. „Warum, weil ich blind werde? Aber gönn mir doch das Vergnügen. Da kann man doch einiges unterbringen," gab der Mann zurück. Das brachte mich nun wirklich zum Lachen. Diese Zweideutigkeit mochten Alex und ich auch. „Vielleicht ist sie ja was für dich," sagte die Frau. „Ich denke, das ist doch dein Typ", sagte der Mann nun. Die blonde Frau hielt inne, drehte sich um und kam ein paar Schritte zurück. Dann musterte sie die Frau und den Mann, lächelte und sagte spitzbübisch: „Darf ich mir das aussuchen?" Ohne eine Antwort abzuwarten ging sie weiter. „Na, Sie mögen das Leben," sagte ich zu der Frau neben uns. Sie schaute mich keck an und entgegnete: „Ja, und davon möglichst alles." Wir lachten und stießen an. „Das ist Alex und ich bin die Baba," stellte ich uns vor. „Das ist der Heinz und ich heiße Elvira," tat sie es mir gleich. „Vorsicht bei Heinz, der schaut gerne den Männern auf den Po", fügte sie hinzu. Wir lachten und ich sagte zu ihr: „Na dann musst du schneller sein!" „Meistens gewinne ich ja auch", gab Elvira zurück. „Aber ich gönne es ihm. Er kommt ja dann wieder zu mir zurück." „Ihr seid ja ein sehr liebes Paar", turtelte sie weiter und versuchte das Gespräch voranzutreiben. „Na ja," antwortete ich, „sagen wir mal, Alex und ich sind ein sehr tolerantes Paar." „Aber das ist immer so eine Sache. Alles gelingt nicht und da muss es schon stimmen", warf Heinz ein. „Na, das kann man doch im Sex-Club austesten", sagte ich. „Ja, das haben wir auch probiert," sagte Heinz, „aber das funktioniert ja nicht immer. Manchmal wollen die Paare nur wechseln und das ist uns zu flach. Wenn wir dann auf der Spielwiese sind, gibt es ja immer wieder mal Probleme, wenn ich einen Mann anfasse oder Elvira einer Frau mal zu nahe kommt." „Ach so", entgegnete ich. „Ihr wollt euch rundum vergnügen. Harmonie total und das möglichst quer Beet." Das musste ich erst mal begreifen und bestellte mir einen zweiten Caipirinha. Heinz sagte darauf hin: „Ich gehe mal für kleine

Jungs." Alex sagte zu ihm: „Ich gehe mit, wenn Elvira das erlaubt." Die lachte nur und die beiden Männer gingen los.

Als Alex seine Hose öffnete und seinen Schwanz in Richtung Urinal richtete, sah Heinz ihm zu. Heinz war auf Alex' Schwanz fixiert. „Gefällt er dir?", fragte Alex und fügte hinzu: „Hilf mir mal, ihn halten!" Heinz erwachte aus einer Art Erstarrung und reagierte schnell. Er nahm den Schwanz von Alex, zog ihn noch mehr aus der Hose, streifte die Vorhaut zurück und wartete bis es losging. Dann spielte er mit dem Strahl, schaute Alex an und lachte: „Ich mag es, aber du verstehst das ja, sonst würde ich ihn nicht halten." Dann versiegte der Max und Alex packte ihn wieder sorgfältig ein. „Und du, nur zum Halten mitgekommen?" fragte Alex. „Nein, Nein", stammelte Heinz. Alex ergriff die Initiative und ging zum Angriff über. Er öffnete seine Hose, holte nicht nur seinen Schwanz raus, sondern auch seinen Sack. Dann griff Alex ihn von hinten durch die Beine. Heinz verzog das Gesicht. Alex legte seine Hand unter Heinz seinen Sack, um ihn die Eier zu knobeln. Mit der anderen Hand streifte er die Vorhaut zurück und richtete den Schwanz zum Pinkeln aus. „Was machst du," fragte Heinz verdattert. „Genieße es einfach", antwortete Alex ihm und spielte mit den Eiern und der Vorhaut. Das blieb nicht ohne Wirkung und der Schwanz erigierte. Alex wichste ihn ein paar Mal und sagte: „Na geht doch, die Gefühle sollen dich noch begleiten." Er lachte dabei. „Sauhund, du", war von Heinz zu hören. „Aber danke, es gefällt mir so."

Zurück an der Bar, flüsterte Heinz seiner Elvira einiges ins Ohr. Er erzählte ihr wohl die gerade erlebte Geschichte und sie presste dabei ihre Beine fest zusammen. Dann schaute sie zu Alex, der mir die Geschichte auch erzählte. „Du bist mir untreu geworden", lachte Elvira Heinz an. Der lachte zurück. „Wie denn? Du warst doch nicht dabei! Wolltest du denn dabei gewesen sein?" Es kam ein spontanes, klares „Ja". „Wenn der Alex meinen Heinz geil macht, will ich auch was davon haben", lachte sie. Ich grinste nur. Recht hat sie, die Elvira!

„Na dann scheint ja die Situation klar zu sein", sagte ich. „Komm Elvira, da ist jetzt der Tisch in der Ecke frei. Lass uns dahin gehen. Da ist es gemütlicher." Dort angekommen, stellten wir unsere Gläser ab. „So, jetzt muss ich auch mal Pipi", sagte Elvira. „Aber ich brauche Hilfe." Sie fragte nicht und nahm einfach Alex in den Arm und schob ihn in Richtung Toilette. Dort angekommen, schauten sie, ob die Luft rein war. Sie zog ihn schnell in eine Kabine, schloss die Tür und hing ihm sofort küssend am Hals. Alex genoss dabei ihre Brüste, die respektabel, fester Natur und zwischen den Größen B und C waren. Sie fühlten sich sehr gut an und Elvira reagierte durch ausgiebiges Stöhnen. Da glitt seine Hand unter ihr Kleid und sie lachte laut, ehe Alex überhaupt begriffen hatte. Sie trug keinen Slip und genoss es sichtlich, sein verdutztes Gesicht zu sehen. Dennoch fand er sofort den Eingang und fühlte, dass sie ungemein feucht war. Am liebsten hätte er seinen Schwanz dort gehabt, wo jetzt seine Finger waren. Elvira jedoch drückte seine Hand fester an sich, als ob er die Finger nicht aus ihrer Muschi nehmen sollte. Sie wand sich unter seinem Arm durch und setzte sich umgekehrt auf die Toilette. „Fick mich mit den Fingern", flüsterte sie und hing an seinen Lippen. „Ich brauch das, ich will dich!", hörte Alex sie sagen. Dabei zog sie seinen Kopf an sich und er spürte ihren Atem an seinem Hals. Seine Finger arbeiteten beständig in ihr. Sie war jetzt richtig schön nass, so dass er ihren Schleim über ihre Schamlippen rieb. „Lass die Finger drin", flüsterte sie und drückte seine Hand erneut an die Muschi. Dann spürt Alex die Wärme ihres Urins. „Du kleines geiles Luder!", entfuhr es ihm und er küsste sie noch intensiver. Der Urin tropfte links und rechts zwischen seinen Fingern und ihren Beinen in die Toilette. Als sie mit dem Pinkeln fertig war, reichte sie Alex einen halben Meter Toilettenpapier fürs Händeabtrocknen. Sie selber nahm sich auch die gleiche Menge für das Abtrocknen. Er lachte sie an, küsste ihre Stirn. Danach stand sie auf. Dann lauschten sie, ob sie beobachtet wurden. Aber außer den beiden war wohl niemand anwesend. Sie gingen zum Waschbecken, wo Elvira unumwunden ihren Rock anhob, um ihre Pussy zu waschen. Mit einem Papierhandtuch trocknete sie sich anschließend ab. Alex fand das so geil, dass er sie kurzentschlossen aufs Waschbecken hob, ihr die Beine spreizte und sie zu lecken begann. Was für eine süße glattrasierte Votze fand er da vor. Schnell hatte er den Kitzler aufgespürt und saugte ihn ein, um ihn mit der Zunge zu umspielen.

Aber nur Sekunden darauf hörten sie Schritte, die von mir stammten. Alex ging sofort in die Hocke, Elvira rutschte vom Waschbecken und stellte sich hinter ihm. „Ja, wo ist denn diese Linse?", gab Alex von sich. „Sucht ihr was?", fragte ich die beiden. „Dann helfe ich euch doch suchen." Ich hockte eine Sekunde später vor Elvira am Boden und spielte das Spiel mit. Was vorher geschah, erfuhr ich ja erst später. Aber es muss wohl geil gewesen sein.

Alex sah die süßen Brüste von Elvira durch das Kleid durchscheinen. Ihre Beine waren geöffnet und das war wohl absichtlich. Alex schaute gebannt in Richtung Elvira's Muschi. Fast automatisch öffnete Elvira ihre Beine noch mehr. Warum und wie er auf die Idee kam, wußte er nicht mehr, aber er nahm einfach meine Hand und zog sie in Elvira's Schritt. Ich griff willig hinein und schaute ihr fest in die Augen. Sie spreizte ihre Beine noch mehr und ihre Muschi war weit geöffnet. Ich sah ihre offene, feuchte Muschi und sagte nur: „Oh Gott!" Was dann geschah, hätte ich Elvira nicht zugetraut. Ich spürte ihre Finger. Mit einer entschiedenen Handbewegung hakte sie in meinen Slip ein und schob ihn kurzentschlossen auf die Seite. Meine dunkle, rasierte Muschi kam zum Vorschein. Zielsicher schob Elvira mir ihre Finger rein. Ich stöhnte, weil Elvira mir danach ihre Finger in den Mund zum Ablecken steckte.

Sie hockte nun da und konnte ihren Blick nicht von meiner Pussy abwenden. Elvira wiederholte das Spiel. Nun aber steckte sie ihre Finger in ihre Muschi. Begierig schleckte ich ihr wieder die Finger ab. Ich genoss meine Gefühle. Wir sahen uns beide in die Augen und unsere Bewegungen waren intuitiv und heftig. Wir ließen uns nicht aus den Augen, rückten noch dichter zusammen, atmeten heftiger, bis sich unsere Münder zu einen geilen und leidenschaftlichen Kuss trafen. Oh, ich war froh, nun etwas entspannen zu können. Diese heftige beiderseitige Reaktion von uns war einfach zu süß, zu liebevoll. Ich war tief bewegt.

Und Alex? Der stand da mit offenem Mund. Er hatte seinen Schwanz in der Hand. Ich wusste nicht, ob er beim Zuschauen gekommen war. Ich vermutete es. Dann aber stockte mir einen Moment lang der Atem. Die sehr junge blonde Frau, mit ihrem nicht unerheblichen Vorbau, stand plötzlich hinter Alex. Wie lange hatte sie uns wohl schon beobachtet? Elvira konnte sie nicht sehen, aber offensichtlich starrte sie Elvira an und massierte sich ihre Brüste. Ich stand schnell auf und sagte: „Na, die Linse werden wir wohl nicht mehr finden." Dabei kam ich mir richtig blöd vor. Elvira, die nun die Situation erfasste, meinte nur: „Ich habe ja noch Tageslinsen im Koffer." Die Blonde schob sich nun an uns vorbei in Richtung Kabine. Dabei streifte sie Elvira und sah ihr tief in die Augen. Ich ergriff den Ellenbogen von Alex und zog ihn etwas weiter in Richtung Ausgang.

In der Kabinentür stand nun die junge, vielleicht 25 jährige Frau, die uns verwundert anschaute. Elvira ging die wenigen Schritte, wie in Trance, mit. Die Blonde verschwand nun in der Kabine, ließ aber die Tür geöffnet. Wir hörten es, wie sie pinkelte. Elvira schaute wie versteinert zu. Was sie genau sah, wussten wir ja nicht. Jedenfalls drehte sich Elvira um, hob ihren Rock über den Po, bückte sich und ging rückwärts zurück in die Kabine.

Ließ Elvira sich von der Blonden lecken. Die Geräusche deuteten es an. Oder fickte die Blonde sie mit den Fingern. Elvira jedenfalls schaute zu uns und verdrehte die Augen und lachte. Da war einiges im Gange. Einen Moment überlegte ich, ob ich zuschauen sollte. Dann aber richtete Elvira sich auf und schloss die Tür. Ich denke diesen kleinen Quicki hat sie bitter nötig gehabt.

Als Alex und ich wieder zurück am Tisch bei Heinz angekommen waren, fragte er Alex unumwunden: „Na, hat sie dir in die Hand gepinkelt?" Ohne eine Antwort abzuwarten fuhr er fort: „Das mag sie sehr, das gibt ihr viel, sie ist dann immer sehr zugänglich und braucht viel Liebe. Wo ist sie denn?" „Sie ist mit der Blonden zusammen," sagte ich. „Na, das habe ich fast erwartet. Ich bin sicher die verschaffen sich einen Orgasmus", sinnierte er vor sich hin.

Als Elvira zurück war, erzählte sie schnell, wie sie die Blonde auf der Toilette stehend geleckt hatte und dann das Gleiche umgekehrt passierte. Sie war noch ein wenig außer Atem und ihr Orgasmus war ihr fast noch anzusehen. Ich gestehe, meine Muschi wurde feucht und ich deutete Alex an, sie zu streicheln, unauffällig natürlich. Beim Erzählen lehnte Elvira sich weit nach vorne, damit andere nicht mithören konnten. Ihre Brüste fielen dabei fast aus ihrem Kleid. Hatte sie den BH auch ausgezogen? Es war mir vorher nicht aufgefallen, aber allerliebst anzuschauen. Ich spürte, wie Elvira nun auch hinter mir her war.

Heinz fragte Elvira nun sehr direkt: „Und kommt Baba mit ins Bett? Ich würde sie gerne haben wollen." Er lachte dabei. „Na, du hast doch Alex. Frag ihn doch, ob er einverstanden ist", gab Elvira zurück. Heinz streckte nun seine Hand nach dem Bein von Alex aus und fingerte in Richtung seines Schrittes. Dann rückte er seinen Stuhl dichter an den Tisch, so dicht, dass die Tischdecke jede Einsicht unmöglich machte. Als er sich anschickte, die Lustrübe von Alex freizulegen, machte ich das Gleiche bei ihm. Als ich seinen Schwanz in der Hand hatte, war seine Eichel schnell nass und ich spürte seine glitschige Sahne. Nein, gekommen war er noch nicht, aber diese Vorboten sind doch so herrlich für das Gefühl. „Du kannst uns helfen, Elvira", sagte Heinz nur kurz. Die beiden waren eingespielt. Elvira verschwand unter dem Tisch. Ich spürte ihre Hand auf meiner und dann glitt die Eichel von Alex in ihren Mund. Das Gesicht von Alex sprach Bände als er sagte: „Nicht so heftig, sonst kann ich dich nicht mehr ficken, Süße." Elvira drehte sich daraufhin zu mir und ich spürte ihre Zunge meine Beine rauf gehen. Ich setzte mich entsprechend in Pose und merkte, wie sie mir den String runter zog und mit ihrer Zunge über meine Votze leckte. „Oh, ein süßer Geschmack", hörte ich sie sagen. Dann rieb sie zusätzlich ihre Brüste an meinem Knie. Ich streckte die Hand aus und arbeitete mich in ihrem Ausschnitt weiter vor. Aha, Haftschalen, daher die Freiheit der Bewegung. Elvira drehte sich um und führte meine Hand in ihre Muschi. Meine Finger glitten rein, dann streckte ich sie Heinz entgegen: „Ein lieber Gruß von deiner Frau", bemerkte ich und er leckte die Finger bereitwillig ab. Heinz wichste heftig seinen Schwanz, so dass ich befürchtete, dass er kommt. „Jetzt nicht!", sagte ich zu Heinz. Elvira krabbelte unter dem Tisch hervor und flüsterte mir ins Ohr: „Komm mit, ich will dich haben, Heinz will Alex haben. Seid bitte keine Spielverderber." „Ich gehe mit", sagte ich. „Ihr habt mich so geil gemacht, jetzt könnt ihr mich auch ficken."

Meine Gedanken waren wild. Was würde geschehen? Wie lesbisch ist Elvira? Würde sie mich ficken wollen? Würde ich das zulassen? Es war lange her mit Rita. Ich konnte mich kaum an diese Gefühle erinnern. Wird sie so geil sein und mich zum Orgasmus führen. Werde ich mich entspannen können. Will Heinz, dass ich ihn ficke? Und wie soll das gehen. Elvira zum Orgasmus ficken. Und Heinz, wird er meinen Alex ficken wollen? Will er seinen Orgasmus. Soll Alex ihn anal und oral ficken? Haben sie Kondome, wollen sie Kondome? Wir hatten ja nichts abgesprochen. Die gegenseitigen Erwartungen können durchaus sehr unterschiedlich sein. Sie jetzt zu klären, würde aber auch die Stimmung verderben. Der Alkohol hatte ohnehin einiges bewirkt und auch die Stimmung angehoben.

Wir stellten fest, dass unsere Zimmer gegenüber auf dem gleichen Flur lagen. Wir gingen alle auf unsere Zimmer, um uns frisch zu machen. Auf dem Zimmer drückte Alex mich fest an sich und küsste mich so leidenschaftlich, ja fast wild. Ich sprang unter die Dusche, streifte mir nur den Bademantel über und klopfte dann bei Elvira und Heinz an die Tür. Heinz war noch im Bad und Elvira kam mir nackt entgegen. Sie war noch beim Abtrocknen. Nichts war mir lieber als ihr dabei zu helfen. Schön sorgfältig trocknete ich ihre Brüste, schöne weiche Brüste, lieb anzuschauen mit herrlichen Vorhöfen und süßen nicht zu großen Nippeln. Genüsslich ging ich mit dem Handtuch zwischen ihre Beine und in die Pokerbe. Elvira reichte mir ein Glas Champagner. Es sollte wohl schön werden.

Als Heinz herein kam, hatte Elvira mir den Bademantel ausgezogen. Heinz sah mich lange an. Alex klopfte an die Tür und Heinz öffnete ihm. Alex legte seinen Bademantel sofort ab und Heinz ging ihm erst mal unter den Sack und durch die Pokerbe. Nur zur Kontrolle lächelte er wohl wissend, dass er Alex seine sensiblen Reaktionen testen wollte und vielleicht mich damit ein wenig aufgeilen würde. Ich reagierte prompt und griff nun Heinz zwischen die Beine. Sorgfältig nahm ich mir seinen Schwanz vor, um dann mit dem Handtuch und einem Finger über seine Rosette zu gehen. Elvira protestierte: „So hast du mich aber noch nicht verwöhnt." Wir prosteten uns auf ein gutes Gelingen zu und Elvira hüpfte ins Bett, orderte uns an die Bettkannte und spielte erst mal mit den Schwänzen der Männer. Dann begann sie sogleich, abwechselnd beide zu blasen. Das machte sie selber wohl mehr an als alles andere. Als ich dann aber Heinz seinen Schwanz nahm und ihn blies und ich mich dann mit Elvira abwechselte, kam Schwung in die Sache. Schließlich lagen Heinz und Alex auf dem Bett in 69er Stellung und bliesen sich gegenseitig einen. Elvira aber, nun zur Untätigkeit verdammt, nahm Gleitcreme und steckte sich einen Finger in den Po. Das wirkte nun auch bei mir. Als ich dann sah, dass Heinz und Alex ihren ersten süßen Rausch erlebten ohne gleich abzuspritzen, war es auch um mich geschehen. Elvira lag mit dem Rücken auf dem Bett. Ihre Schamlippen zog sie auseinander und forderte mich auf, sie zu lecken. Ich konnte nicht anders. Ich leckte sie und im Nu waren wir auch ein 69er Paar. Heinz und Alex ließen voneinander ab. „Fick du zuerst", meinte Heinz zu Alex. Der erwiderte: „Nein du, weil Baba gerade oben ist." „Nein", sagte Heinz zu Alex. „Ich will deinen Arsch." Alex lachte nur. Also brachte sich Alex in Position und ich erwartete ihn sehnsüchtig. Er glitt mühelos in meine Votze hinein. In dieser Position war nun für Heinz der Weg frei. Er zögerte nicht. Mit Gleitcreme, die bis zu mir kleckerte, machte er sich den Weg in Alex seinen Arsch frei. Alex verzog das Gesicht, verkrampfte eine Weile, bis Heinz vollständig eingedrungen war. Es war einfach wundervoll für mich, zu spüren, dass es bei Alex kaum anders war als bei mir.

Ich spürte jetzt, wie Alex mich ficken wollte, aber durch die Stöße von Heinz mehr oder weniger gestört wurde. Die Stöße von Heinz schlugen auf mich durch. Das war ein merkwürdiges geiles Spiel, das hier ablief. Ich sah zu Elvira, die jetzt etwas verloren war und sich mit einem Dildo die Votze fickte. Dann spornte sie Heinz an: „Na los, frag schon, bevor du spritzt, ob du Baba auch den Arsch ficken darfst. Du bist doch immer so geil drauf." Das hatte sie aber wohl mehr zu sich selbst gesagt, um zuzuschauen und sich selber dabei aufzugeilen. „Wenn dein Heinz das braucht, dann wechseln wir eben", sagte ich zu Elvira. Heinz zog seinen Schwanz nun aus dem Arsch von Alex und wichste ihn. Alex drehte mich nach oben, so dass ich ihn gut reiten konnte. Einen Moment war ich versucht, mich völlig zu verausgaben. Heinz aber drückte mich nach vorne und gab mir jede Menge Gleitcreme in meine Pokerbe. Dann spürte ich seine Finger, erst einen dann zwei. Elvira sah mir in die Augen und sagte: „Du musst es nicht zulassen!" „Ich will es", stöhnte ich und sie umklammerte meine Hand und küsste mich.

Dann setzte Heinz an. Ich spürte einen Stich, schrie, aber er hielt drauf und war drin. Ich weiß nicht genau, aber ein bis zwei Minuten hat es wohl gedauert, bis ich wieder entspannt war. Elvira küsste und herzte mich. Ich kam mir vor wie eine Jungfrau. Das sagte ich auch zu Heinz. „Hab' Spaß mit meinem

Arsch", ergänzte ich. Heinz wusste nur zu gut, wie ich mich fühlte. Er war erfahren und einfühlsam genug und begann langsam. Dann setzte auch meine Lust wieder ein. Alex spürte das und ging mit. Ich glaube, wir hatten den richtigen Rhythmus gefunden. Die beiden fickten mich richtig gemütlich, während Elvira wohl einen Orgasmus nach dem anderen hatte. Sie genoss dieses zwei-Loch-Stuten-Reiten über alles.

„Ich könnte in Baba sofort spritzen", meinte Heinz und verzog das Gesicht. „Bloß nicht", sagte Elvira. „Ja nicht spritzen, ich will den Alex und dich auch noch haben!" Als Heinz daraufhin seinen Schwanz zurückzog, brannte mir der Po wie wild. Es war, als ob alles voller Ameisen war. Ein Kribbeln, wie ich es bisher noch nicht kannte. Ich zog mich zurück und überließ Elvira das Feld, die sich erst mal genüsslich auf Alex seinem Schwanz austobte. Ich feuerte sie noch an und sie kam. Sie verdrehte die Augen und Alex verzog das Gesicht. Ich fühlte geradezu, wie er seinen Orgasmus vermeiden wollte. Dann beugte Elvira sich vor. Als Heinz ansetze, ging es gleich weich rein. „Elvira ist es wohl mehr gewohnt, als ich", dachte ich noch. Dann aber stöhnte Elvira laut vor Lust und verlangte mehr Einsatz von Heinz und Alex: „Fickt, fickt ihr Rammler, fickt mir doch die Votze und den Arsch wund, ihr Hurensöhne." Sie brauchte das wohl, diese süße geile Schlampe, die alles erkunden will. Ich empfand irgendwie Sympathie für sie und musste an Rita denken.

Elvira war jetzt auf der Spitze angekommen. Kaum noch fähig, Muschi oder Po zu kontrollieren, zu kneifen oder sich eng zu machen. Sie war jetzt Spielball ihrer Gefühle. Heinz und Alex trieben sie gemeinsam in den Orgasmus. Wechselseitig stießen beide in sie hinein. Jeder stoß wurde von lautem Stöhnen begleitet. Dann hob sie den Kopf. "Jajajajajaja", war da zu hören. Ihr Becken versteifte sich. „Fickt mich doch, fickt mich doch ihr Hengste", folgte unmittelbar ihre Aufforderung und die beiden stießen noch schneller in sie rein. Es dauerte nicht lange, dann spritze Heinz ihr seinen Saft in den Darm. Elvira schrie und spürte, dass Alex auch kam und ließ ihm mehr Raum, damit er freier von unten zustoßen konnte. Dann spürte selbst ich die Muskel-Kontraktionen von Elvira. Ganze Wellen liefen durch ihren Körper. Mein Gott war das schön, ihren Orgasmus mitzuerleben. Elvira sank auf Alex herab und Heinz zog sich zurück. Heftig atmend stand ich nun neben dem Bett und sah, wie Alex seinen Schwanz noch immer wieder in ihre Votze stieß. Es war schon etwas Wunderbares, etwas Besonderes, aus dieser Perspektive zwischen ihre Beine zu schauen und dem geilen Spiel beizuwohnen.

„Komm Alex, komm mach mich fertig du Sau, komm ich will dich auch noch haben. Fick mich doch in den Himmel!", ließ Elvira jetzt völlig außer sich vernehmen. Alex stieß kräftig, schnell und gleichmäßig zu. Es dauerte nur ca. 1 Minute, bis sich seine Beine spannten und er das Becken hob. An seinen Schwanz konnte ich sehen, wie er spritzte. Die Harnröhre blies sich immer wieder auf. Elvira, die sich wohl noch eng machen konnte, stützte sich nun nicht mehr ab und lag flach auf ihm. Dann küsste sie ihn heftig. Alex und ich verließen dann nach einer Weile leise das Zimmer und ließen die beiden mit ihren Gefühlen allein. „Um 9:00 Uhr Frühstück," hörte ich noch, als ich das Zimmer verließ.

„Ich spüre immer noch meinen Schwanz", sagte Alex zu mir. Wir hatten tief geschlafen. Ich war aber noch so aufgegeilt von der Nacht, dass ich unter der Dusche Lust hatte, Alex einen runter zu holen. Aber bis 9:00 Uhr zum Frühstück blieb uns zu wenig Zeit, um ausgiebig zu genießen. Und für so ein Kurzintermezzo hatte ich keine Lust. Eigentlich liegt mir das auch nicht. Lieber war mir immer schon eine längere Vorbereitung. Na ja, es sollte schon eine erotische Spannung da sein, die dann auch etwas länger andauert und entsprechend Zeit braucht, um abgebaut zu werden.

Als ich die Zimmertür öffnete und auf den Gang hinaus trat, versperrte ich unabsichtlich einer Frau den Weg. Als sich unsere Blicke trafen, erkannte ich die junge blonde Frau aus der Toilette von gestern Abend. Wie angewurzelt blieben wir stehen und gingen aufeinander zu. Es war wohl eine leichte Umarmung, jedenfalls spürte ich ihre Brust auf meiner oder besser gesagt, unter meiner Brust. „Du konntest doch deine Bekannte nicht verlassen," hörte ich sie sagen. „Ihr habt mich so aufgeilt, dass ich es mir in der Nacht zwei Mal gemacht habe."

Es war wohl eine der spontansten Entscheidungen innerhalb von einem Bruchteil einer Sekunde. Ich löste mich von ihr, obwohl ich meine Muschi spürte und klopfte gegenüber an die Tür und rief: „Elvira, Heinz, ich brauche euch!" Elvira öffnete, nur mit einem Slip bekleidet, sah die Blonde und fixierte sofort wie gebannt ihre Augen. „Hallo! Oh da bist du ja," sagte diese und ihre Haltung versteifte sich. Elvira brauchte einen kurzen Augenblick, um zu reagieren. Sie trat halbnackt, wie sie war, aus dem Zimmer und ging auf die Blonde zu. „Ich bin Elvira," hauchte sie. „Und ich bin Karin," flüsterte diese, bevor sich ihre Münder zu einem Kuss verschlossen. Heinz war auch noch nackt und schaute ungläubig auf das, was er da sah. Ich ging ins Zimmer zurück, um Alex schnell zu berichten. „Komm!", sagte ich zu Alex. „Vergiss den Schlüssel nicht." Geistesgegenwärtig holte er die zwei Bademäntel, nahm den Schlüssel und stürmte mit mir in das Zimmer von Elvira und Heinz. Auf dem Weg zum Bett zog Elvira ihren Slip aus und begann sofort Karin zu entkleiden. Die beiden hatten es eilig. Sie lagen im Nu auf dem Bett, küssten sich intensiv und begannen gegenseitig mit ihren Fingern ihre Muschis zu streicheln. Heinz, Alex und ich sahen gespannt zu. Jeder der Männer hatte bereits seinen Schwanz in der Hand. Elvira aber drehte sich um und vergrub ihren Kopf im Schoß von Karin. Karin robbte sich zwischen ihre Beine und machte es ihr nach.

Wir beobachteten ein heftiges Zucken bei den beiden Frauen. Sie leckten und bissen sich, um sich aufzugeilen und zu verwöhnen. Als sich das „Sandwich" drehte, sah ich den süßen Po der Blonden. Meine Hand ging sofort in ihre Kerbe und ich steckte einem Finger in ihre Muschi, worauf Elvira heftig protestierte. Wir lachten und Alex meine nur: „Warte, ich gebe dir mehr zum Lecken", und setzte seinen Speer auf die Schamlippen von Karin. Diese stemmte sich heftig dagegen. Sie war geil, sie wollte seinen Schwanz aufnehmen. Das spürte ich deutlich. Ein, zwei Stöße und der Schwanz von Alex war komplett nass von ihren Liebessäften. Für Alex war es das Himmelreich und er spürte, wie Elvira seinen Sack in ihren Mund zog, so dass er nicht mehr stoßen konnte.

„Oh Mann, was soll ich jetzt machen," maulte Heinz hinter mir. „Das ist so geil. Soll ich euch alle vollspritzen?" „Bloß nicht", antwortete Elvira zu Karin gewandt. „Lass dich von Baba ficken, ich habe es ja gestern auch von dir gehabt. Ich bin noch ganz fertig davon." „Meinst du von hinten?", war Heinz ungläubig zu hören. „Ja natürlich, das ist doch geil", ergänzte sie. „Der Dildo ist im Koffer, den musst du nur holen." Dann drehte Elvira sich zu mir: „Kannst du damit umgehen?" Ich musste erst nach Luft ringen. Die Situation war zu plötzlich auf mich zugekommen. Als Heinz mir den Umschnall-Dildo gab, bekam ich einen riesen Schreck. Ich hatte Alex ja schon mal mit so einem Riesenmonster gefickt. Aber dieser Dildo schien mir noch länger und dicker zu sein. Heinz half mir, ihn anzulegen. Mit

Gleitcreme auf seinem Arsch, begann ich dann, den am Bett hockenden Heinz, den Hintern zu ficken.

Karin sah mir fast ungläubig zu, verlor sich dann aber wieder in den Stößen von Alex und dem Lecken von Elvira. Es gelang mir, das Ding in Heinz zu treiben. Der stöhnte und jammerte, aber das Ficken gefiel ihm trotzdem. Langsam kam ich in Fahrt. Das Monstrum von Dildo glitt in seinem Arsch rein und raus. Jetzt spürte ich mich. Das Ficken gelang, ja, machte mir Spaß. Einen Mann zu beherrschen, in seine Gefühlswelt einzudringen und seine Gefühle zu bestimmen, machte mich noch geiler. Langsam kam die Lust auf. Ich konnte mich also daran aufgeilen. Karin ging zärtlich, aber auch fordernd, mit dem Schwanz von Alex um. Das musste ich auch erst mal genießen und nach Luft schnappen. Bevor es aber zum Aufsteigen der Ficksahne bei Alex kam, sah ich, wie ihre Schamlippen langsam über den Schaft glitten. Karin nahm seinen Schwanz in sich auf und genoss das sichtlich. Ihre Augen verloren sich in meinen. Ihr Blick richtete sich dann in die Ferne. Nun aber näherte sich die Hand von Elvira, die mir ihren Zeigefinger in den Mund steckte, an den ich sofort saugte. Karin begann ihr Becken zu kippen, um den Schwanz von Alex in einem anderen Winkel zu drehen und dann zu liebkosen. Es war ungemein geil anzusehen. Sie war stark. Sie muss, wie ich auch, ungemein starke Vaginalmuskeln haben. Diese junge Frau war gut durchtrainiert, ideal zum ficken.

Heinz quiekte wie ein Schwein. Endlich wurde er mal gefordert. Sein Arschloch wurde immer geschmeidiger und er dabei geiler. Immer mehr stemmte er sich mir entgegen. Dann hatte ich urplötzlich dieses aufsteigende Gefühl der Orgasmen. Dieser Dildo rieb auf meiner Klitoris, welche ja nun von gestern noch mehr als gefordert war. Jetzt legte ich mich ins Zeug und Heinz schien das zu spüren. Er wurde wilder und fickte sich selber, indem er sich vor und zurück bewegte. So wie ich es im Wald am Holzstapel bei Alex ja auch gemacht hatte. Wild rammte er sich den Dildo rein. Mein Gott, wie konnte ein Mann durch einen solchen Arschfick geil werden. Dann aber sprang Heinz auf, wichste seinen Schwanz, der wohl nicht mehr ganz hart war, wie wild. Er riss mir förmlich den Dildo runter und stieß mich rücklings auf das Bett. Ohne Vorwarnung warf er sich auf mich und rammte mir seinen Speer in die Votze. Sofort begann eine harte wilde Rammelei. Selten hat ein Mann mich so wild genommen. Mit Alex habe ich das ja mal erlebt. Rein und durchziehen und kommen. Es muss für einen Mann wohl etwas Besonderes sein, nicht auf die Frau zu warten. Aber das machte mich geil, richtig schön geil und meine Muschi wurde hart. Wer nun zuerst kam, weiß ich nicht. Aber Heinz lag schwer auf mir und aus meiner Votze lief sein Samen heraus.

Ich sah nichts mehr, aber ich merkte, dass Elvira sich gelöst hatte und nun zwischen meinen Beinen lag. Dann saugte sie mich aus und hob mein Becken an. Sie sah meine Muschi und leckte genüsslich darüber. „Gib' mir mehr, wenn du hast!", sagte sie und ich bemühte mich, alles aus mir herauszudrücken. Diese zärtliche Zunge auf meiner Muschi bis hinunter zum Po war herrlich. So langsam begann ich an mir zu zweifeln. Frauen können verdammt lange und ausgiebig zärtlich sein. Sollte ich doch mal nur eine Frau lieben?

Heinz keuchte. Er lag abgeschlafft neben mir und versuchte seinen Schwanz aufzurichten. Aber das gelang ihm nicht. So schnell war er nicht wieder da. Karin und Alex hatten die Position gewechselt. Karin ritt den Schwanz von Alex und ich sah, wie wunderbar sie ihn würgte, drehte und kippte. Sie hat aber wohl auch Glück, das Alex noch abgekämpft von der Nacht war und deshalb nicht so schnell kommen würde. Karin fiel nun in einen Rausch. Sie genoss es sichtlich zu ficken und ließ ihren Gefühlen freien Lauf. Letztendlich nahm sie auf Alex keine Rücksicht mehr. Sein Penis ging ganz raus und wieder tief rein. Sie putzte förmlich ihre Votze auf der ganzen Länge.

Heinz hockte jetzt hinter Karin. Zu gerne hätte er wohl jetzt ihren Arsch gefickt. Das wären dann drei Weiberärsche an einem Tag gewesen, aber das ging nun mal nicht. Er nahm etwas Gleitcreme und drang in ihre Rosette ein. Karin war erst irritiert, dann aber öffnete sich ihr Poloch und sie fickte nun zwei Finger von Heinz und den Schwanz von Alex. Es dauerte nur eine Minute und sie flippte wieder aus. Sie wurde noch wilder. Als sie abrupt stoppte und einen Urlaut raus brüllte, verlor ihr Körper in Sekunden seine Spannung. Sie hatte also

ihren Orgasmus. Ich verspürte große Lust, sie auch zu ficken.
Sie sank zusammen und man konnte die Wellen der Lust an
den Beckenbewegungen erkennen.

Jetzt lagen wir alle da, sichtlich ermattet und ausgepumpt.
Jeder brauchte seine Zeit, um wieder klar denken zu können.
Karin unterbrach die Stille: „Oh, ihr süßen Ficker, ihr wilden
Schweine, jetzt habt ihr mich mitgenommen ins Fickland, habt
mich geil gemacht und mich befriedigt, wie lange nicht mehr."
Dann küsste sie Elvira leidenschaftlich, als wolle sie sich bei ihr
bedanken. Es sah so aus, als ob Elvira sie nicht mehr hergeben
wollte. Wir alle spürten, die beiden jetzt alleine lassen zu
müssen. Da waren eindeutig mehr als Sexgefühle im Spiel. Ich
spürte ein wenig Neid. Das hätte ich jetzt wohl auch gerne
gehabt.

Alex und ich waren fertig und wir zogen uns fast unauffällig in
unser Zimmer zurück. Die zweite Dusche in unserem Zimmer
tat mir gut, ich hatte ein saugutes Gefühl dabei. Mein Po
brannte noch ein wenig von der Nacht, aber das war ein
schönes Gefühl. Es machte mich beschwingt und ich fühlte
mich zutiefst befriedigt. Ich zog mich an, träumte vor mich hin
und freute mich schon auf das Frühstück mit Alex. Als ich aus
dem Bad kam, dachte ich gar nicht mehr an Heinz, Karin und
Elvira. Ich wusste, ich würde sie alle irgendwann wieder sehen.
Alex und ich gingen zum Frühstück. „Ja, so ist es manchmal",
sagte Alex. „Da will man nur geil sein und ficken und dann

passieren eben doch diese kleinen romantischen Geschichten. Nichts weltbewegendes, aber eben doch berührend.

Elvira lädt zur Sauna ein

Ich war immer eine Kämpferin. Die Gewaltexzesse meines ehemaligen Lebensgefährten hatte ich überwunden. Ja, ich konnte ihn dann ja auch noch auf seinem letzten Weg begleiten. Der Weg war bitter. Es hatte ihm wohl leid getan, mich all diese vielen Jahre so zu quälen und zu unterdrücken. Was ist alles aus meiner Frage an Alex, „Hilfst du mir?", entstanden. Er ist nun schon seit vielen Jahren für mich da. In den Zeiten, als ich meinen Ex auf seinem schweren Weg begleitete, war er mir eine Stütze. Immer half er mir mit guten Ratschlägen weiter. Ich habe ihm vertraut und bin nicht ausgenutzt worden. Genauso wie mein rotes Herzkissen. Da war auch etwas von Alex drin. In meiner gedanklichen Vorstellung hatte er es immer mit seiner positiven Energie aufgeladen. Noch heute habe ich es immer bei mir im Bett. Vieles kam auf mich zu und Alex hatte immer ein offenes Ohr und tröstende Worte für mich. Sei es nur das Zuhören in Gelassenheit und Geduld. Alex ermutigte mich auch immer mal wieder, einen Mann ins Bett zu kriegen. Ja selbst dafür war er für mich da.

Aber wichtiger war für mich wohl, dass ich wieder sexuell empfinden konnte. Mich anders fühlen und glücklich schätzen zu können. Hätte ich sonst Rita kennen gelernt? Mir war ja nie klar, wie sehr sexuelle Erfüllung mit dem Selbstwertgefühl zusammen hängt und zu einer positiven Lebenseinstellung beiträgt. Ohne Höschen zu laufen ist eine spannende Sache. Menschen durch Körpersprache, unbewusste Gestik und Gebärden berühren zu können, war schon eine neue Erkenntnis, die mich weiter gebracht hatte.

Sicher habe ich mich befriedigt. Aber nie war es so bewusst wie heute. Wie oft hatte ich Alex von meiner dunklen Votze geschrieben. Von meinem rosa Schlitz und der aufgerichteten Perle. Ja, ich bin stolz auf meinen Körper. Ich liebe mich. Ich mag es, wenn ich meine Brüste streichle, berühre und meine Knospen zu blühen anfangen. Ich kann mich aufgeilen und dann genüsslich mit Malex und Palex, meinen Dildos, dem Orgasmus langsam entgegensegeln. Was war das für ein Gefühl, am See dem Mann in die Büsche zu folgen, zu pissen und ihm dann einen zu blasen. Wenn ich daran denke, läuft mir noch heute ein wohliger Schauer über den Rücken. Genauso wie die Erlebnisse damals mit meinen beiden Schulfreunden, Jürgen und Günter. Einfach ficken, einfach machen und sich dabei zuschauen lassen. Ein so süßer Gedanke, dass ich gleich wieder feucht werde. Etwas, was mir heute öfter passiert, als in all den Jahren davor.

Was habe ich für Menschen kennen gelernt. Diese Rita, die geil wird, wenn es ihr gelingt, ihrem Mann eine Frau zuzuführen. Der ich eine geile Partnerin war, sie zum Orgasmus und zum Squirten brachte. Das Squirten wäre auch eine neue Erfahrung für mich. Etwas, was ich bisher noch nicht erlebt habe. Später, nach dem Besuch im Pornokino mit Alex, rief sie mich an und erzählte, dass es jetzt bei ihr auch allein mit ihrem Mann klappt. Diese Blockade hatte sie überwunden. Und ihr Mann Eberhard? Der genießt es immer noch, wenn sie eine Frau für ihn überredet hat. Aber er fickt nur zu Hause. Im Pornokino ist er nie wieder gewesen. Das macht sie nur mit ihrem Bruder Rudi. Der kommt so auch leichter an Frauen ran. Aufgrund seines gewaltigen Ständers ist noch nie eine Frau lange bei ihm geblieben. Und dann die Nacht im Hotel mit Elvira und Heinz. Aber das war ja dann schon mit Alex. Dieses Ficken, dieses gegenseitige füreinander da sein. Der Wunsch, dass es nicht nur Alex gut geht, sondern auch den Anderen. Na und dann diese Geilheit, dieser Egoismus, selbst genügend umworben zu sein, gefickt zu werden und zu ficken. Dann dieses Tanzen. Eigentlich wollte ich immer nur für Alex tanzen, ihn aufgeilen, ihn meine Votze, meinen Arsch, meine Titten präsentieren. Hier bin ich Alex, nimm mich, mach mit mir, was dir Spaß macht.

Dieses Gefühl, gebraucht und begehrt zu werden. Dieses Tanzen in der Bar ist ähnlich. Sie mochten mich. Ich Baba, bin eure Sexy Maus. Schaut, was ich für einen Mann zu bieten habe. Geilt euch an mir auf und fickt euch, was das Zeug hält. Macht euch glücklich. Erschöpft euch miteinander. Wie schaffte Alex es bloß, dabei nicht eifersüchtig zu werden. Dieses Geben von Impulsen, andere zu animieren, ist eine Sache, die unter die Haut geht. Bewunderung zu erfahren und im Mittelpunkt zu stehen ist dabei ein weiterer Gesichtspunkt. Dabei spüre ich eine Geilheit, die ich vorher nicht kannte. Eine Geilheit, die aber irgendwie natürlich ist. Anderen Frauen muss es ja wohl auch so gehen. Wie sonst ist zu erklären, dass ich im Taxi mit einer anderen Frau um die Wette geblasen hatte. Sie musste ja genau so geil gewesen sein wie ich. Oder der Mann im Fahrstuhl, der genau gespürt haben musste, dass er auch von mir bedient werden wird. Jedenfalls hatte er konsequent so gehandelt und den Fahrstuhl mit einem Druck auf den Nothaltknopf gestoppt.

Und dann die Sache mit Elvira und Karin. Elvira hatte den Kontakt nicht abreißen lassen. Sie war wohl noch oft mit Karin zusammen gewesen. Es war ein richtiger kleiner Liebesrausch, der mehr noch von Karin ausging, als von Elvira. Karin suchte eine erfahrene ältere Frau, mit der sie sich selbst besser erkunden konnte. Immerhin ist Elvira doppelt so alt wie Karin. Das ganze ebbte ab, als Karin ihren Freund kennenlernte. Diese jungen Hüpfer, meinte Elvira, müssen ihren Weg erst noch finden. Aber traurig war sie nicht, dass es nur noch zu gelegentlichen Treffen kam. Heinz sah das ohnehin gelassener. War es doch auch ein Ausgleich dafür, dass er eben auch mal einen Mann brauchte, der ihn fickte. Alex sieht das ja auch so. Wobei Alex und Heinz es nie ohne uns Frauen machten.

Der Anruf von Elvira hatte mich schon ein wenig aufgewühlt. Alex und ich wurden von ihr zu einer Saunaparty eingeladen. Na wenn Elvira einlädt, hatte das was. Karin und ihr Freund Jens wären auch dabei. Heinz und dieser Jens kennen sich auch schon. Offensichtlich hatte Karin da einen Typen gefunden, der auch offen und tabulos war. Ich versprach ihr, den Termin zu klären. Dann kamen mir aber noch Rita und Rudi in den Sinn. Also rief ich Rita an, die mir ihre Bereitschaft kundtat. Na das wäre doch was. Elvira war begeistert, als sie Details von mir erfuhr. Sollte sich da ein süßer, erotischer Kreis bilden?

Wir waren alle pünktlich. Elvira hatte zu 21:00 Uhr geladen und alle trafen innerhalb von 5 Minuten ein. Ein „Hallo", ein Küsschen hier und da, Berührungen an den Titten und auch an den Schwänzen. Das musste so sein, um sich der Vertrautheit zu versichern. Die Sauna hatte kaum Platz für alle. Aber ging es denn um die Sauna? Elvira meinte, aufwärmen bei 80 Grad Celsius und sich danach zum Kuscheln zurückzuziehen, sei doch sehr schön. Die Dusche war sehr groß. Na die kalte Schwalldusche war wohl nichts für mich. Aber da waren noch zwei weitere Brausen. Beim genauen Hinsehen sah ich aber, dass eine der Brausen mit einem Anal- bzw. Vaginal-Stab versehen war. Sinnigerweise war die Toilettentür gleich neben der Dusche.

Elvira reichte fruchtigen Schaumwein. Das tat gut, denn irgendwie waren ja alle ein wenig angespannt. Rita und Rudi mussten die anderen immerhin erst kennenlernen. Karin und ihr Freund Jens tuschelten und hatten wohl irgendwas zu klären. Dann stellte sie mir Jens vor. Ich hätte in den Boden versinken können. Dieser Typ lachte, als er mich begrüßte. Na, du kennst ja mein bestes Stück schon. Es war niemand anderes, als der Typ vom See, dieser junge Kerl, der mich auf die Entfernung angemacht hatte. Ihm hatte ich damals einen geblasen. Mein Gott, wie lange ist das her? Karin nahm mich jedenfalls ganz fest in den Arm. „Keine Angst, er erzählt es nicht," sagte sie und fügte hinzu: „Ich finde diese Geschichte ganz süß. Jetzt mag ich dich noch mehr."

Natürlich erzählte ich Alex davon. Er kannte ja die Geschichte. Ich hatte sie ihm damals geschrieben. Dann erzählte ich ihm auch gleich, dass Heinz und Jens auch schon miteinander gefickt haben. Wo war eigentlich Heinz? Er stand bereits in der Dusche. Deutlich sah man hinter der Glaswand, wie er sich gerade die Analdusche in den Po steckte, sich aufpumpte und den Stab wieder herausnahm. Er behielt das Wasser ein, um es dann in einem gewaltigen Strahl wieder heraus zu pressen. Danach musste er dann sehr nötig zur Toilette. Oh nein, das konnte ja heiter werden. Alle taten es ihm gleich und es begann eine kleine Wanderung eines jeden von der Dusche zur Toilette.

Ich hatte das noch nie irgendwo so unverkrampft gesehen. Es war ein Lachen und Prusten. Jeder war bedacht, keine Sauerei zu verursachen. Als Heinz sich vorhin in der Hocke den Arsch mit Wasser aufpumpte und es dann aus dem Arsch wieder heraus presste, war klar, dass das auch eine Erregung bei allen verursachte. Der Bann für den Abend war jetzt endgültig gebrochen. Nur Rudi machte da nicht mit. Nein, mit Rudi war ein Arschfick wohl nicht zu machen.

Es war Elvira, die dann den Ton angab. Sie dämfte das Licht und ein lederner Bock wurde in der Mitte aufgestellt. Dieser hatte die Form einer Rolle mit 50 cm Durchmesser und mehr als 1 Meter Länge. „So ihr Süßen, jetzt machen wir unsere Männer an und dann kommt jede Frau auf den Bock", sagte Elvira und erklärte: „Damit jede Frau alle Männer kennen lernt. Ein paar Stöße von jedem tut uns Frauen sicher gut. Danach, ja danach wird sich sicher auf dem Lager einiges ergeben." „Und Rudi, du bist so nett und beglückst die Frauen zum Schluss. Aber auf Rita musst du wohl verzichten", ergänzte sie noch.

Ich gestehe, dass ich geil war. Meine Votze drohte auszulaufen. Ich stand schon komisch da, als Alex sich vor mich kniete und mich erlöste, indem er mich leckte. Rita begann die Runde, konnte sie doch dann bei den anderen ungestört zusehen. Die Männer waren alle schnell geil. Den Anfang machte Jens, der nur so vor Kraft strotzte. Elvira warnte ihn noch: „Mach nicht zu viel, sonst bist du für eine Weile abgemeldet." Auf Jens folgten dann Heinz und Alex. Rudi stand mit seiner Latte da. Karin bekam große Augen und auch Elvira, die ich ja informiert hatte, kam nicht aus dem Staunen heraus. Karin machte aber das einzig Richtige. Sie stellte sich neben ihn und streichelte sein bestes Stück. Ermutigt davon, kniete sich Karin nieder, streifte seine Vorhaut zurück und küsste ihn auf die Eichel. Beinahe hätte ich meinen Einsatz verpasst. Alex machte bei mir den Anfang. Unverkennbar, wie sanft er eindrang und mich weitete und für den Abend vorbereitete. Jens war da ganz anders. Wie ein harter Spargel drang er ein. Ja, hart war er. Eben doch ein Privileg der jüngeren Generation.

Heinz war da wieder anders. Man spürt als Frau diese Erfahrung. Schon wie er mich bei den Hüften nahm. Wie er auf meine zittrigen Erwartungen einging. Sicher sah er, dass meine Schamlippen völlig nass waren. Sicher sah er, wie mein Poloch atmete. Ich machte es für ihn, um ihn aufzugeilen. Überhaupt hatte ich bei ihm erst jetzt das Gefühl, mich zu zeigen und es zu genießen, bewundert zu werden. „Du kleine geile Sau", hörte ich Rita sagen. Oh schön, wenn sie sich auch an mir aufgeilen konnte. Dann füllte Heinz mich voll aus. Ja, das war ein Schwanz. Nicht so groß, wie der von Alex. Aber Heinz wusste genau, wohin er fickt, nämlich auf die Bauchdecke zu. Ich hatte den ersten Schauer, der mir über den Rücken lief.

Auf Rudi war ich ja eingestellt. Aber ich musste einsehen, dass das nicht funktioniert. Seinen Schwanz mit mehr als 5 cm Durchmesser und einer Länge von über 25 cm bringt keine Frau so schnell unter. Aber Rudi kannte das und ließ mir Zeit. Dann aber stieß er kräftig rein. Ich konnte nicht anders, ich kam. Die ganze Situation machte mir eine Kontrolle unmöglich. Merkwürdigerweise war es Karin, die es bemerkte. Sie streichelte mir den Po und ging über meine Rosette. Dann spürte ich ihre Zunge von der Muschi bis zum Po. Sie ließ nicht locker. In der Lage auf dem Bock war ich ihr hilflos ausgeliefert. Der Abend nahm seinen Lauf.

Elvira fühlte sich wohl auf dem Bock. Sie nahm jeden Stoß gekonnt auf und man merkte, dass sie ihre Vagina nutzte um die Männer zu massieren. Daran hatte ich gar nicht gedacht. Als sie aber Rudi aufnahm, stöhnte sie gewaltig und ihr standen Schweißperlen auf der Stirn. Ihr ging es ähnlich wie mir. Sie gab sich willenlos hin, ließ es einfach geschehen.

Karin war wohl am aufgeregtesten. „So etwas habe ich noch nie mitgemacht", hatte sie mir zugeflüstert. Jens machte eine kleine Show daraus und spielte mit seinem Schwanz entlang ihrer Pokerbe rauf und runter. Ich denke, er hatte Karin so auch noch nicht gesehen. Sie war aber auch ein so süßes Kind, an dem ich mich als Frau auch erfreuen könnte. Wie aber war es mit den Männern? Alex sagte, dass sie spürbar enger ist und das Eindringen bei ihr nicht so leicht ist, wie bei mir. Alex und auch Heinz aber hielten sich beide zurück. Nein, sie wollten es nicht ausnutzen, mal eine junge Frau zu bumsen, die nur halb so alt ist. Rudi hatte eine fast unlösbare Aufgabe. Jetzt vor allen eine Frau zu ficken, die seine Tochter hätte sein können. Dann sie aufzuweiten, wie sie es wohl nie erlebt hatte. Dabei selbst Lust zu empfinden und Karin auch Lust zu bereiten. Karin war sehr aufgeregt. Sie stand erst vor dem Bock und wandte sich Rudi zu. Dann kniete sie. Wieder nahm sie den Schaft in die Hand, wichste ihn vorsichtig und kraulte ihm die Eier. Sie wollte genau wissen, auf was sie sich da einlassen sollte. Sie versuchte ihn so tief in den Mund zu nehmen, wie es ging. Aber es ging eben nicht mal bis zur Hälfte. „Ich will es," sagte Karin und schaute zu Elvira. Dann legte sie sich auf den Bock und Rudi setzte seinen Kolben an. Er drang nicht ein, nein seine Eichel teilte die Schamlippen und er machte nur ganz kleine Stöße. Elvira ergriff meinen Unterarm und ihre Hand verkrampfte sich. Karin stöhnte und schrie. Dann stellte Jens sich zu ihr, aber Rudi wäre nicht Rudi, wenn er nicht wüsste wie es geht. Er ließ sich viel Zeit. Testete immer mal wieder, ob es tiefer geht und machte dann mit kleinen Stößen weiter. Ich sah, wie die Schamlippen von Karin anschwollen. Das beruhigte mich. Sie empfand also Lust. Ich fühlte mit Karin. Sie bewegte sich jetzt entschiedener und stemmte sich dagegen. Ich dachte noch, es wird klappen als Rudi komplett eindrang. Er hielt sofort inne. Karin schnaufte, atmete schwer und stöhnte eine Weile. Dann war sie es, die den Po hob und sich ganz langsam den Speer tiefer reinzog. Rudi schob nach, bis es nicht mehr weiter ging. Als er ihn dann fast rauszog und wieder drin hatte, rief Elvira zu Karin: „Bravo Süße, jetzt hol dir was dir zusteht." Ich dachte, es wird wohl so sein und flüsterte Elvira zu: „Keine Angst, Rudi kann sofort wieder." Und dann kam Rudi so richtig in Fahrt. Wir alle sahen, wie er jetzt Karin die Lust verschaffte und sie darauf heftig reagierte. Rudi war jetzt voll am Ficken und Karin schrie vor Lust: „Fick mich du Riese, mach es mir hart, stoß rein. Hämmer mich zu!" Während Rudi seinen Orgasmus ansteuerte, baute ich mir den Schwanz von Jens auf. Dann grunzte Rudi und stöhnte und man sah seinen Schwanz pulsen.

Was war das für eine junge Frau. In einer Gruppe, wie diese, war sie die Jüngste. Sicher, von jedem gerne mal vernascht, genoss sie das. Was trieb sie an, mit uns Älteren Sex zu haben? Gab es da nicht Gleichaltrige? Jens gehörte zwar auch zu dieser Generation, aber über Männer wundert man sich ja nicht so sehr. Je mehr ich über Karin nachdachte, um so mehr empfand ich für sie.

Mir begann die Muschi zu jucken. Ich nahm Elvira's Hand vom Arm und legte sie auf meine Votze. Elvira verstand sofort und rieb mir den Kitzler. Karin stellte sich dazu und kuschelte mit Elvira, die das gerne annahm. „Ich möchte gerne den Jens", flüsterte Elvira. Mal sehen, wie ich so einem Jungen den Orgasmus verzögern kann. Bei dem Gedanken wurde ich schon heiß und die Hand von Elvira tat ein Übriges. „Dann bleibt Karin für Heinz und Alex", sagte ich. Das gönnte ich ihr. Das tut ihr sicher gut. Alex stand bei Heinz. Die beiden wichsten sich gegenseitig. Es sah richtig süß aus. Ach, ich liebe meinen Alex dafür. „Pass aber auf", sagte ich zu Karin, „dass Alex ihn vorher nicht leerbläst." Ich begann nun Jens seinen Schwanz zu wichsen. Dann kniete ich vor ihm und fing an ihn zu blasen.

Karin schrie: „Ich laufe über!" Alex trat ihr zur Seite und Elvira machte sich gleich über den Schwanz von Rudi her. Das hatte ihr Rita sicherlich gesteckt. Sie blies ihn und konnte ihn so steif halten. Unglaublich dieser Rudi. Karin stand auf und reckte sich. Es lief ihr die Beine runter. Alex, der daneben stand, strich es wieder hoch über ihre Muschi und ihren Po. Als er durch ihre Kerbe ging und auf der Rosette verharrte, zuckte Karin heftig: „Du willst doch nicht etwa ...?" „Sicher", sagte Alex, „deine Votze lassen wir jetzt lieber mal in Ruhe."

Elvira zog Rudi jetzt zu der Liegefläche. Elvira hatte hier sechs Matratzen ausgelegt. Rudi lag auf dem Rücken und Elvira verwöhnte ihn. In der Mitte legte sich Rita hin, bereit Heinz zu empfangen. Jens legte sich auf den Rücken. Ich setzte mich auf ihn und ließ seinen Schwanz langsam in mich hinein gleiten. Er fühlte sich gar nicht mehr so spargelartig an. Aber seine Härte spürte ich deutlich. Ich setzte mich tief darauf und kippte nur das Becken, wie Alex es mir mal geraten hatte. So konnte ich ihn besser kontrollieren. Der arme konnte sich kaum bewegen.

Der Zufall wollte es wohl, dass Jens mit seinem Kopf dicht am Bock zu liegen kam. Als Karin sich wieder darauf legte, sahen sich die beiden in die Augen. Jens fasste beide Hände von Karin an und war so mit ihr verbunden, während ich ihn in aller Seelenruhe so fickte, wie es mir passte und ich es fühlte. Als Alex seinen Speer auf den After von Karin aufsetze, riss diese den Mund weit auf ohne zu schreien. Scheinbar kam Alex leicht rein. Karin konnte sich wohl doch entspannen oder war es gewohnt. So konnte ich Alex in die Augen sehen und ihm ein Kussmund zuwerfen. Ich fand das geil so und die ersten Wellen durchfluteten meinen Körper.

Rita hatte die Beine auf die Schulter von Heinz gelegt, der ihr jetzt in langen Zügen die Votze fickte. Rita genoss das Spiel in dieser Stellung und hatte ihre Hand auf ihrer Klitoris. Elvira war jetzt in Doggystellung. Rudi kniete hinter ihr und drang in ihre Votze ein. Auch hier war seine Latte zu lang, so dass er erst mal austarieren musste, wie tief er gehen durfte. Aber Elvira war voll bei der Sache und stemmte sich dagegen: „So mein Lieber, jetzt will ich ohnmächtig werden, wenn du voll rein gehst." Rudi lachte nur und stieß härter rein. Elvira war erschrocken und sie schrie: „Jajajaja!"

Ich gab Jens mehr Spielraum und nahm den Po hoch. Jetzt konnte er nach Belieben in mich reinstoßen. Dann wechselte ich, wippte in den Knien und schlug mit dem Po hart runter, um Jens tief in mir am Muttermund zu spüren. Alex, vor mir, kam jetzt auf Touren. Jedenfalls brauchte er nicht mehr vorsichtig zu sein. Karin hatte die Augen geschlossen. Und neben mir hatte Heinz die Knie von Rita in Richtung Schultern gedrückt. Die ganze Pracht ihrer Muschi und ihrer Rosette waren so für Heinz zugänglich. Er leckte sie zärtlich aus und fingerte ihre Votze und ihren Po. Als er einen Finger in ihrem Po hatte, zuckte Rita. Als er sie mit dem Finger fickte, ging sie mit. Heinz setzte sofort mit zwei Fingern nach, und auch das bereitete Rita Lust.

Ich hatte Jens wohl zu viel Spielraum gegeben. Jedenfalls verhärtete sich meine Muschi und ich spürte, ich würde kommen. Ich wollte aber auch nicht, dass Jens kam. So ging ich höher, so dass er aus der Votze rutschte. Ich griff mir seinen Schwanz und blies ihn kräftig. Ich ließ ihn dabei auch mal in die Kehle stoßen. Dann setzte ich mich wieder auf ihn, brachte seine Eichel auf meine Rosette und ließ ihn langsam in meinen Arsch gleiten.

Elvira schrie. Rudi hatte sie jetzt anal genommen. Sie brauchte jetzt ein oder zwei Minuten, bis ihr Po sich beruhigt hatte. Rudi bearbeitete jetzt intensiv ihre Titten, um sie etwas abzulenken. Rita jubelte, weil Heinz ihr jetzt ausgiebig die Rosette leckte. Ab un an steckte er einen Finger in ihren Po, gab ihr den Finger zum Schmecken oder leckte ihn auch selbst ab. Rita erlebte wohl das erste Mal ausgiebigen Analsex und war voll konzentriert dabei. Sie war wie in einem Rausch. Mein Alex hatte derweil Karin's süßen Po in Bearbeitung. Ich riet Karin einfach mal zu kneifen, wie beim Kacken. Alex fluchte: „Diese Frau macht mich fertig. Diese Enge, da kann ich nicht lange widerstehen!"

Rudi stieß jetzt hart in Elvira rein, die Mühe hatte, sich dagegen zu stemmen. Aber sie jubelte und die Wellen des Orgasmus nahmen sie voll in Anspruch. Ein wenig Urin verspritze sie, was sie aber noch geiler machte und Rudi noch mehr forderte. Heinz drängte sich in Ritas Arsch. Sie konnte wohl mindestens eine Minute lang nicht atmen. Dann klärten sich ihre Gesichtszüge und sie war wieder voll bei Sinnen. Sie hatte immer noch die Knie von Heinz auf ihren Schultern und er konnte sie so umso mehr von oben ficken. Das machte sie vollends zur Stute, die einfach nicht genug kriegen konnte.

Jens konnte mich jetzt von unten stoßen. Ich ließ ihm freie Bahn und feuerte ihn an, mich doch fertig zu machen. Mein Arsch brannte und ich kniff ihn zusammen. Dann spürte ich, wie Jens sich streckte. Seine Hände verkrallten sich in Karin's Hände. Als Alex das spürte, war auch er nicht mehr zu halten. Ich rieb meine Klitoris und schrie meinen Orgasmus so raus, dass ich mich selbst erschreckte. Dann pulste der Schwanz von Jens und ich fühlte den Strom in meinem Darm. Einen Moment später tropfte mein Arsch und es lief alles über Jens seine Eier.

Als Alex gekommen war und zurück zog, pupste Karin, die mich entsetzt ansah. Alex grinste nur. Er streichelte ihren Po, um dann die Kerbe auseinander zu ziehen und sie auszulecken. Das verwirrte Karin nun völlig. Aber sie grunzte zufrieden auf ihrem Bock. Sie fühlte sich wohl dabei. Heinz musste wohl auch gekommen sein. Jedenfalls war er am Lecken. Rita hielt seinen Kopf, als seine Zunge ihre Kimme ausschleckte. Ich wertete das als positives Zeichen. Und Rudi, der konnte nicht genug kriegen. Er fickte immer noch. Elvira konnte sich nicht mehr halten und lag auf den Bauch. Rudi fickte ihr den Arsch. Sie war völlig wehrlos. Unvermittelt zog er sich dann zurück. Elvira rappelte sich mehr als verwundert auf. Sie verstand nicht, was los war. Rudi war doch nicht gekommen. Sie saß nun vor ihm und fragte, was denn los sei. Rudi grinst nur und zog seine Vorhaut zurück. Wir alle starten nun auf das Bild, das die zwei hergaben. Dann nahm Rudi ihren Kopf zwischen seine Hände. „Wichs mich einfach Elvira!", war von ihm zu hören. Zögernd machte sie den Mund auf, legte eine Hand um den Schaft, den sie kaum umklammern konnte und fing an zu wichsen. Die andere Hand ging an seine Eier. Mehr oder weniger standen wir jetzt alle um die beiden herum. „Spritzen! Spritzen!", tönte Rita. Diese Show kannte sie mit Sicherheit. Und dann kam die Ladung. Jeder staunte, nicht nur Elvira. Dieser Mann brachte eine Flut hervor, die Elvira dann aber auch aus dem Mund lief. Es ist nicht zu glauben was es für Männer gibt. Der erste, der seine Fassung wieder fand, war Heinz. Er ging zu Elvira und leckte ihr Gesicht sauber. Und mein Alex, dieser Sauhund? Der schnappte sich Rudi und leckte seinen Schwanz. Alex sagte mir später, er habe auch noch Elvira geschmeckt.

So langsam entspannten wir uns alle. Einer nach dem anderen ging unter die Dusche. Das Wasser tat gut. Aber auch die Anal-Vaginal-Dusche kam noch öfter zum Einsatz. Wann hatte man schon mal so eine Gelegenheit. Wir alle schlüpften in trockene Bademäntel. Elvira gestand mir später, dass sie noch zwei weitere gekauft hatte. Immerhin waren wir zu acht. Aber Elvira war wohl total geschafft. Heinz rettete dann die Stimmung und übernahm das Servieren der Getränke. Sprudelwasser und der fruchtige Schaumwein mussten jetzt einfach sein.

Es wurde entspannter und lauter. Jetzt war auch die Sauna gefragt. Nun konnte ich noch mal den Jens genauer betrachten. So ein ganz junger Kerl. Karin schmuste noch mit Elvira. Ich beschloss, es irgendwann auch mal mit Karin zu versuchen. Und Rosi? Rosi hielt eine kleine Rede. Sie bedankte sich brav. Sie sprach über ihre Gefühle. Sie sprach darüber, dass sie ihren Orgasmus erst seit kurzer Zeit richtig genießen und sich seit heute auch über einen Analfick freuen konnte . Dann brachte sie den Swingerclub ins Gespräch und alle erfuhren, dass sie dort häufiger anzutreffen ist. Sie serviert und organisiert dort. Dort gibt es allerdings Zuschauer, oder wenn wir es zulassen, Leute, die sich unter uns mischen. Allerdings wird viel mehr gestreichelt und geschmust und gefingert. Vom Pornokino sagte sie nichts. Aber sie bat mich, zu tanzen. Jetzt

Tanzen? Nach dem Ficken? Heinz jedenfalls hatte sofort Musik bereit. Es dauerte eine Weile, bis ich den Rhythmus fand. Ja, ich geilte alle auf. Ich zeigte mich wieder unter Menschen und empfand dabei diese tiefe Genugtuung. Ich präsentierte meine Titten und meine Votze. Diesmal setzte ich mich auch auf den Boden und spreizte meine Beine. Ich ließ jeden meine Schamlippen sehen. Mehr noch, ich zog sie auseinander. Die Stimmung stieg wieder an. Alles tanzte jetzt. Dann fielen die Bademäntel und wir waren alle wieder nackt. Die Frauen gaben sich geil und fordernd. Die Finger waren überall. Später stimmten alle zu, einer Einladung in den Swingerclub zu folgen.

Karins geile Spiele

„So ist es aber nicht", erzählte Karin am Telefon. „Ich bin nicht lesbisch. Ich könnte nie mit einer Frau zusammen leben. Ich brauche meinen Jens. Ob ich in Zukunft bei ihm bleiben werde, weiß ich auch noch nicht. Jedenfalls habe ich bei euch, vor allem bei der Saunaparty, viel über mich gelernt. Da waren so viele neue Gefühle, die ich bisher noch nicht kannte." „Na, du bist ja noch jung, gerade mal 25 Jahre", antwortete ich. „Da gibt sich doch immer wieder mal eine Gelegenheit. Aber was zieht dich zu älteren Frauen hin? Elvira oder ich sind doch mehr als doppelt so alt, als du. Wie schaffst du es Elvira so in den Bann zu ziehen, dass sie sich dir ohne Umschweife hingibt. Und das ohne nachzudenken. Tabulos und willig dir in allem zu folgen, ja süchtig nach dir zu sein und von dir unbedingt verwöhnt werden zu wollen." Als ich das aussprach, wurde mir klar, dass ich darüber wohl ein wenig neidisch war. Ich wunderte mich über mich selbst, aber da war ein Geheimnis, das sich auch mir nicht erschloss. „Ich weiß es auch nicht", sagte Karin und es klang ehrlich. „Manchmal schaue ich einer Frau in die Augen. Sie muss schlank sein, sie muss älter sein und ich muss die Spuren des Lebens sehen können. Ja, es dürfen Falten sein, es sollte ein wenig mütterlich sein, aber wichtiger ist, dass ich die Bereitschaft zur Geilheit fühle. Als ich euch in der Toilette sah, eure geilen Spiele, war es um mich geschehen. Entsprechend sah ich Elvira an und sie verstand meine geilen Wünsche sofort. Wer weiß, wenn ich in deine Augen gesehen hätte, wäre es vielleicht um dich geschehen."

„Und was reizt dich so an älteren Frauen?", fragte ich direkt. „Ja was ist es?", fragte sie sich selber. „Es ist wohl der Reiz eine ältere, erfahrene und sympathische Frau zu verführen. Und das mit dem Bewusstsein zu machen, dass ich das kann und will. Ich bin es, die eine Frau verwöhnt und aktiv zum Orgasmus treibt. Wenn ich dann dieses Vibrieren spüre, wenn sie unter meinen Händen kommt, dann bin ich selig. Dann bin ich selber so geil, dass ich am liebsten von einem Schwanz genommen werden will. Das kann dann auch der Rudi sein. Hauptsache er fickt hart und gnadenlos. Das habe ich auch Jens beigebracht. Wenn schon ficken, dann will ich beherrscht werden, so wie ich eine Frau beherrschen will."

Darüber habe ich lange nachgedacht. Wie war das denn bei mir? Da fiel mir nur Rita ein. Sicher, ich habe sie beeindruckt. Aber das war doch für Eberhard. Oder spürte Rita etwa doch, dass sie auch mich haben könnte. Hatte sie mich oder hatte ich sie beherrscht? Sie wollte, dass ich es ihr mache. Dann gab sie sich hin. Ohne wenn und aber konnte sie sich fallen lassen und ich brachte sie sogar zum Squirten. Ich war mir meiner Wirkung noch nicht vollends bewusst. Wie war das denn beim Tanzen? Hatte ich nicht auch dabei die Menschen mitgenommen? Waren es nicht die Frauen, die mich ermutigten, um dann ebenfalls mitzumachen? Hatte ich sie nicht auch dazu gebracht, sich auch nackt und geil zu präsentieren? Waren ihre Männer nicht auch stolz auf sie, dass sie sich trauten, sich nackt zu zeigen? War das meine Wirkung auf die Menschen, die das bewirkt hatte? Wirke ich so? Wie war das mit dem Paar im Taxi? Hatte ich nicht die Frau animiert, gemeinsam unsere Partner mit dem Mund zu ficken und zum Orgasmus zu treiben? Waren wir zwei Frauen nicht mehr als geil und wollten nur noch die Schwänze unserer Partner in uns spüren? Ja, Karin hatte wohl recht. Beherrschen der Situation und den Partner aktiv zu verwöhnen, ist eine Fähigkeit und auch ein Lustgewinn.

Ich erzählte Alex diese Geschichte beim Frühstück. Er hatte bei mir übernachtet und wollte mittags nach Hause fahren. Eigentlich ermutigte er mich, wie immer, es auszuprobieren: „Lass dich doch mit Karin ein. Dann kannst du darauf achten und mit ihr Erfahrungen austauschen." „Ja, das will ich auch," antwortete ich ihm. „Sie kommt heute Nachmittag zu mir. Ich werde ja sehen, ob es mehr als eine Tasse Kaffee wird." „Na dann habe ich ja morgen eine Baba mit noch mehr Erfahrung", lachte er nur. Unbekümmert und positiv orientiert zu sein, gefiehl ihm. Er freute sich nicht nur, dass ich heute wohl noch verwöhnt werde. Ja, er freute sich auch deswegen, dass ich mich traute, mehr zu wagen und mehr zu erfahren.

Als es klingelte, war ich sehr erschrocken. Alex und ich saßen doch halb nackt im Bademantel am Frühstückstisch. Karin konnte es noch nicht sein. Sie wollte ja erst am Nachmittag zu uns kommen, weil sie weiß, dass Alex noch bei mir ist. Als sie dann unerwartet vor der Tür stand, wurde es mir klar. Was hatte sie mir gesagt? Wenn ich eine Frau verführe und spüre, wie sie kommt, dann macht mich das so geil, dass ich am liebsten einen harten Schwanz in mir hätte. Ich erzählte ihr noch treuherzig, dass Alex bei mir ist. Irgendwie hatte sie mich überrumpelt.

Mir war die Situation alles andere als unangenehm, obwohl ich mich noch nie in einer solchen befand. Eine Freundin kommt früher, um auch von meinem Freund gefickt zu werden. Ich konnte ihr nicht böse sein. Ich gab ihr aber auch nicht zu verstehen, dass ich sie durchschaut hatte. Karin verlor auch keine Zeit. Sie sah mich mit offenem Bademantel und küsste erst mal meine Nippel im Vorbeigehen. Dann küsste sie unbekümmert den schlaffen Schwanz von Alex, eben so, wie einen guten Freund. Als sie sich zum Schwanz runter bückte, sah ich schon, dass sie kein Höschen anhatte. Ich setzte mich und bat Karin, bei uns Platz zu nehmen. Ich bot ihr eine Tasse Kaffee an. Karin aber öffnete den Reißverschluss im Nacken von ihren Kleidchen, zog die Schultern nach vorne und stand splitternackt vor uns. „Den BH und das Höschen habe ich schon mal im Treppenhaus ausgezogen", meinte sie entwaffnend. Dann setzte sie sich so nackt wie sie war, mit gespreizten Beinen und dem Rücken zu mir, auf meine Beine. Sie neigte ihren Kopf leicht zur Seite, lächelte mich an und wartete ab. Im Nachhinein kann ich nicht sagen, woher ich den Mut nahm. Es geschah einfach. Sie nahm meine Hand und dirigierte meine Finger auf meine Muschi. Sie führte meine Hand und ich rieb mich. Sie leckte meine Finger ab, tat etwas Spucke drauf und dirigierte sie wieder auf meine Muschi. Alex rutschte mit dem Stuhl nach hinten und schaute uns gespannt zu.

Ich schob meine Hand erneut über meine Pussy und rieb mich aufreizend und sah Karin herausfordernd an. Mein Mittelfinger tauchte jetzt zwischen meine Schamlippen ein. Ich spürte, wie ich nass wurde. Es lief einfach in meine Muschi. Sie nahm wieder meine Hand und führte sie wieder zu ihrem Mund. Genüsslich leckte sie erst den einen, dann den anderen Finger ab. Ich sah zu Alex, der seinen Halbsteifen in die Hand nahm und sich langsam zu wichsen begann. Er sah mir direkt in die

Augen. Das erregte mich noch mehr. Karin stand auf, öffnete meine Beine und betrachtete mich ausgiebig. Eine leichte Gänsehaut legte sich über meinen Körper. Es schien ihr zu gefallen, was sie sah. Lasziv grinste sie mich an. Sie trat einen Schritt zur Seite, so dass auch Alex mich betrachten konnte. Er bewegte sich langsam auf uns zu und ließ seinen Blick gierig über meinen und ihren Körper gleiten. Ich konnte es spüren. Sein Schwanz war hart und schwer und lag in seiner Hand, die sich unablässig, aber bewusst langsam, auf und ab bewegte. Ich hatte das Gefühl, zusammenzusacken, so aufgeregt war ich. Mein Atem ging schnell, mein Herz schlug mir bis zum Hals. Karin aber zog mich mit sanftem Druck zum Bett und setzte mich auf die Bettkannte. Mit beiden Händen umfasste sie meinen Arsch und zog mich zu sich heran. In meine Augen blickend, glitt sie mit ihrem Kopf zwischen meine Schenkel. Sie leckte sich über ihre Lippen, bevor sie mir einen ersten Kuss auf die Innenseite meines linken Oberschenkels hauchte. Ich sog scharf die Luft ein. Sie hatte mich bisher kaum berührt, und dennoch tropfte es aus meiner Votze. Ich war über alle Maßen erregt. Ich traute mich kaum, mich zu bewegen. Ich hielt ganz still und beobachtete gebannt, was sie mit mir anstellte. Frech grinsend setzte sie ihr Spiel auf der anderen Seite fort. Ich stöhnte laut auf. Sie trieb mich damit in den Wahnsinn, das wusste sie genau.

Dieses Biest war sich dessen allzu bewusst und genoss die Macht, die sie jetzt über meinen Körper hatte. Ich wünschte mir nichts sehnlicher, als dass ihre Zunge, die durch meine Spalte fährt, mich zu ficken beginnt. Ich drängte mich ihr entgegen, doch sie sah in aller Ruhe über ihre Schulter hinweg zu Alex. Ihren Arsch in die Höhe gereckt, präsentierte sie sich ihm in voller Pracht. Er trat hinter sie, blickte mich mit verschleiertem Blick an und drang mit einem einzigen Stoß tief in sie ein. Sie keuchte auf. Ihr heißer Atem traf mich unverhofft und ging mir durch und durch. Ich griff in ihr Haar und zog sie näher zu mir heran. Ich drückte ihr Gesicht fest auf meine nasse Spalte und begann mich lustvoll ungeniert an ihr zu reiben. Dabei blickte ich Alex fest in die Augen. Himmel, machte mich sein Blick an! Er lächelte mir dreckig zu. Er stieß sie nun mit festen kurzen Stößen, die sie mit ihrer geschickten Zunge auf mich übertrug. Sie trieb mich immer mehr in die Höhe. Leckte, saugte, trank aus mir. Als Alex plötzlich neben mir stand, und ich, wie selbstverständlich, meine Zunge für ihn herausstreckte, spritzte er laut aufstöhnend, in heißen Schüben seine angestaute Lust in meinen Mund. Ich behielt alles im Mund und vergeudete nicht einen einzigen Tropfen. Dann suchte ich den Mund von Karin und küsste sie. Als sie merkte, was ich da für sie hatte, schleckte sie meinen Mund regelrecht aus. Dann lachte sie und vergrub ihren Kopf wieder zwischen meine Schenkel. Ich zitterte am ganzen Körper, so sehr überrollte mich der Orgasmus, den sie mir dann schenkte.

Als die Wellen, die durch meinen Körper liefen, abgeebbt waren, zog Karin ihre Finger aus meiner Muschi. Ich hatte es gar nicht bemerkt, dass sie sie reingesteckt hatte. Ich war viel zu erregt. Schnell griff ich nach der Hand und leckte ihre Finger ab. Dann steckte ich einen Finger in ihre Votze und spürte ihren süßen Schleim, den ich mir nun zuführte. Ich zog Karin auf das Bett und machte mich über ihre Schamlippen her. Ich leckte sie ausgiebig und spürte kleine Schauer, die ihr über den Rücken liefen. Karin gab sich willig hin und ich fickte sie mit den Fingern. Alex machte sich zum Gehen fertig, küsste uns zum Abschied und etwas später hörte ich die Wohnungstür ins Schloss fallen. Wir waren jetzt allein.

Karin lag auf dem Rücken und sah mich an. Sie lächelte und ich küsste sie. Aus dem Küssen wurde eine wilde, nasse Schlacht. Uns lief die Spucke über die Wangen. Wir versuchten uns regelrecht zu übertrumpfen und auszuschlecken. Es machte uns umso geiler, je wilder wir es machten. Ich hob erschöpft den Kopf und sah in zwei große Augen. Ihr Mund war halb offen. Diesen Ausdruck kannte ich von der Saunaparty. Es war ihr Ausdruck, wenn sie etwas erlebte, was sie tief beeindruckte. So war es auch, als Rudi sie fickte. Meine Hände strichen zärtlich über ihre Brüste, um die Nippel, die ich sodann küsste. Dann verloren sich meine Finger schnell zwischen ihren Schamlippen. Sie war mehr als nass und es war so wunderbar schleimig und rutschig. Sie war eben doch eine junge Frau, das wurde mir klar. Ich ahnte auch, dass sie noch ausgiebig und lange verwöhnt werden wollte. Meine Finger ließen sie nicht zur Ruhe kommen. Den Schleim verteilte ich bis zum Po.

Bereitwillig öffnete sie die Beine, hob die Knie an und kippte ihr Becken. Als meine Finger sich ausgiebig mit der Rosette beschäftigten, hatte sie wieder diese großen Augen und drehte sich ein wenig seitwärts, sodass ich ihr nun die Pokerbe streicheln konnte. Ich hatte den Eindruck, sie wurde noch nasser. Also schleckte ich sie mit der Zunge aus und spielte mit ihrem Kitzler. Dann machte ich mit ihr das, was ich bei mir mal gemacht hatte. Dicht an der Klitoris drückte ich die Haut nach unten. Gewissermaßen zog ich die Haut der kleinen Perle, wie beim Penis nach unten. Karin stöhnte und ich wusste, dass es wirkt. Die Klitoris wuchs noch mehr. Karin war gut entwickelt und ich bekam die Klitoris zwischen die Zähne. Ganz vorsichtig klemmte ich sie ein und bearbeitete sie mit der Zunge. Karin schrie auf, riss meinen Kopf hoch, sah mich mit ihren großen Augen an und drückte meinen Kopf wieder runter. Sie war sehr erregt und ich steckte ihr zwei Finger in die Muschi. Dann spürte ich diese kleinen Wellen. Karin war auf dem Wege zu einer Dauererregung. Dahin wollte ich sie auch führen. Meine Finger gingen zurück zu ihrer Rosette und umkreisten sie ständig. Der Reiz nahm für sie zu und ich fühlte, wie sie den After bewegte und wie er atmete. Ich passte mich dem Rhythmus an und war im Nu mit zwei Fingern in ihr. Ich ging gar nicht tief rein. Die Wirkung eines Dildos konnte ich nicht erzielen. Also blieb ich im Bereich der Analmuskulatur. Ich krümmte die Finger. Ich hatte den Mittel- und den Ringfinger in ihrem Po. Dadurch weitete sich der After um mehr als das Doppelte. Ich denke, ich machte durch die Bewegungen einem

Penis alle Ehre. Karin sah mich wieder mit großen Augen an. Dieses Gefühl war was Neues für sie. Dieses Krümmen der Finger führte sie dann auch zu ihren ersten, vollständig durchströmenden, großen Orgasmus. Ich spürte, wie sie zitterte und sich anspannte, um sich dann fallen zu lassen. Ich nahm meine Finger aber nicht aus ihrem Po. Ich küsste sie und gab ihr viel Zeit, sich zu genießen. Nein, dachte ich, Frauen können lange lieben. Sie sind nicht nach einem Orgasmus erschöpft und verlieren nicht die Lust. Ich war entschlossen, dieses Spiel lange fort zu führen und spürte und genoss die Macht, die ich über Karin gewonnen hatte. Dabei ist das ja nicht abwertend. Ich fühlte doch, wie sie es wollte. Sie vertraute mir und ließ sich von Welle zu Welle, die sie durchfluteten, darauf ein.

Ich streckte meine Finger im Po und drückte ihr den Daumen in die Votze. Karin erschrak richtig, als ich anfing zu greifen. Im Po bearbeitete ich gewissermaßen die Pomuskulatur von innen nach außen. Und in der Votze drückte der Daumen nach hinten zum Darm. Also da, wo der Penis gleitet, wenn sie von vorne gefickt wird. Es war ja nicht das einmalige Greifen. Es war die Beständigkeit, die sie aufwühlte. Die gleichartigen wiederkehrenden Bewegungen hielten sie in der Schwebe. Sie stöhnte und atmete schwer. Aber an ein Aufhören dachte sie nicht. Ich war in der Zwischenzeit so nass zwischen den Schenkeln und in der Pokerbe, dass es alles so schön rutschig war. Einen Moment war ich versucht, mir Malex zu holen. Ich konnte Karin gut verstehen, die ja meinte, sie hätte dabei am liebsten einen dicken Schwanz in ihrer Votze. Dann aber konzentrierte ich mich lieber auf Karin. Ich zog die Finger aus dem Po und steckte sie zu den Daumen in ihre Votze. Zielsicher fand ich diese raue Stelle, die jeder Frau so viel Freude macht. Ich umkreiste sie, drückte sie, rubbelte sie. Ich zog alle Register, um Karin zum Orgasmus zu treiben. Als ich den Daumen rauszog, auf ihre Klitoris drückte und nun diese zwei empfindlichen Stellen gleichzeitig bearbeitete, war es um Karin geschehen. Sie bäumte sich auf. Es kamen gutturale Laute aus ihrem Mund. Dann sackte sie zusammen, zog die Beine an, so dass ich kaum aus ihr raus kam. Sie verharrte minutenlang in dieser Stellung. Dann sah sie mich an, streckte sich, lachte mir zu und suchte meinen Mund. Es waren zärtliche, liebevolle Küsse.

„Ach Baba," hörte ich, „was machst du nur alles mit mir. Das ist ja ein Schlaraffenland der Gefühle mit dir." Dann nahm sie meine Hand und drückte sie in ihren Schritt. „Nicht aufhören," bettelte sie, „und schön weitermachen." Ich war jetzt ein wenig ratlos. Was sollte ich jetzt noch machen? Aber Karin wusste, was sie wollte. Sie dirigierte meine Finger in ihre nasse Votze, machte die Beine weit auf und meinte nur: „Trau' dich!" „Was soll ich mich trauen?", staunte ich. „Nimm noch einen Finger", war die Antwort. Ich traute mich und spürte, wie sie sich dagegen presste und sich dabei weitete. Als alle vier Finger in ihr waren, konnte ich die Hand drehen. Karin stöhnte. Es standen Schweißperlen auf ihrer Stirn. „Trau' dich!", forderte sie wieder „Schließlich ist der Rudi auch reingekommen." Jetzt wusste ich, was sie wollte. Der Fick mit Rudi hat sie in Bereiche gebracht, die sie absolut geil gemacht hatten und diesen Reiz wollte sie wieder erleben. Also legte ich den Daumen in die Handfläche und drückte weiter. Mit weit aufgerissenen Augen presste Karin dagegen. Ich drehte und schob und weitete sie dabei langsam mehr und mehr. Sicher, ich habe eine schmale Hand. Aber in eine Votze einzutauchen, das traute ich mir nicht zu. Aber der Wille von Karin war nicht zu brechen. Sie fasste mein Arm an, als ob sie sich die Hand selber reinschieben wollte. Stück für Stück kam ich vorwärts. Immer weiter drehte ich die Hand, um den Schleim zu verteilen und die Dehnung zu unterstützen. Es dauerte unendlich lange. Aber Frauen haben eben Geduld und es gelang mir. Mit einem Ruck glitt ich ganz rein.

Das war neu, beinahe wie ein Handschuh, wie ein nasser Handschuh. So fühlte ich es. Ich konnte eine Faust machen und diese hin und her drehen. Ich streckte die Finger, um ihren Muttermund zu ertasten, den ich wie einen kleinen Nippel hin und her bewegte. Karin stöhnte: "Fick mich, versuch es." Ich versuchte die Hand herauszuziehen, aber das ging nicht. Also war das mehr ein Rütteln. Dabei spürte ich, dass Karin lockerer wurde. Meine Finger drückten gegen die Bauchdecke und ein kleiner Strahl kam aus der Votze. „War das jetzt squirten?", durchfuhr es mich.

Karin lachte als sie mein erschrockenes Gesicht sah: „Nein, das war Pisse! Du hast auf die Blase gedrückt." Ich versuchte es noch einmal richtig. Dann stülpte ich den Mund darüber und machte es wieder. Ich hatte ihren Pissegeschmack im Mund. Ich küsste Karin, die nun völlig ausflippte: „Du geile Sau du, du süße Schlampe, was machst du nur für Sachen mit mir?" Ich erinnerte mich daran, wie Rudi Alex auf den Arsch schlug und ihn von den Schmerzen im Arsch beim Eindringen abgelenkt hatte. Ich schlug also auf ihren süßen Po. Es dauerte etwas, bis Karin weiter wurde. Dann schlug ich fester und war fast raus, um die Hand wieder rein zu pressen. Wir schafften es beide. Meine Hand rutschte immer leichter. Ich vermied es, die Hand ganz rauszunehmen und konnte Karin nun mit aller Macht ficken. Mit der Zeit stellte sich eine gleichmäßige Bewegung ein. Was dann passierte, war für mich aber auch für Karin wohl einzigartig. Karin streckte sich. Ihr Körper wurde richtig steif. Sie versuchte, die Beine zu kreuzen, aber da war mein Arm im Wege. Ich stieß heftig in sie rein und spürte den Widerstand ihres Beckens. Ihre Scheide wurde hart und ich zwängte mich hinein. Ich kam ins Schwitzen und musste mich anstrengen. Aber ich trieb sie immer weiter die Rampe rauf. An ihrem Hals kamen die roten Flecken als Zeichen der höchsten Erregung. Ihr Körper drehte sich, wand sich hin und her, ihr Kopf drehte von der einen Seite auf die andere. Ihre Hände verkrampften sich in ihre Brüste. Dann geschah nichts mehr. Kein Atmen, keine Bewegung, nichts. Ihre Votze war noch hart und blieb so. Als ob alles still stand. Dann spürte ich die Wellenbewegung der Vaginalmuskulatur. Erst sanft, dann kräftiger. Dazu der Atem, der einsetzte. Karin blieb ganz ruhig liegen, bis auch ich nichts mehr in ihr spürte. Dann griff sie an meinen Arm und wollte die Hand aus sich raus haben. Ich wunderte mich nur, wie leicht es jetzt ging. Im Zeitlupentempo drehte sie sich zur Seite und zog die Beine an. Ich glaube sie schlief sofort und hatte gar nicht bemerkt, wie ich mich in Löffelchenstellung an sie schmiegte, meine Hand auf ihre Brust legte und die Decke über uns zog.

Ich weiß nicht, wie lange wir schliefen. Als ich aufwachte, fand ich mich überhaupt nicht zurecht. Ich fühlte Karins Brust, weich und kuschelig. Ein Gefühl, das Alex wohl immer hatte, wenn er bei mir schlief. Mir aber war das Gefühl nicht so gegenwärtig. Als ich auf die Uhr sah, war es bereits 16:00 Uhr. Alex war gegen 12:00 gegangen. So lange hatten wir uns ausgiebig verwöhnt. Von meinen Bewegungen aufgeweckt, rührte sich auch Karin. Sie drehte sich zu mir und sah mir in die Augen. Mit dem Zeigefinger fuhr sie mir über die Lippen. Dann küsste sie mich zart auf meine Lippen und Stirn, um mir dann wieder tief in die Augen zu sehen. „Danke," hauchte sie. „Danke für die wundervollen Gefühle mit dir. Ich habe mich noch nie so lebendig, voll Lebenskraft gefühlt." Aber jetzt muss ich raus. Sie stand auf und ging ins Bad. Ich trottete hinterher. Sie saß schon auf der Toilette. „Was sonst", ging es mir durch den Kopf. Ich war noch viel zu sehr verschlafen. Also machte ich das, was so ähnlich Alex mal mit mir gemacht hatte. Ich stellte mich breitbeinig vor ihr hin, mit den Füßen links und rechts vor der Toilette. Dann ließ ich mich runter und saß auf ihrem Schoß. Ich umarmte sie und ließ einfach los. Karin spürte die warme Flut auf ihrem Bauch, ehe sie sich zwischen ihren Beinen den Weg in die Toilette bahnte. „Du verfluchte, verdorbene süße Schlampe, eine richtige kleine Drecksau bist du", entfuhr es ihr. Dabei umarmte sie mich und küsste mich zärtlich. Dann hörte ich das Klingeln ihres Strahls in der Toilette.

Irgendwie schweißte uns das zusammen. Wie ich es schon oft erlebte, machte es sehr vertraut miteinander. Eine süße verbindende Intimität. Ohne dass wir uns abtrockneten, zog ich sie unter die Dusche. Wir klebten beide am ganzem Körper. „Oh, meine Haare!", hörte ich die Bedenken von Karin. „Aber das macht doch nichts," sagte ich ihr. Ich will dich die Nacht bei mir haben und reichte ihr mein Haarshampoo. Wir wuschen uns gegenseitig die Haare. Dann nahm ich das Duschgel und seifte sie ein. Eine wunderbare Gelegenheit, ihren Körper zu erkunden. Ich ahnte, dass Karin in ihrem Alter das so noch nicht erlebt hatte. Also wusch ich ihre Brüste, ihre Vorhöfe und ihre Nippel. Karin zuckte, lachte und ließ es geschehen. Als ich ihren Po abseifte, streckte sie ihn raus. Das öffnete den Weg, in ihre Kerbe einzudringen. Als ich ihre Rosette erreichte, zuckte sie zurück, was zur Folge hatte, dass ich ihre Muschi einseifte. Vor oder zurück, ich hatte es in der Hand, sie zu verwöhnen. Karin stand seitlich zu mir und lehnte sich an meine Schulter. Sie war ganz ruhig und lauschte in ihren Körper. Meine Finger drangen tief in ihre Votze und ihren Arsch ein, verwöhnten sie und geilten sie auf. Ich hakte die Finger ein und zog sie nach oben. Sie folgte mir und ging auf die Zehenspitzen. Ich zog heftig und Karin wippte mit den Füßen und verschaffte sich so selber die aufgeilenden Gefühle. Dabei sah sie mir in die Augen, lächelte und schüttelte ihren Kopf: „Was machst du noch alles mit mir, Baba? Du schickst mich ja von einer Sensation in die nächste, so empfinde ich es."

Das war ja nun ein Kompliment, was mich stolz machte. Aber jetzt verstand ich sie noch besser. Sie wollte ja von älteren Frauen verwöhnt werden und diese auch verwöhnen. Wir schlugen uns Handtücher um den Kopf. So nass wie wir waren, zog ich sie zum Bett. Ich holte frische Bettwäsche und wir wechselten diese gemeinsam, ehe wir uns, noch immer nass, zusammenkuschelten und die Decke über uns zogen. Es war ein feuchtes nasses Klima. Wir rutschten aufeinander und ich spürte ihre Titten auf meinen. Ich wurde richtig geil auf sie. Aus dem Nachtschrank holte ich den Doppeldildo, den ich ihr und mir rein steckte. Unsere Votzen waren miteinander verbunden. Ich spürte jede ihrer Regungen und sie spürte meine. Wir geilten uns so gegenseitig auf. Man konnte mit dem Dildo nicht ficken, aber jede Bewegung reizt und führt unweigerlich zu einer Gegenbewegung. Alle diese sinnlichen Wahrnehmungen, das gemeinsame Spüren der Haut, das Küssen und Zwirbeln der Nippel, beschäftigten uns lange. Wir verloren uns in endlose Spielereien und Neckereien. Nein, nicht der Orgasmus war diesmal das Ziel. Einfach zusammen sein, sich aufgeilen und seine Gefühle genießen. Ich denke, so können nur Frauen miteinander umgehen. Männer verlieren ja nach einem Orgasmus schnell die Lust.

Ich war geil. Ich wollte mehr. Ich hatte Karin lange verwöhnt, war immer an der Schwelle zum Orgasmus gewesen. Ich wollte jetzt gefickt werden, richtig gefordert werden. Ich wusste ja, ich habe den Umschnall-Dildo mit dem ich Alex gefickt hatte. Aber würde mich Karin damit auch ficken wollen? Ich holte ihn aus dem Schrank und sah wieder Karins große Augen. „Fick mich einfach", sagte ich zu ihr, als ich ihr den Dildo gab. „Aber ich kenne das doch gar nicht", sagte sie. „Du kannst das", erwiderte ich und half ihr den Umschnall-Dildo anzulegen. Karin war erstaunt. Dieser Dildo war dick und lang, aber auch nicht besonders hart. Als Karin Gleitcreme aufbrachte und ihn mir zwischen die Schamlippen schob, schoss mir ein warmes geiles Gefühl in die Muschi. Es gelang ihr, mich auszufüllen und schnell eine gleichmäßige Fickbewegung hinzubekommen. Ich reagierte schnell und feuerte sie an: „Komm, zeig es mir, mach mich fertig, beherrsch mich!" Und Karin fickte. Sie wollte das mit Macht. Es war neu für sie, aber sie konnte ficken wie ein Mann. Sie konnte beherrschen und mich verwöhnen. Das wollte sie ja. Eine ältere Frau zum Orgasmus zu treiben. Für eine erfahrene Frau von Bedeutung zu sein. Ich fühlte ihren unbändigen Willen. Sie eiferte und wurde immer heftiger. Ich kam selber in Fahrt und lief aus. Es lief mir aus der Votze. Ich war geil, und wie! Es kamen kleine Wellen auf. Karin selber machte es auch so geil. Auch ihr lief es an den Innenseiten der Schenkel runter. „Ich würde es stundenlang mit dir haben wollen", lobte ich sie. Sie wollte mich holen, sie wollte meinen Orgasmus. Ich aber reckte mich zum Nachtschrank und holte Malex raus. Dann nahm ich den Umschnall-Dildo aus der Votze und setzte ihn auf meine Rosette. Die Augen von Karin wurden wieder größer. Sie staunte. Mit Mühe bekamen wir den Dildo in meinen Arsch. Ich keuchte, aber ich brauchte es jetzt. Dann nahm ich genüsslich Malex und brachte ihn in meiner Votze unter. Ich war außer mir. Sterne tanzten vor meinen Augen, als ich den Vibrator einschaltete und Karin das Ficken begann. Mit mehr Gleitcreme hatte sie es leichter. Ich zerfloss förmlich. Karin kam in Fahrt. Sie schwitzte und keuchte. Dann nahm ich meine Finger und rieb meine Klitoris. Als Karin das sah, steckte sie eine Hand unter den Dildo und sorgte für eine Verstärkung der Gefühle. Unsere Augen ließen nicht mehr voneinander los. Wir segelten direkt in das Nirwana. Wir spürten nur noch diese geilen Gefühle.

Im Swingerclub

Elvira war am Telefon nicht zu bremsen. Schon eine Woche lang nach der Saunaparty hatte Heinz keine Chance, sie zu ficken. Ihre Votze war davon noch wund und ihr Po schmerzte bei der Erledigung seiner Aufgabe. Sie erzählte, dass ihr ein

Bild nicht aus dem Kopf ging, nämlich das, als Heinz die Rita so schön mit der Zunge über ihren Po und weiter über die Schamlippen bis zur Klitoris geleckt hatte und Rita dabei so richtig aufblühte.

Das weckte nun Erinnerungen in mir. Ich wusste noch genau, wie ich Alex einen Kussmund zuwarf, als er Karin den Arsch fickte und sie ihre Hand von Jens löste und an ihre Brustwarzen ging, um sie langzuziehen. Für mich war das ein Zeichen, dass der Orgasmus sich aufbaute. Ich strich über meine Klitoris und Jens fickte meinen Arsch. Dabei schaute ich Alex an. Ja, wir hatten nur Augen für uns. Wir kamen und wir versicherten uns, dass wir auch für den Anderen fickten, um mehr Spaß zu haben.

Elvira hatte dies gestern Abend Heinz erzählt. Heinz hat sie dann angemacht und angefangen sich einen zu wichsen. Elvira hat ihm selbstverständlich dann einen geblasen und ihre Geilheit gespürt. Alles kam wieder hoch. Dabei erlebte sie die Orgasmen mit Rudi nochmal im Kopf. Sie wurde nass und spürte heftiges Ziehen. Als Heinz dann in ihrem Mund kam, sprach sie über ihre Empfindungen. Und Heinz machte nun etwas Wunderbares, was sonst nie so seine Sache bei ihr war. Er zog sie von der Couch und zog sie aus. Er legte sie auf den Rücken und drückte ihre Knie auf seine Schultern. Mit einem Kissen unter ihrem Po hob er sie noch mehr an. Dann kniete er sich davor und begann zu lecken. Erst die Rosette. Die Gefühle feuerten regelrecht durch ihren Kopf. Als er die Schamlippen teilte und sie genüsslich einsaugte, wurde sie furchtbar nass. Es floss einfach. Das machte Heinz glücklich. Er blieb ganz ruhig und leckte langsam beständig weiter. Ihre roten Flecken am Hals ließen ihn wissen, dass sie gleich kommen würde. Sie ließ es zu. Sie ließ sich fallen und kam mit einem lauten Stöhnen. Ihre Votze zog sich zusammen. Nun drang er in ihr ein. Es vibrierte, es schmerzte fast. Sie spürte die Dehnung, aber sie war glücklich. Nein, es brauchte keinen Monsterschwanz wie der von Rudi. Es brauchte nur dieses sensible Gefühl füreinander.

Ihre Erzählung hat mich richtig angemacht. Das sagte ich ihr auch. Auch dass ich nackt war und in der Sonne lag. Dass ich verträumt Alex im Kopf hatte, wie er Karin fickte und dass ich kurz davor war, meine Finger in meine Votze zu stecken. Meine Perle war erblüht, ich war geil. Als Elvira das hörte, gestand sie: „Ich bin doch auch geil. Deshalb rufe ich ja an. Ich habe den VIB in meiner Votze und ficke mich schon die ganze Zeit. Ich sehne mich doch jetzt von dir geleckt zu werden." Das war fast zu viel für mich. Ich steckte mir schnell die Kopfhörerstöpsel ins Ohr, um die Hände frei zu haben. Das teilte ich aber auch Elvira mit. Dann lehnte ich mich zurück und steckte zwei Finger in meine Votze. „Ich mache es mir jetzt, Elvira", hörte ich mich sagen. Ich fickte mit den Fingern und die andere Hand umkreiste meine Rosette. „Das ist geil", sagte Elvira. „Das mache ich jetzt auch, aber lasse den VIB drin. Oh Baba, ich bin wieder so schön nass." Das war es für mich. Ich kam und stöhnte ins Telefon. „Ja, ich komme auch, Baba", säuselte Elvira. „Oh du Süße, danke. Ich bin so geil. Ich brauche den Heinz heute Abend."

Telefonsex mit Elvira. Sich gegenseitig seine Gefühle mitzuteilen. Gemeinsam zum Orgasmus kommen. Sich freuen über das Leben. Als ich Alex davon erzählte, freute er sich für mich. Er bestätigte mich: „Ja Baba, so ist es." Dieses Grundvertrauen und das gemeinsame Erlebnis und beobachten zu können, wie glücklich der Andere ist. Das ist wunderbar. Loslassen, den Anderen ficken lassen und seine Geilheit in sich aufnehmen. Ihm dann aber auch die eigene Geilheit spüren zu lassen. Ihn aber auch spüren zu lassen, dass es ohne ihn nicht möglich ist.

Für mich war es danach klar. Die Fickorgie bei Elvira hat mich ein weiteres Stück freier gemacht. Ich tanzte, ich fickte, ich präsentierte mich und ich hatte Orgasmen der anderen Art. Als Jens in mir und Alex gleichzeitig in Karin kam, wurde mir klar, dass Alex und ich uns unbewusst abgestimmt hatten. Langsam bekam ich eine leise Ahnung, wie das Ganze funktioniert. Es wurde mir immer klarer. Ich wollte mehr, noch mehr. Was gibt es denn noch?

Es war Alex, der vorausschauend den Vorschlag machte, doch einmal nur zu zweit, nur Alex und ich, in den Swingerclub zu gehen. Immer wenn wir alleine etwas gemacht hatten, erlebten wir neue Welten. Das war im Pornokino und im Hotel mit Elvira und Heinz so. Als ich Jens einen geblasen hatte oder mich von Ritas Mann ficken ließ, erschlossen sich mir neue Sichtweisen. Alles hatte mich beeinflusst. Die Nacht bei Elvira war schön. Wir hatten mehr voneinander, wenn wir uns nur auf uns selber zu konzentrieren brauchten. Ja! Ich mach das, ich will das! Was gibt es noch. Ich fühlte mich jung und war bereit, weitere Abenteuer zu erleben.

Alex' Vorschlag, allein zu zweit in den Swingerclub zu gehen, setzten wir jetzt in die Tat um und ließen ein Taxi kommen. Im Taxi saß ich ganz nah bei Alex auf dem Rücksitz. Ich nahm sofort seine Hand und führte sie an meine Muschi. „Steck deine Finger rein, wie beim letzten Mal im Taxi", säuselte ich. Alex machte es. Ich nahm seine Finger, leckte sie ab und wir versanken in einen tiefen Kuss. Als Alex mich schmeckte, wurde er immer geiler. Sein Schwanz pochte und ich streichelte ihn mit Bedacht. Am liebsten hätte ich ihm auf der Stelle wieder einen geblasen, aber wir wollten ja noch viel Spaß und Freude erleben.

Beim Swingerclub angekommen, mussten wir zuerst durch einen großen Vorgarten um das villaartige Gebäude zu erreichen. Instinktiv ergriff ich seinen Arm. Mich verließ der Mut. Ich wollte wieder gehen. Ich brachte deshalb nur ein gequältes Lächeln zustande. Dann packte mich doch der Ehrgeiz. Wir klingelten und es wurde uns von einem Mann geöffnet, der uns in einem knapp sitzenden Einteiler begrüßte. Musik drang uns entgegen. Da dies ein Club war, in dem die Männer den größten Teil des Publikums ausmachten, waren wir als Paar natürlich gern gesehen. Wir brauchten deshalb auch keinen Eintritt zu zahlen. „Kennt ihr die wichtigsten Regeln?", fragte er uns. Er wartete keine Antwort ab, sondern dozierte gleich: „Also, die Frau sagt, was sie will oder was sie erlaubt. Sie muss sich nur konkret ausdrücken. 'Du kannst alles machen', gilt nicht. 'Du kannst mich von vorne oder hinten nehmen', macht es klarer. Das steht dann auch in den Regeln, die in den Kabinen aushängen. Ein 'Nein' oder 'Nicht' ist sofort von jeder Person ohne Widerrede zu akzeptieren. Eine Rückfrage, zum Beispiel: 'Warum nicht?', ist nicht erlaubt. Niemand muss hier eine Erklärung abgeben. Deshalb habe ich auch schon Hausverbote erteilen müssen."

Dann zeigte er uns, wo wir uns umziehen konnten. „Umziehen?", ging es mir durch den Kopf. „Ohhh, da hatte ich doch jetzt keine süßen Dessous dabei, solche, die einen Mann so richtig scharf werden lassen." Alex lächelte mich an und flüsterte mir ins Ohr, dass er mir verspricht, die ganze Zeit in meiner Nähe zu bleiben, damit mir auch nichts passiert, was ich nicht wollte. So zog ich mein Kleidchen und mein BH aus und ließ mein String an. Mein dunkles, langes Haar fiel lang und weit über meine Schultern. Ich war stolz auf meine langen Beine. Trotz der Hinweise auf die Regeln, fühlte ich mich in der Nähe von Alex sicherer. Er war schnell umgezogen und trug einen orangenen Tanga als Slip, der deutlich erahnen ließ, was darunter verborgen war.

Der Mann im Einteiler holte uns wieder ab. Er hatte sich als Lars vorgestellt und begleitete uns in ein großes Wohnzimmer. Als wir eintraten und plötzlich alle Blicke auf meine nackten Brüste gerichtet waren, kam in mir ein Hauch von Unsicherheit auf. Aber ich sah auch, wie es in einigen Hosen ziemlich eng wurde, was mich natürlich erfreute und meine Unsicherheit schwinden ließ. Lars führte uns an eine Bar. Wir bekamen dort als Begrüßung erst einmal ein Glas Sekt. Das prickelnde Getränk zeigte bei uns beiden Wirkung. Ich schielte ein wenig umher. Sieben Pärchen zählte ich. Einige unterhielten sich miteinander. Sie schienen sich bereits zu kennen. Aber das eindeutige Gros des Publikums stellten die Herren.

Wir ergatterten auf einer Couchgarnitur zwei Sitzplätze und konnten so den Gesprächen der anderen Paare lauschen. Alex und ich unterhielten uns kaum. Das war auch gar nicht nötig. Um uns herum war genug Unterhaltung. Dabei ertappte ich mich, wie ich einige Kerle beobachtete, die sehnsüchtig auf meinen Körper starrten. Ich fühlte, wie ich unruhig im Schritt wurde. Instinktiv schlug ich die Beine übereinander. Links und rechts von mir setzten sich zwei Männer, die mir eigentlich gut gefielen. Der eine war ein Latinotyp und der andere war blond. Ein spitzbübisches Lächeln glitt über meine Lippen: „Sollen sie doch meine Muschi sehen und geil werden." Ich setze mich wieder normal hin und ließ den Blick zwischen meine Beine zu, immer darauf bedacht, auch ja mit meinen Knien ihre Oberschenkel zu berühren. Gierig starrten sie auf den Bereich zwischen meinen Beinen. Der Latino war bereits so mutig und legte vorsichtig seine Fingerspitzen auf mein Knie. Mich schauerte es angenehm unter seiner Berührung. Dann aber genoss ich es. Ich schielte verstohlen zu Alex. Alex aber lächelte mir nur ermutigend lieb zu. So ein liebes verständnisvolles Lächeln. Dann sagte ich zu dem Latino: „Ja, du darfst anfassen." „Ich auch?", fragte der Blonde. „Ja, du auch", wandte ich mich auch an ihn. Da musste ich ja nun wohl durch. Eine Frau muss, sagen was sie gestattet. Der Mann links von mir, drückte seinen Oberschenkel gegen meinen. Es war nur ein leichter Druck, verbunden mit einem kaum merklichen Zittern seiner angespannten Muskeln. Für mich war es ein Zeichen seiner Bereitschaft. Ich bestellte bei Lars noch einen Bitter Lemon mit einem Schuss Wodka, um noch mehr in Stimmung zu kommen. Alex schaute sich um und ich sah, wie seine Blicke zu einer Frau gingen, die ihm wohl sehr gefiel. Mir war klar, dass seinem ausgefahren Untermieter eigentlich keine Frau widerstehen konnte. Die Frau stand allein mit einem Glas in der Hand an der Bar. Ein Mann näherte sich ihr und stellte sich neben sie. Beide waren ungefähr in meinen Alter und dazu auch passabel aussehend. Die Titten der Frau waren vielleicht etwas weicher als meine und der Po gefiel mir auch. Der Mann hatte einen dunklen Rüssel, aber sehr ansehnlich und appetitlich. „Ja, mit denen könnte ich ficken", ging es mir durch den Kopf. Jetzt bemerkte ich, dass Alex durch Kopfnicken andeutete, dass hier noch Plätze frei sind. „Ich bin die Monika und ich der Uwe", stellten die beiden sich vor. Monika setzte sich gegenüber von Alex und ließ ihre Beine gleich geöffnet. Im Gegensatz zu Monika's Votze, war meine etwas schmaler und meine kleinen Schamlippen schauten nicht heraus. Monika machte Uwe darauf aufmerksam und flüsterte: „Ein süßes Vötzchen!" „Was sucht ihr denn?", fragte sie freimütig. Ich versank beinahe im Boden, darauf antworten zu sollen. Aber Alex nahm mir das ab: „Na Spaß, ein Pärchen vielleicht, ein paar Männer dazu, können aber auch Frauen sein. Und was wollt ihr machen?" Mir war unwohl bei dieser direkten Frage und mutig warf ich ein: „Diese Frage müsst ihr aber nun auch beantworten." Alex quittierte mit einem bewundernden Blick meine Bemerkung. Monika übernahm das Reden gemäß den Regeln: „Von vorne, von hinten, vielleicht auch blasen, aber nicht nur einmal, wenn es geht." Dann fragte sie zurück: „Wieso können das nur Frauen sein?" „Na, wenn sie einen Umschnall-Dildo haben, wäre das für mich auch mal gut", antwortete Alex. „Ach so", stellte sie fest. „Verstehe, also offen für alles und tabulos", warf ich ein. Der Latin-Lover drehte sich zu mir und fragte: „Darf ich dabei mitmachen?" Und der blonde Typ ergänzte: „Wenn ihr mich mitnehmt, dann bin ich gerne dabei." „Na klar", sagte ich. Die Hand des Latin- Lovers packte nun ein wenig mutiger zu und er begann ganz behutsam die Innenseiten meiner Schenkel zu streicheln. Wir führten ein lockeres, aber eindeutiges Gespräch. Der Bann war endgültig gebrochen, als Monika uns sagte: „Wir haben 'Kabine 5' gebucht. 10 Leute sollten da bequem hinein passen."

Plötzlich spürte ich von links die feuchten Lippen von dem Blonden liebkosend auf meiner Brust. Meine Knospen wurden steinhart und drohten beinahe zu zerplatzen. Nun legte auch der Latin-Lover seine Hand auf meine Brust und fragte mich, ob mir das gefiele. Ich gurrte nur und er nahm es als eine Einladung an. Zärtlich strich er mit der Hand weiter nach unten, während er meinen Hals küsste und mit seiner Zunge leckte. Alles in mir flammte plötzlich auf. Jetzt wollte ich nur noch ficken und genommen werden. Er tastete über meinen Bauchnabel und griff dann energisch zwischen meine Beine. Ich zuckte zusammen, wegen des harten Griffs, entspannte mich aber rasch wieder. Es war ein Genuss, was er mit mir anstellte. Geschwind flutschten seine Finger unter meinen String und strichen über meine glatt rasierte Votze hinunter zu der empfindlichsten Stelle, wo sie einen Moment verweilten. „Warum machte er denn nicht weiter?", fragte ich mich. Längst hatte ich die Augen geschlossen und den Kopf zurückgelehnt. Ich gab mich beiden vollkommen hin, ich wollte sie! Automatisch öffneten sich meine Schenkel noch weiter, um den Jungs ein größeres Angriffsfeld zu überlassen. Beide hielten inne. Ich sah beide mit großen Augen an und mir wurde dabei bewusst, dass wir ja noch gar nicht in 'Kabine 5' waren. Alex stand bereits bei Monika, die seinen Tanga streichelte und dabei vorschlug: „Komm, lasst uns gehen und wir schauen mal, ob noch Knackärsche mitkommen wollen." Wir folgten Monika, die plötzlich einen schlanken Mann ansprach, der sich uns unverzüglich anschloss. Wir gingen durch einen gewundenen Gang ohne Türen, in denen neugierige Kerle standen, die offensichtlich dem Treiben, welches in den Räumen stattfand, zusahen. Gleich links war ein großer Raum mit einem Podest in der Mitte, auf dem ein nackter Mann mit erhobener Manneskraft lag und sich wichste. Er sah dabei einem Pärchen zu, das auf dem Boden vor dem Podest, die Freuden des Lebens genoss. Etwas weiter war ein kleinerer Raum, in dem es vor nackten Leibern nur so wimmelte. Eine Frau kniete vor einem Mann und ließ sich von hinten ficken, während sie von vorne den kleinen Freund eines anderen Mannes mit dem Mund massierte. Sie schrie vor ausgelassener Ekstase und bewegte ihr Becken immer heftiger. Hinter mir stand eine Sonnenbank auf der sich eine nackte Frau räkelte. Sie hatte für ihr Alter einen schönen Körper, der mir sehr gefiel. Ich sah die Zuckungen in ihrem Lendenbereich. Jetzt sprach ich mutig einen der herumstehenden Männer an, der seinerseits wissen wollte, was wir geplant hatten. Ich sagte doch tatsächlich: "Einfach tabulos in alle Löcher ficken, bis ich nicht mehr kann. Zuschauen, wie mein Begleiter fickt und gefickt wird." „Fickt der auch mich?", fragte er sogleich und ich sagte einfach: „Frag ihn doch!" Der Mann, der sich uns vorhin schon angeschlossen hatte, erfuhr dabei nun, was wir vorhatten.

Monika hatte gehört, was ich sagte und sie nahm noch drei weitere Männer mit. Sie erklärte mir: „Lieber mehr, sonst sind die alle fertig und du hast immer noch Lust." Dann nahm mich Alex an die Hand und wir gingen einen Gang weiter zu dem Raum, der für uns reserviert war. Vor der Türöffnung von „Kabine 5" verweilten mehrere Männer mit lüsternen Blicken. Ich drängte mich mit Alex durch diese hindurch. Aber es durften nur die Männer mit rein, die wir schon ausgesucht hatten.

Drinnen hatten sich meine beiden ersten Wahl-Lover, der Blonde und der Latino, bereits hinter mich gestellt und befühlten mein Hinterteil. Ich streckte beide Hände nach hinten aus und grabschte ihnen zwischen die Beine. Harte Sachen waren es, was ich da zu fühlen bekam. Das machte mich so sehr an, so dass mir der Menschenauflauf in der Tür ganz egal war. Im Gegenteil, es war mir recht, Zuschauer zu haben. Uwe ging nochmals zu den Männern vorm Eingang und machte ihnen klar, dass wir keine Zwischenrufe wollten. „Dann wird die Tür sofort geschlossen", sprach er mit fester Stimme. Ich fand das gut und schaute Alex an. Er schaute auf meine beiden Lover und nickte nur. Ich ging voraus, um mich in der Mitte des Raumes neben Monika hinzusetzen. Die Männer gruppierten sich um uns herum. Ich hatte im Moment aber nur einen Blick für Monika, die mich so mit ihrer Selbstsicherheit faszinierte. Sie wandte mir den Rücken zu. Eigenartige Gefühle kamen in mir auf. Obwohl jetzt eigentlich die Männer um uns herum angesagt sein sollten, verspürte ich den Drang, Monika zu berühren. Sie reizte mich eben so unwiderstehlich. Ich streckte meine Hand aus und fuhr ihr über ihren Rücken. Sie zuckte leicht zusammen und drehte sich um. Ein gutmütiges Lächeln blickte mich da an. Dann spürte ich aber, wie sich sechs kräftige Hände auf meinen Körper legten und mit ihren Fingern jede Stelle abtasteten. Meinen Hals, meine Brüste, meinen Bauch, meine Beine, nur an mein Allerheiligstes traute sich noch niemand heran. Begierig lasse ich mein Becken auf der Matratze schwingen. Monika drehte sich nun auf den Rücken. Nun sah ich nicht nur ihre hübschen, kleinen Brüste, sondern auch die aufgerichtete Lanze ihres Partners Uwe. Es war ein hübscher Kerl, der da aufgerichtet zwischen seinen Beinen stand. Der war nicht von schlechten Eltern. Ich zog kaum hörbar die Luft ein, als mich eine Hand endlich an meiner empfindlichsten Stelle berührte und sie kräftig rieb. Sofort spürte ich, wie ich wieder nass wurde. Ich legte meinen Kopf auf die Brust von Monika und begann mit der Zunge sachte über ihre Knospen zu kreisen. Ich musste mich beherrschen, um nicht heftiger zu werden. So heiß war ich mittlerweile. Ihr Partner richtet sich auf und kniete nun über ihrem Gesicht und hielt ihr seinen Schwanz hin. Heißhungrig schnappt sie danach und ließ ihn in ihrem Mund verschwinden und begann einen ausgiebigen Blowjob. „Ohhh ja, das will ich auch, das will ich ganz unbedingt", entfuhr es mir bei diesem Anblick. Ich drehte mich jetzt um auf den Bauch. Scheinbar hatte sich Alex breitbeinig vor mich hingesetzt. Ja, er musste es sein. Denn was mir da entgegen kam, würde ich unter hunderten wiedererkennen. Mein Mund öffnet sich und ich ließ ihn in meiner Höhle eintauchen. Ich bewegte meinen Kopf nicht. Alex fickte ihn rein und raus. Ich saugte nur und ließ meine Zunge über seine knallrote Eichel und deren heiße Spitze kreisen. Dabei stieß ich zeitweise unwillkürlich an die sich hin und her bewegenden behaarten Schenkel von Monikas Partners, den sie immer noch liebevoll bediente. Meine Hand berührte sie, wanderte talwärts und verlor sich in ihrem dichten Busch. Ich suchte die Pforte und fand sie. Meine Finger tauchten ein. Sie war sehr eng. Es musste ein Genuss für einen Mann sein, dort mit seiner Gerätschaft zu verschwinden. Sie bäumte ihren Oberkörper auf und atmete schwer.

Mehrere Hände strichen über meinen Rücken und mein Hinterteil. Einige wanderten weiter entlang der Vagina, die zwischen den gespreizten Schenkel offen dalag und einen warmherzig Empfang anbot. Ein Finger findet die Öffnung und dringt fordernd in mich ein. Ich wollte aber mehr als nur einen Finger. Aber genau dieser entzieht sich mir wieder, als ich gerade dabei bin, zur lustvollen Hochform aufzulaufen. Ich schaute mich gar nicht um, wusste gar nicht mehr, wer da gerade von den Männern an mir dran war. Das machte es noch geheimnisvoller. Ich hörte, dass jemand eine Packung aufriss. Im nächsten Augenblick wusste ich was es war, als ich die Spitze einer Latexhülle an meiner Pforte spürte. Oh ja, das fühlte sich viel mehr an, als ein Finger. „Gib es mir endlich", forderte ich. Ich konnte es nicht erwarten und drückte mein

Becken nach oben. Hart und unaufhaltsam drang er, wer immer es auch sein mochte, in mich ein. Immer noch hatte ich den Schwanz von Alex in meinem Mund. Ich fühlte Schwindel, so groß war meine Sehnsucht nach Erfüllung. Wild stieß er zu. Immer wieder, rein und raus. Er musste schon wahnsinnig erregt gewesen sein, noch bevor er in mich eindrang. Er schwoll noch mehr in mir an, wurde noch härter und pumpte sich regelrecht auf. Es waren nur vier oder fünf harte Stöße, aber die reichten, um mich bald explodieren zu lassen. Ich aber unterdrückte das, ich wollte doch noch mehr, ich wollte länger gefickt werden.

Mit meinen wilden kreisenden Becken signalisierte ich jedem, der im Raum war, dass ich weiter genommen werden wollte. Da waren auch schon die nächsten Hände, die mich auf die Seite zogen. Alex entschwand aus meinem Mund. Ich war egoistisch, dass ich an nichts anderes mehr denken konnte. Der nächste Pfahl drang unten in mich ein, wollte mich aufspießen. Ich ließ es begehrlich geschehen. Ich schien latent nymphoman zu sein und konnte gar nicht genug bekommen. Die Stöße trieben mich immer weiter, wie einen Surfer auf einer Welle. Ich wartete nur noch auf den Augenblick, bis die Welle über mir zusammenschwappte. Kurz vor dem Orgasmus spürte ich etwas, was ich noch nie so gespürt und mit solcher Heftigkeit wahrgenommen hatte, das Gefühl der sogenannten Glückseligkeit. Dann sah ich Alex, wie er sich über Monika neben mir hermachte und sie leidenschaftlich rannahm und fickte. Das gab mir endgültig den Rest. Die Welle des Orgasmus' schwappte endgültig über mich zusammen und begrub mich gnadenlos unter sich. Ich ergab mich. Voller Inbrunst schrie ich meine Lust heraus, so dass man es noch bis in die anderen Räume hören konnte. Der Höhepunkt wollte gar nicht aufhören. Und kaum war er abgeebbt, näherte sich schon der Nächste und ließ mir gar keine Zeit zum Luft holen. Der Mann hinter mir hatte mich an meinem G-Punkt erwischt und ließ nicht mehr locker. Monika, die mit Alex fickte, kam jetzt auch. Gemeinsam stöhnten wir unsere Wollust in den Raum. Wenn Alex geil war, war ich es automatisch auch. Und wieder spritzte ein Mann in mich rein. Und ich wollte noch mehr! Meine beiden ersten Lover hatten schon das Weite gesucht. Ich ließ ich mich einfach nur noch treiben. Wie durch einen Schleier sah ich, wie Uwe über mich kam und mich auf den Rücken drehte. Wir konnten einfach nicht aufhören, mussten immer weiter machen. Monika war in Doggystellung und wartete auf einen weiteren Ficker. Uwe ging zur Tür und dirigierte weitere Männer zu ihr. „Für Baba auch noch einen", hörte ich von ihm. „Oh mein Gott, was geht denn hier ab?", dachte ich. Als Alex sich dann in Doggystellung zwischen Monika und mir begab, reagierte Uwe sofort. Weitere, zum Ficken bereite Männer, kamen rein. Ich hielt Alex seine Hand und der hielt senerseits Monika's Hand. Einige weitere Männer hatten ihren Orgasmus in uns. Alex ließ sich gerade von einem Mann ficken, oder waren es doch mehr? Heute waren es wohl fünf. Ich hatte bestimmt mehr, aber ich hatte sie nicht mehr gezählt.

Wir vier lagen noch eine Weile ermattet nebeneinander. Dann gingen wir nackt zurück zur Bar, tranken etwas Wasser und unterhielten uns noch ein wenig. Jetzt war alles ein wenig anders. Der eine oder andere, der mit uns gefickt hatte, ließ zum Beispiel seinem Finger durch unsere Schamlippen gleiten oder küsste den Männern den Schwanz. Es war geil, geiler als bei Elvira. Geiler, weil wir uns haben gehen lassen. Geiler, weil es keine Begrenzungen gab. Geiler, weil wir erst dann aufhörten, als es einfach nicht mehr ging. Wir waren einfach ausgelaugt. Alex sagte mir, er hätte nie geglaubt, dass er das machen würde.

Bevor wir uns ankleideten und verabschiedeten duschten wir gemeinsam. Ja, wir taten uns schwer, uns in dieser Vertrautheit zu trennen. Monika steckte mir schnell noch ihre Visitenkarte zu und sie bekam auch meine. Vielleicht geht ja mal wieder was. Man kann nie wissen wozu die Lust einen treibt.

Gang Bang

Karin rief an und fragte, wie es mir geht. Sie sprach davon, dass sie noch lange mit Jens über unseren Abend gesprochen hatte. Sie hätte aber Jens noch nichts von dem Treffen mit mir erzählt. Evelin hatte schon letzte Woche angerufen und war immer noch begeistert von der Party bei ihr. Beide deuteten an, so etwas nie alleine gemacht zu haben und wohl auch nicht machen würden. Es sei denn, man rutscht so rein, wie das bei uns eben so war. Da gab ich ihnen recht. Das ist nicht planbar. Das ergibt sich. Deshalb ist es auch sinnlos darüber nachzudenken, ob man es wieder macht oder nicht. Ich wusste, wenn es sich wieder so ergibt und die Harmonie dazu stimmt, dann würde ich wieder dabei sein.

Ich rief Rita an. Sie hatte ja angedeutet, mal im Swingerclub etwas zu organisieren. Ich erzählte von unserem Besuch und sie meinte, Lars hätte davon erzählt. Im Swingerclub sprach man noch lange über uns. So eine geile Party mit so vielen Beteiligten, hatte es bisher noch nicht gegeben. Rita wusste aber nicht, dass wir das waren. Sie war ja ohnehin nicht dabei. Ich sprach sie an, ob sie denn ihren Vorschlag ernst gemeint hatte, uns mal einzuladen. Sie antwortete: „Ja gerne, aber ich will mich vorher noch mit Lars beraten. Schließlich muss ein Raum für uns auch verfügbar sein." Es bedurfte noch einiger Gespräche und Abstimmungen. Aber alle unter einen Hut zu bekommen, ist ja immer nicht so einfach. Letztlich waren Alex, Monika und Uwe und auch Elvira und Heinz mit dabei. Ich war einigermaßen glücklich darüber. Waren wir doch alle etwa von gleicher Statur und in der gleichen Altersklasse. Wir waren alle einfach geil darauf, uns zu erleben und Spaß zu haben. „Es muss ja nicht immer die Sensation sein und 14 Tage nicht sitzen zu können", wie Elvira immer sagte. Der Fick mit Rudi wird ihr wohl ein bleibendes Erlebnis bleiben.

Rita organisierte dann einen Termin in drei Wochen. Sie entschuldigte sich, weil bis dahin einige Events, wie Lesben- und Schwulenparties oder Treffen nur mit Ehepaaren oder nur mit Singles, im Club stattfänden. Das verstand ich natürlich. Schließlich war im Frühjahr auch Hochsaison im Club. Aber Rita hatte einen ganz anderen Hintergedanken dabei. Wie es sich herausstellte, hatte sie wohl schon lange eine entsprechende Idee.

Zum vereinbarten Termin begrüßte uns wieder Lars, der Türsteher und „Mädchen für Alles". Rita sah in ihrem roten durchsichtigen Umhang bezaubernd aus. Ein winziger String war das einzige, was sie darunter anhatte. Und den hatte sie nur an, falls sie die Tür öffnen musste. Wir kannten uns ja nun schon aus. Wir waren extra erst gegen 23:00 Uhr verabredet, weil dann schon die ersten wieder gegangen waren.

Das Umziehen war eigentlich mehr ein Ausziehen. Wir Frauen hatten uns auf einen String geeinigt, die Männer auf einen Tanga. Na ja, sagen wir mal, sie hatten einen Sackhalter an, der einem ausgewachsenen Lustspender wohl nicht lange standhalten konnte. An der Bar tranken wir ein Glas Sekt und noch ein weiteres. Die Stimmung stieg an. Wir waren alle gut drauf und unsere Finger waren dauernd unterwegs. Ich hatte Uwe im Visier und Alex beschäftigte sich mit Elvira. Also blieb für Monika noch Heinz übrig. Alles lief also wunderbar.

Rita führte uns in unseren Raum. Es standen bereits Gläser und Champagner bereit. Das Licht war gedämpft. Eine große runde Liegefläche von 5 Meter Durchmesser wartete auf uns. Leise Musik begleitete uns. Uwe schob mir den String beiseite und suchte meinen Schlitz, um mich zu schmecken. Dann ging alles ganz schnell. Wir fielen regelrecht über uns her. Aber Alex bremste uns aus: „Ruhig, ruhig, schön genießen." Ja, so kam es dann auch. Es wurde wirklich ruhiger. Unsere Finger glitten zärtlicher über die Haut. Uwe erschauerte, als ich seinen Schwanz immer wieder ganz langsam und zärtlich streichelte. Sein Lustspender wurde hart und er konnte sich kaum beherrschen. Dann bekam mich Monika zu fassen, die meine Muschi mit den Fingern streichelte, um mich dann zu lecken. Uwe machte dabei mit. Ich lag auf dem Rücken. Meine Votze und mein Arschloch lagen frei. Während Monika meine Muschi leckte, war Uwe dabei, mir meinen Po zu lecken. Meine Rosette glühte. Monika lag auf dem Bauch und Uwe hatte ihren Po und ihre Votze fest im Klammergriff. Monika zuckte immer wieder und konnte sich beim Lecken gar nicht mehr richtig konzentrieren. Dann hatte ich auf einmal Uwe's Schwanz im Mund und er fickte mich damit sehr gekonnt. Jetzt kam die Lust in mir hoch. Jetzt wurde ich geil und ich spürte diesen Hunger, mehr zu bekommen. Ich wollte geiler sein und mehr spüren, als jemals zuvor. Alex setzte bei Elvira bereits seinen Schwanz auf die Rosette. Die Party war also voll im Gange.

Ich machte mich frei und drehte Uwe auf den Rücken. Ich will ihn reiten, ich will ihn melken. Ich will seinen Sack leer machen und den Samen abschöpfen. Er glitt leicht in mich rein. Ich war nass. Es tat mir gut. Ich brauchte die Erlösung. Uwe war wohl auch so aufgeheizt und rammelte hart und kompromisslos in mich rein. Meine Votze wurde hart und eng. Ich kratze ihn, was ihn noch mehr reizte. Wir kannten keinen Halt. Wir zogen das durch und Wellen des Glücks durchströmten mich. Ich sank atemlos zusammen. Meine Muschi brannte wie Feuer. Ich war glücklich.

Rita hatte das gesehen. Sie kam zu mir und sagte, sie sei gefragt worden, ob ich genug hätte. Ein „neuer" Mann wollte mich ficken. Der stand nun hinter ihr. Er sah gut aus und ich war nicht abgeneigt. „Sag 'Ja'", riet Rita, „und er nimmt dich gleich." Er ist supergeil auf dich. Ich ging in Doggystellung und der Mann begann sein Werk. Er hatte einen süßen Ständer. Nach einigen Zügen fickte er beständig mit gleichbleibendem Rhythmus. Ich jubelte. Ja, das brauchte ich jetzt. Ich sah Uwe neben mir, der nur noch zuschaute, weil sein Max nicht mehr mitmachte. Rita sprach kurz mit ihm. Dann ging auch er in Doggystellung. Was war das denn? Evelin folgte Monika und schließlich Heinz und Alex. Was hatte Rita denn hier gezaubert. Noch einen, fragte sie mich, als der Süße sich in mir ergossen hatte. Und der nächste fickte mich mit Vehemenz. Er knallte seinen Schwanz in mich rein. Ich hörte auch Alex, meinen Alex, stöhnen. Das ist geil, das ist einfach geil. Monika rief: „Das wollte ich schon immer mal, Rita. Mehr, mehr!" Und dann kamen weitere hinzu Männer. Waren es zehn, oder noch mehr? Ich glaubte sieben hatte ich, bis zum Abwinken. Ich sah Monika zu, die sich einen nach dem anderen holte. Ich hielt ihre Hand und drückte sie fest. Das ist einfach geil. Ihre Votze war nicht nur nass, es lief auch an ihren Beinen runter. „Ich mache auch weiter", sagte Evelin und ich hielt auch ihre Hand und stand ihr bei.

Von den Männern schaffte keiner mehr als drei, die sich in ihrem Darm entledigten. Alex kam wieder. Er setzte sich hin und blies einem den Schwanz und kuschelte liebevoll seine Eier. Das machte mich wieder an und ich suchte mir auch einen raus, der mir zärtlich und mit Bedacht in den Mund fickte. Als er kam, hatte ich mich beinahe verschluckt. Nein, ich musste nicht husten. Ich kam mit einem starken Räuspern davon. Wo kamen die Männer denn alle her. Dann dämmerte es mir. Rita hatte sie eingeladen. Sie war sich ganz sicher, dass wir zustimmen würden, von ihnen gefickt zu werden.

Als Monika und Evelin abwinkten, lachte Rita laut: „Ihr habt sie nicht alle geschafft." Es war beiden egal. Ermattet saßen wir auf der großen Liegefläche. Wir sahen uns an. Jeder war mit sich beschäftigt und schnappte nach Luft. Rita kam mit einem Tablett Sektgläser und einer Flasche Sekt. Ja, das tat jetzt gut. Ein Glas Sekt belebte uns wieder. Küsse wurden ausgetauscht.

Monika küsste mich heftig mit viel Ausdauer. Ich spürte, dass das wohl eine Aufforderung war, sich alleine zu treffen.

Dann kamen noch mindestens 15 Männer rein. Wir protestierten. „Nein, nicht zum Ficken", sagte Rita. „Ihr werdet schon sehen." Dann wichsten sich die Männer ihre Schwänze und fuhren uns damit durch das Gesicht. Ich spürte drei oder vier der Schwänze in meinem Gesicht, dann traten sie etwas zurück und ihre Ladungen trafen uns, auf der Brust, am Hals. Der Samen lief nur so runter.

Rita stand die ganze Zeit dabei. Das war kein Zufall, das war sorgsam organisiert. So langsam verstand ich, was Rita hier machte. Sie nahm uns Frauen etwas später bei der Hand und wir gingen durch eine verdeckte Tür. Dahinter waren Duschen und Handtücher. Viel Zeit ließ sie uns nicht und machte uns klar, dass die Männer warteten. Als wir zurück gehen wollten, gab sie jeden von uns einen Umschnalldildo mit den Worten: „So meine Süßen, jetzt macht ihr eure Männer nieder!"

Man stelle sich das vor. Drei Frauen kamen zurück in den Raum mit Dildos vor dem Bauch. Einige Männer standen noch herum. Ich bin sicher, Rita hatte sie eingeweiht. Als Alex das sah, ahnte er sofort, was die Stunde geschlagen hatte. Er protestierte auch nicht. Als ich den Dildo auf seinen nassen Arsch ansetzte, war Rita zur Stelle und spritzte Gleitcreme dazu. Dann drang ich ein und der Dildo verschwand schnell in seinem Arsch. Nach kurzer Zeit hatten wir Frauen unsere

Männer unter uns. Von den anderen Männern waren Applaus und Begeisterungsrufe zu hören. Ich hatte auch wieder Zuschauer. Sie sahen zu, wie ich meinen Alex fickte. Ich bekam viele Komplimente, wie auch in Form dieser Fragen: „Wo habt ihr trainiert? Kann ich nicht auch mal mitkommen? Ihr Frauen seid ja das absolute Superteam!" Mein Selbstbewusstsein wuchs unaufhörlich. Ich hatte Alex unter mir. Ich fickte und beherrschte ihn. Ich hatte Zuschauer, die geil waren und mitmachen wollten, jedenfalls dazu bereit waren. Einige wichsten sich schon wieder.

„Alex, was hast du nur aus mir gemacht?"